让 我 们 一 起 追 寻

U0125936

罗伯特·哈里斯（Robert Harris）

英国小说家、皇家文学会会员，现居于英国西伯克郡。著有多部畅销小说，其作品被翻译成 37 种文字。甲骨文工作室已引进出版他的《秘密会议》《慕尼黑》《庞贝》等五部作品。其中，《军官与间谍》为他赢得了包括沃尔特·司各特历史小说奖在内的四项大奖，著名导演罗曼·波兰斯基 2019 年执导的电影《我控诉》便改编自这部作品。

汪潇

毕业于上海外国语大学英语语言文学专业，现从事翻译工作，译有《秘密会议》等书。

V2 导弹

ROBERT HARRIS

〔英〕罗伯特·哈里斯 — 著

汪 潇 ————译

社会科学文献出版社
SOCIAL SCIENCES ACADEMIC PRESS (CHINA)

封面及环衬的 V2 发射照片 © Bundesarchiv, Bild 141-1880 from Wikimedia

本书获誉

作者剥茧抽丝、循序渐进，将战时经历娓娓道来。

——《华尔街日报》

故事情节跌宕起伏，让人深陷其中、无法自拔。

——《星期日泰晤士报》

用一个人惊心动魄的经历，串联起一幅宏大的历史画卷……历史和故事一样令人惊喜。

——《金融时报》

引人入胜的故事……哈里斯通过生动的人物塑造和巧妙的情节设置，成功地将过去的故事栩栩如生地呈现在读者面前。这是一本优秀的历史小说。

——《出版商周刊》

这位资深的历史小说家选择将笔触集中在希特勒最后的渺茫希望上……这是一部激动人心的惊险小说，其中还有大量经过深入研究的历史细节。

——《科克斯书评》

历史小说大师……作者采用了高超的双线叙事结构，一条线在导弹发射场，另一条线则聚焦于导弹目的地……这部小说将神秘的技术细节和战争背景相结合，展现了战场上人性的双重性。

——《书单》

献给桑尼·梅塔

1942—2019

作者按

 小说的故事发生在 1944 年 11 月底，历时五天。小说以历史事件为蓝本，真实还原了伦敦遭遇 V2 导弹袭击的始末。德军从荷兰斯海弗宁恩附近的树林发射了多枚导弹，英方则以空军妇女辅助队为核心展开了反击。我在这部虚构作品中尽量准确地呈现了 V2 导弹计划和梅德纳姆皇家空军基地照片判读人员的工作。

 但这是一部小说。除韦恩赫尔·冯·布劳恩和党卫军上将汉斯·卡姆勒等著名历史人物以外，文中的其他人物及其具体经历都是我虚构的。如果有读者想知道更多关于 V2 的背景资料，我在文末的致谢中附上了一份书单。

罗伯特·哈里斯

2020 年 7 月

1

1944 年 11 月底，周六上午，在荷兰海滨度假胜地斯海弗宁恩的一个机车棚里，三枚弹道导弹像躺在私人诊所病床上等待检查的病人一样躺在拖车上。它们每一枚都近十五米长，开着检查盖，连着监控器，旁边还守着身穿灰色德国陆军制服的技术人员。

大战已经进入第六个年头。那年的冬天非常难熬，即使穿着厚重的靴子，也无法阻止彻骨的寒意顺着脚底攀爬上来。一人走下工作台，跺了跺脚，试图让身子暖和起来。他是在场唯一没穿制服的。一身深蓝色西装，插在胸前口袋里的笔，加上破旧的格子领带，无一不在表明他的平民身份。如果不说他的职业，你可能会以为他是名数学老师，或是在哪个大学教自然科学的青年讲师。但一旦注意到他那被啃得坑坑洼洼的指甲和指甲缝里藏着的油污，你就会恍然大悟：啊，原来他是名工程师。

北海就在一百米开外的地方，海浪翻滚着、碰撞着，不停地拍击着海岸，海鸥鸣叫着、盘旋着，乘风而起。他现在满脑子胡思乱想，思绪如潮水一般快要将他淹没。他恨不得戴上耳罩，把它们全挡在外面，还自己一个清净。但那反而会让他在人群中更加打眼。而且就算他戴上了，也戴不了几分钟：老是有人缠着他问这问那，问推进装置的，问酒精箱增压的，还有问火箭地面和内部电源切换的电线线路的。

然后，他就接着去工作了。

时钟刚走到十点半，仓库另一头的大铁门便嘎吱嘎吱地打开了，一旁的士兵立刻挺直脊背，立正敬礼。伴随着一阵冷雨，炮兵团团长瓦尔特·胡贝尔上校带着一个陌生男人走了进来。男人穿着一身黑色厚皮大衣，翻领上还别着党卫队字样的银色徽章。

"格拉夫！"上校喊道。

转过去，格拉夫下意识地想到，拿起你的烙铁，趴在工作台上，假装自己很忙。

但没有人能逃过胡贝尔的眼睛。他大声喊道，就像是在阅兵场上一样："原来你藏在这儿呢！有个人想见见你。"他大步穿过修理车间，脚上的长筒皮靴嘎吱嘎吱地响着。"这位是民族社会主义督导官、突击队小队长比韦克。""比韦克，"他把陌生人领了过来，"这位是佩讷明德陆军研究中心的鲁迪·格拉夫博士，我们的技术联络军官。"

比韦克冲他行了个纳粹礼，格拉夫小心翼翼地回了一礼。他听说过"民族社会主义督导官"——专门向士兵灌输纳粹意识形态的军官，最近才根据元首的命令加入军队，旨在点燃队伍斗志——但他还没有亲眼见过。一群狂热的好战分子。真是祸不单行。

来人上下打量着格拉夫。他大约四十岁，看上去还算友好，甚至面带微笑："你就是能为我们赢得这场战争的天才？"

"你过奖了。"

胡贝尔迅速接话道："格拉夫对火箭了如指掌。你想知道什么都可以问他。"他看向格拉夫："接下来比韦克小队长会加入我们团队。他得到了安全部门的全权许可，他想知道什么你都可以告诉他。"接着他看了看表。看来他很急着走，格拉夫心想。胡贝尔是个正统的普鲁士人，在大战中曾担任炮兵军官。他这种人，只要军队试图刺杀希特勒，就一定会成为怀疑对象。他最不想看到的就是有纳粹间谍偷听。"三十分钟后，赛德尔会带一个排执行发射任务。不如你带他过去见识一下？"说着，他点了点头，以示鼓励，"很好！"接着便离开了。

比韦克耸了耸肩，对格拉夫做了个鬼脸。这些老古董，嗯？你能怎么办？他朝工作台点了点头。"所以你现在是在研究什么？"

"变压器，控制器的变压器。它们不太喜欢这种冷天。"

"谁会喜欢呢？"比韦克双手叉腰，审视着整个仓库。他的目光落在了其中一枚导弹上。这些导弹的正式名称是 Vergeltungswaffe Zwei，复仇武器 2 号，简称 V2。"天哪，她可真是个大美人！我之前听说过，但还没有真正看到过呢。我想去参观这次发射，可以吗？"

"当然可以。"格拉夫从门边的挂钩上取下帽子、围巾和雨衣。

大雨倾盆而下，雨水顺着废弃宾馆之间的小巷向前流去。码头去年就被烧毁了，烧焦变黑的铁架在白色的浪花中若隐若现，就像沉船上的桅杆。海滩上布满了带刺铁丝网和坦克陷阱。车站外贴着几张战前的旅游海报。海报已经变得破破烂烂的，但还是能看出上面有两个优雅的女郎，她们身穿条纹泳衣，头戴钟形女帽，在互相抛球。当地居民早就被驱逐了。除了士兵，这里没有其他人；除了用来运送导弹的军用载重车和牵引车，这里也没有其他车。

格拉夫边走边向比韦克介绍行动计划。为了避免遭到敌机攻击，他们在夜色的掩护下用火车把 V2 导弹从德国的工厂运了过来。

每批二十枚导弹，每周两到三批，都是要向伦敦发射的。德国那边也会向安特卫普发射同等数量的导弹。驻海伦多伦的党卫队也有自己的安排。驻海牙的炮兵营则奉命在导弹运达后五天内发射。

"怎么这么急？"

"因为它们在潮湿阴冷的环境下待得越久，就越容易出问题。"

"有很多问题？"比韦克在本子上写下格拉夫的回答。

"是的，很多，非常多！"

"为什么会这样？"

"这是一项革命性的技术，需要不断地完善。我们已经改了六千多次了。"他还想说，真正值得惊讶的不是居然有这么多导弹在起爆后没有爆炸，而是居然有这么多导弹发射了。但他忍住了，他不喜欢那个本子。"可否问一下，你为什么一直在写？你在写报告吗？"

"没有，我只是想确定我理解了你的意思。你在这行干了多久了？"

"十六年。"

"十六年！看上去一点也不像啊。你现在多大了？"

"三十二。"

"那你和韦恩赫尔·冯·布劳恩教授一样大啊。你俩应该都在库默斯多夫的军事试验场干过吧？"

格拉夫瞥了他一眼。看来这人调查过他和冯·布劳恩。他心中升起一丝不安。"对。"

比韦克大笑起来。"你们这些搞火箭的都很年轻啊！"

两人穿过楼房林立的市区，来到林木环绕的郊区。斯海弗宁恩被森林和湖泊环绕。这里之前一定很漂亮吧，格拉夫心想。这时，后面传来一阵刺耳的喇叭声，两人连忙退到路边。随后一辆载着 V2 的运输车迎面驶来，首先进入两人视野的是驾驶室后面的尾翼，接着是同样装在液压运输架上的弹体，最后是伸出车尾的头部，内有一吨重的弹头。披着迷彩伪装的燃料车紧紧跟在后面。格拉夫双手拢作杯状放在嘴边，每经过一辆车，他就会在比韦克耳边大声喊道："那是甲醇……液氧……过氧化氢……它们是和导弹一起运过来的。我们要在发射场填装燃料。"

等最后一辆支援车也消失在街角后，两人才继续向前走去。比韦克问："你们不怕敌机轰炸吗？"

"当然怕，每天都在怕。好在他们还没发现我们。"格拉夫抬头看了一眼。按照国防军气象工作人员的说法，这个周末会有锋面经过北欧。乌云密布，风雨欲来。皇家空军不会在这种天气下起飞的。

两人继续向前走去，然后被检查哨拦了下来。路上横着一根道闸，旁边站着一名哨兵。格拉夫向林子里望去，看见一名训练员牵着一头德国牧羊犬穿过雨后潮湿的树林朝两人走来。德国牧羊犬四肢绷紧，紧紧盯着格拉夫。一名党卫队守卫扛起机枪，伸出手。

无论格拉夫参加过多少次发射，这些哨兵都表现得从来没见过他一样，甚至还乐在其中。他从衣服内侧口袋里拿出钱包，打开，抽出身份卡。一张照片滑了出来，飘落到地上。他还没来得及伸手，比韦克就弯腰把它捡了起来。他看了一眼，笑了。"这是你妻子吗？"

"不，"格拉夫不想让它待在党卫队手里，"她曾是我的女朋友。"

"曾是？"比韦克一脸同情，就像面对死者亲属的送葬人，

"抱歉。"他将照片递给格拉夫，后者小心地把它装回口袋里。他知道比韦克在等什么，但他没心思说下去。道闸升了起来。

两人继续向前，一路上经过许多观赏街灯和行道树。这里曾是散步和骑自行车的好去处，但现在被笼罩在伪装网之下。这里起初看起来空荡荡的，但随着两人继续深入，隐藏在两侧树林里的炮兵营地便逐渐出现在他们的视野中：存储用的帐篷、测试用的帐篷、大量车辆，以及用防水布包着藏在树下的十来枚导弹。潮湿的空气中传来发电机和引擎发动的声音。比韦克停止发问，急切地大步向前。左边是个斜坡，透过树缝间的空隙可以看到波光粼粼的青灰色湖面，湖中心有一座岛和一个装饰船库。在转过一个弯后，格拉夫抬起手，示意比韦克停步。

再往前两百米，就在车道中间，一枚涂装成绿棕相间颜色的V2孤零零地屹立在发射台上，旁边再无他物，只有一副钢架通过电缆与之相连。液氧箱无声地喷出一小团水汽，V2像一头雄壮的野生巨兽。

比韦克本能地放低声音，悄悄问道："不能再靠近一点吗？"

"再近就不安全了。"格拉夫指着不远处。"你看，那些支援车都撤回来了，说明发射组的人都已经进壕沟了。"接着，他从雨衣口袋里拿出耳罩。"戴上这个。"

"那你呢？"

"我用不上这个。"

比韦克挥了挥手。"那我也用不上。"

警笛拉响，惊起一只栖息在灌木丛中的野鸟。这才是真正的幸存者，格拉夫心想，毕竟士兵都喜欢打鸟来补充口粮。它发出嘶哑的惊啼，奋力拍打着翅膀，跌跌撞撞地飞了起来，沿着马路飞走了，只留下警笛声在空中回荡。

格拉夫说："没装燃料时，它有四吨重，装了燃料能有十二吨半。点火后，燃料就会在重力作用下实现自动补给，产生八吨的推力，这还是小于导弹的重量。"

喇叭里传来倒计时的声音："10——9——8——"

导弹底部亮起点点火光，就像在黑暗中闪闪发光的萤火虫。突然，它们汇聚成一道明亮的橙色火焰。枝叶和尘土被卷到空中，落在空地的另一头。格拉夫转身朝比韦克喊道："现在涡轮泵开始工作了，推力升到二十五——"

"3——2——1！"

一阵尖锐的轰鸣淹没了他的声音。他伸手捂住耳朵。电缆脱落。酒精和液氧的混合物被涡轮泵推入燃烧室，以每七秒一吨的速率燃烧，发出人类在地球上能制造出的最大的声音——佩讷明德的人们如是说。巨大的震动让他整个身体都为之颤抖。热气扑在脸上，火光照亮了周围的树木。

短跑运动员会先在起跑架上摆好起跑姿势，听到发令枪响后立即起跑。V2 也是一样。它先是静止不动，然后突然直直地向上飞去，身后留下一道十五米长的火焰。树林上空传来巨大的轰鸣。格拉夫一边伸长脖子，想看得清楚一些，一边在心里默默数着，希望它不会爆炸。一秒，两秒，三秒。就在导弹升空后的第四秒，V2 已经上升到两千米的高度。这时，其中一间控制室内的定时开关被激活，V2 开始向 47° 倾斜。他后来一直在后悔，为什么要进行这次演习。在他的梦中，它一直飞向了星空。但现实是，它向着伦敦方向继续上升，消失在低矮的云层中，最后留给众人的是一道红色的尾气。

格拉夫把手放了下来。树林里又恢复了平静。远处隐隐传来V2 的轰鸣，但它留下的最后这点痕迹也很快消失了。四周只剩鸟鸣和淅淅沥沥的雨声。发射组陆续走出壕沟，走向发射台。其中两个穿着石棉工作服，就像深海潜水员一样笨拙缓慢地移动。

比韦克慢慢把手从耳朵上拿开。他激动得满脸通红，眼睛异常明亮。那天上午，这个民族社会主义督导官第一次失去了语言能力。

2

导弹升空后的第六十五秒，飞行高度达到二十三英里，飞行速度每小时两千五百英里。弹上加速器切断了发动机的燃料供应，激活开关，连接上弹头引信。导弹此时处于惯性飞行状态，在重力的作用下，像用弹弓打出的石头一样沿抛物线飞行，而且不断提速。航向西南偏西260°，瞄准点查令十字车站，伦敦正中心。只要打中半径五英里内的任何地方都算击中目标。

与此同时，在沃里克街上的一套公寓内，二十四岁的凯·卡顿-沃尔什从浴室里走了出来。沃里克街是一条安静、狭长的街道，就在霍尔本的法院大法庭街附近，距离查令十字车站大约有一英里。女人的名字是安吉莉卡，但所有人都叫她凯。她裹着从家里带来的粉色短毛巾，手上提着一个洗漱包，里面装着肥皂、牙刷和牙膏，还有被她大量搽在耳后和手腕内侧的香水——娇兰的蓝调时光，这也是她的最爱。

她赤脚踩在地毯上，尽情享受着这份久违的触感。床上斜躺着个男人，他留着一脸长而浓密的胡须，抽着一支烟，半睁着眼看着她走进卧室。她把洗漱袋放入旅行箱，把毛巾扔到一边。

"哇哦，不错的景色！"男人撑着身子坐了起来，放松地靠在枕头上，笑着把软被和毯子掀开。"过来。"

有那么一瞬间，她确实被诱惑了。但她突然想起他刮脸前那脸黑胡楂能有多扎人，而且早上起来，他嘴里总有一股刺鼻的烟味和难闻的酒气。她更期待另一件事：性。在她看来，这对人的身心同样重要。他们还有一个下午、一个傍晚、一个晚上，可能还有第二天早上，因为这可能是两人最后一次见面了。她笑了笑，摇摇头说："我去买点牛奶。"男人沮丧地倒回床上，而她则从地毯上捡起内衣：全新的桃红色内衣，这是她为了这次周末，也就是英国人说的"幽会周末"特意买的。我们为什么要用这个短语？她心想，真是群怪胎。她看向窗外。沃里克街位于林肯律师学院和格雷律师学院之间，开在这里的大多是律师事务所。在她看来，住在这种地方委实有些奇怪。这个周六早上很安静。雨已经停了，冬日微照，能听到法院大法庭街上车辆来往的嘈杂声。她记得对面拐角处有一家杂货店，可以去那买东西。于是她开始穿衣服。

往东一百英里，V2 已经达到五十八英里的最高飞行高度，来到了大气层的边缘。它以每小时三千五百英里的速度呼啸着从群星下方掠过，在重力的作用下开始下落。弹体慢慢倾斜，开始向北海方向落去。再入大气层时，导弹受侧风和扰流影响发生了抖振。在此期间，一组安装在弹头正下方平台上的陀螺仪开始发挥作用。在监测到航线或弹道偏差后，它们会向尾翼上的四个方向舵发送信号，随时对航向进行调整。就在凯穿第二只长裤的时候，V2 穿过了滨海绍森德以北三英里的英国海岸；当她套上裙子时，V2 正从巴西尔登和达格南上空掠过。上午 11 点 12 分，导弹发射后 4 分 51秒，V2 以近三倍音速的速度一头扎进了沃里克街。

事实证明，物体运动超过音速时会压缩空气。导弹从天而降，击穿维多利亚公寓大楼的屋顶，四吨重的导弹瞬间洞穿整整五层楼，整个过程不到一秒钟。而就在这不到一秒钟的时间内，凯注意到了气压的变化，有种不祥的预感。导弹引信上的两枚金属接触器和保护帽被震得粉碎，电路接通，一吨阿马图炸药就此引爆。整间卧室似乎在瞬间消失在黑暗中。她听到爆炸的声音。弹体和弹头碎片穿过层层楼板，钢筋和石墙寸寸开裂。一声巨响，天花板突然塌落，几块水泥瞬间砸在地板上。紧接着响起导弹突破音障时产生的音爆，然后才是导弹呼啸而过的声音。

冲击波将她整个人高高抛起，然后狠狠地摔在卧室墙上。她侧身躺着，没有失去意识，虽然呼吸困难，但是异常平静。她很清楚是什么击中了他们。原来是这种感觉，她心想。现在的问题是地底冲击波，如果冲击波震动力度过大，地基就会动摇，整栋楼就会坍塌。房间里一片漆黑，到处都飘着灰尘。过了一会儿，她感到一丝微风，黑暗中有什么东西在她身后扑腾。她伸出手在地毯上摸索着，却摸到几块碎玻璃，急忙把手缩了回来。窗户已经破了，窗帘在空中飘动。外面有个女人在尖叫。每隔几秒就有墙砖砸在地上。她能闻到煤气泄漏的致命甜香。

"迈克？"没有回应。她提高音量："迈克？"

她挣扎着坐了起来。房间有些昏暗。一束浅灰色的光透过被炸开的窗口照射进来，空中飘浮着砖块和水泥的碎尘。梳妆台、椅子和装饰画都歪斜在一旁，笼罩在阴影中，看起来很陌生。一条锯齿状的裂缝从地板一直延伸到木质床头板上方的天花板。她深吸了一口气，想要积蓄力量，结果吸了一大口灰。她拉着窗帘，一边咳嗽，一边挣扎着站了起来，跌跌撞撞地穿过废墟来到床前。床尾压着一根掉下来的钢梁。软被上散落着大块的灰泥、板条和马尾毛。她不得不双手并用，奋力将埋在男人身上的东西一点一点刨开。他的头转向一边。软被上有鲜红色的痕迹。她刚开始以为是血，后来一摸才发现是砖灰。

"迈克？"她伸手触摸他的颈部，看是否还有脉搏。就在那个时候，他突然转过头，睁大双眼，脸色煞白地看着她，就像他一直在装晕一样。她吻了吻他，抚上他的脸颊。"受伤了吗？还能动吗？"

"可能不行。你没事吧？"

"没事。能试着动一下吗，亲爱的？煤气泄漏了，我们得出去。"

她将手穿过他的腋下，抓住他肌肉发达的胳膊往外拉。他扭动着肩膀试图挣脱，但很快就痛得五官扭曲。"我腿上有东西。"

她走向床尾，双手抱住钢梁。每挪动一下，他紧咬的牙关间就会漏出一丝呻吟。"看在上帝的分上，别管我了！"

"抱歉。"她感到无能为力。

"你出去吧，凯。告诉他们有煤气泄漏。"

她能听出他声音中的恐慌。他曾经告诉她，身为飞行员，他记忆中最可怕的一刻并不是在战场上，而是在亲眼看到一个人在飞机着陆失误并坠毁后被活活烧死。那人的腿被夹住了，他们也没法靠近把他拉出来："我真希望我当时能杀了他。"

不远处传来消防车的警笛声。

"我去找人帮忙，但我不会离开的，我发誓。"

她穿上鞋，小心走出卧室，来到走廊。厚厚的地毯被埋在灰泥之下。这里的煤气味更重，肯定是厨房里泄漏了。地板似乎也倾斜了。墙上有一条裂缝，足有她手掌宽，一直延伸到天花板上。日光透过裂缝照射进来。接着她打开门锁，转动把手，拉开前门。刚开始门打不开，她不得不把它从扭曲的门框里拉出来。然后她发出了一声惊恐的叫喊：她差点从二十英尺高的地方摔了下去。二楼的地面和外墙都没了。从她现在站的地方到街对面的那座高楼，什么都没有，窗户洞开，屋顶坍塌。脚下，一堆碎石滚落在路上，还有砖块、管道、家具碎片和一个儿童玩偶。附近还有几处地方冒烟起火。

一辆消防车停了下来，消防员放下梯子，展开软管。这里看上去就像刚经历了一场战斗：血迹斑斑、满身灰尘的受害者直挺挺地躺在地上，其他人低着头，呆坐在一旁；头戴头盔的民防人员在中间跑来跑去，旁边还有两具包裹着的尸体；人群看着他们发愣。凯抓住门框，努力探出身子求救。

根据伦敦郡议会的记录，在这次后来被称为"沃里克街导弹"的袭击中，共有六人不幸去世，另有二百九十二人受伤，大部分是在法院大法庭街被飞溅的碎片弄伤的。死者包括三十岁的护士薇姬·弗雷泽、十九岁的律师办公室秘书艾琳·伯蒂和六十五岁的供暖技师弗兰克·伯勒斯。在审查员放出的为数不多的几张照片中，有伸进倒塌建筑的消防梯，有完全坍塌的顶层，还有一名五十来岁的陌生矮个男人，他身穿黑色大衣，头戴毡帽，形容憔悴，正努力挤进废墟。他是位碰巧路过的医生，自愿爬上不稳定的废墟，并在凯呼救五分钟后爬上梯子，跟着后者及搜救人员进入公寓。

当众人走进卧室时，医生礼貌地摘下帽子，就像这只是一次例行出诊。"他叫什么名字？"他说话带着苏格兰口音，声音很轻。

"迈克，"她回答道，"迈克·坦普尔顿。"接着她补充道，"坦普尔顿准将"，她想让他们尊重他。

医生走到床边。"好了，先生，你的腿还有感觉吗？"

一名消防员说："夫人，你现在该离开了。这里交给我们吧。"

"那煤气呢?"

"我们已经把总阀门关了。"

"我想留下来。"

"不行，抱歉。你已经尽力了。"

另一名消防员扶着她的胳膊。"来吧，亲爱的。别吵了。这地方会塌的。"

迈克也大喊道："没事的，凯。照他们说的做。"

医生转过身："他会没事的，坦普尔顿夫人。"

坦普尔顿夫人! 她忘了她不应该出现在这里。

"当然，抱歉，我明白了。"

她转身向门口走去。走到一半，迈克再次叫住她："别忘了你的箱子。"

她把这事忘得一干二净了。箱子还待在床脚的搁脚凳上，上面沾满了灰尘和泥土，无声地诉说着两人的不忠。他在那儿躺着的时候，肯定很担心它被人发现吧。她拍掉碎屑，扣紧箱子，跟着消防员走到前门。后者踏上消防梯，接过箱子，把它扔给下面的人，接着向下走了几步，伸手示意她跟上。消防梯在两人的体重下开始弯曲摇晃，她不得不闭上眼睛。消防员紧紧搂着她的腰。"来吧，亲爱的，你可以做到。"两人一步一步慢慢往下走去。就在下到最后一阶时，她晕了过去。

等她醒过来的时候，她发现面前跪着一名护士，正托着她的下巴往太阳穴上涂碘酒。她呻吟了一声，想要躲开。护士加大了力气。"亲爱的，没事的，别动，马上就好。"她感觉身后有个什么尖锐的东西抵住了她的后背。等护士上完药后，她转过头，发现自己正靠在消防车的后轮上。那栋被炸毁的建筑物旁又架了两架消防梯，三个头戴钢盔的人在顶上站成一排，稳住六名消防员放下来的担架。护士顺着她的目光看去。"那是你认识的人吗?"

"我想是吧。"

"那你过去吧。"

护士伸手把凯拉起来。两人站在消防梯下面,护士搂着她的肩膀。

众人一边互相喊着要稳住,一边慢慢将担架抬了下来。她认出了那头被裹在毯子里的黑色卷发。被放到地上后,他转头看向她,脸因为疼痛显得格外憔悴,但还是努力把手从毯子里伸了出来,冲她虚弱地竖起大拇指。她伸手握住他的手。

他问:"那就是 V2?"

她点了点头。

他勉强笑了一下。"真他妈有意思。"

凯看向护士问道:"他们要把他带到哪里去?"

"圣巴塞洛缪医院。你想去也可以跟着去。"

"我想去。"

他把手抽了回去,表情突然变得冷漠,就像对着一个陌生人。他抬头望天,说:"最好不要。"

3

格拉夫和比韦克站在一棵枞树下，前者抽着烟，后者翻着笔记本，枞树滴着水。格拉夫本想在发射后直接返回斯海弗宁恩，但比韦克坚持要见识一下部队是怎么运作的。两人看着六名发射组成员清理发射场，回收电缆并拆除钢架。发射台被固定在液压支腿上，本身是一个比咖啡桌大不了多少的圆形金属框架，外形粗矮但结实坚固，周长与V2相同，中间有个金字塔形状的喷焰偏转器。

"它有多重？"

"大约一吨半。"

发射组将一辆两轮拖车拖到发射台下方。为了减少在敌机面前暴露的时间，众人动作麻利，不说一句废话。树林里，一台坦克发动机轰隆隆地响了起来，喷吐出几股肮脏的棕烟，接着一辆半履带式装甲车艰难地爬上地面。

"那是什么？"

"发射指挥车，发射期间就待在地下。"

半履带式装甲车缓慢地穿过灌木丛，向发射场驶来。车停后，司机让发动机空转着，众人则将发射台挂在拖板上，随后爬上挡泥板，紧紧抓住装甲壳体。司机发动引擎，开车离开，不到一分钟就消失在视野中。除了一股淡淡的燃料燃烧的气味和周围树上奇怪的灼焦的痕迹，没有任何迹象表明这里曾发射过一枚导弹。

比韦克似乎对这些很感兴趣，就像对导弹本身一样。"就这些了吗？我的天哪，你们可以在任何地方发射这玩意！"

"没错，只要地面足够平整坚实，停车场或者学校操场的角落都可以。"一年前的格拉夫做梦也没想到，发射导弹能变得如此简单。现在的他也没想到，未来的自己能造出数以千计的 V2。人类的智慧总是令人感到惊奇。

"看到自己从十六岁起就一直在研究的东西终于变成了保卫祖国的武器，"比韦克说道，"这感觉肯定很棒吧。"

这话听上去很奇怪。格拉夫瞥了他一眼，但比韦克的脸毫无表情。"那还用说。"格拉夫抽完烟，把烟头扔在地上踩灭。"现在我们该回去了。"

两人刚走了五十米，就听到半履带式装甲车驶来的隆隆声，就好像是遇到了什么让人惊恐的事情。它快速驶过转角，然后猛地在两人面前停下，挂在车上的人员已经不见了。车门被猛地推开，发射排指挥官申克中士从里面探出头来。他是从东线战场退下来的老兵，因冻伤失去了双耳。"格拉夫博士，七十三号站点发生紧急情况。赛德尔中尉要你马上过去。"

他伸手把格拉夫拉上车，但在看向比韦克时犹豫了。格拉夫说："没事，他和我一起。"于是申克把这个党卫队军官也拉了上来，砰地关上车门。

比韦克问道："你没忘了什么东西吧，中士？"

申克上下打量着他，有些困惑，接着又觉得好笑。他慢慢抬起胳膊说道："希特勒万岁！"

半履带式装甲车突然驶离道路，然后一个趔趄，向前冲去，弄得众人失去了平衡。格拉夫急忙抓住固定在车上的旋转座椅；申克则抓住了另一只，然后就像高级餐厅里的领班一样，故作礼貌地将它让给了比韦克。半履带式装甲车磕磕碰碰地驶出灌木丛，回到大马路上。

这两个座位是留给发射指挥官和副指挥官观看发射过程的。透过半履带式装甲车尾部仪表盘上方的狭缝，可以看到身后的道路向远方延伸。比韦克在研究表盘和开关。他似乎需要解释，但格拉夫现在满腹疑虑，没有心情回答任何问题。出现紧急情况。自上个月以来，这些话他都听过多少次了？

蜷缩在拥挤的车厢里，随着车辆的颠簸摇来晃去，他开始觉得恶心，但也只能紧紧抓住座椅两侧。几分钟后，车辆放慢速度，缓缓经过一排停靠在路边的燃料车。因为禁止在靠近燃料的地方吸烟，士兵只得双手插在兜里，站在树下避雨。接着装甲车停了下来，中士拉开车门。格拉夫松了口气，跳入凉爽潮湿的空气中。

赛德尔中尉正在等他。一个团有三个营，一个营有三个发射排，一个发射排有三十二个人。赛德尔指挥二营。他和格拉夫差不多年纪，是个柏林人。在晚上，如果不是太累的话，两人有时会在食堂下棋。他们从不谈论政治。赛德尔表情严肃地说："控制室里起火了。"

"起火了？电源断了吗？"

"全断了。过来看看。"

说着，众人绕到装甲车前面。导弹孤零零地矗立在两百米开外的地方，支架已经拆除，随时准备发射。赛德尔递过来一副双筒望远镜。格拉夫接过，对准 V2。弹头正下方冒出滚滚浓烟，被风挟往远处。

"燃料加了吗？"

"加满了。所以我们疏散了整个发射场。他们是在发射前一分钟才注意到这个情况。"

格拉夫放下双筒望远镜，摸了摸下巴，用拇指和食指捏住鼻子。没有选择了。"我想我最好去看看。"

"你肯定吗？"

"这该死的东西是我造的。"他想拿这事儿开个玩笑。"老实说，爆炸这事儿倒没吓到我，主要是还得爬上这该死的玛吉鲁斯梯子。"他说的也没错，毕竟他讨厌待在高处。

赛德尔拍了拍他的胳膊，格拉夫说："好吧，我需要两名志愿者。"赛德尔冲格拉夫眨了眨眼，扫视了一圈，指向站在旁边的两名士兵。"你，还有你，把梯子搬到导弹那边去。"

两人脸色发白，立正应道："遵命，中尉！"

格拉夫叫住他们："我需要一副手套，还有相应的工具。"他突然意识到比韦克还在旁边。他转身看向赛德尔说："顺便说一下，这位是突击队小队长比韦克，新来我们团的民族社会主义督导官。"

赛德尔又笑了，以为他还在开玩笑，但在比韦克咔嗒一声立正行了个军礼后，赛德尔脸上的笑容消失了。"希特勒万岁！"赛德尔向比韦克还了礼。"那么你到团里来究竟是为了什么呢，小队长？"

"为了提高士气，为了提醒大家我们是在为什么而战。"

赛德尔嘴角耷拉下来。他点点头说："那还真是有用。"

格拉夫又举起望远镜，继续观察导弹的情况。是他的错觉，还是烟确实越来越浓了？他担心的不是弹头附近的高温，毕竟在装上引信前，阿马图也就是一块一吨重的黄泥。但燃料就不一样了。他之前见过燃料箱爆炸，三个人在他面前被炸成了碎片。那还只是一个小型的试验箱，V2 里面装的可是八吨半的酒精和液氧。他竭力将那些画面赶出脑海。"别浪费时间了，"最后他说道，"让他们快点把梯子搬来。"

他向导弹走去。一阵脚步声传来，他转过头，发现比韦克跟在后面。"不不，"他说，"这里用不到你，你回去吧。"

"我想和你一起去。"比韦克走到他身边。"中尉似乎认为我只是个在褐宫①里耍笔杆子的，但实际上我在东线打过两年仗。我是在向他们证明自己，明白吗？"

"随便你。"格拉夫迈开大步。

V2看上去就像一头怪物，是他身高的七倍有余。站在它的面前，它看起来更高了。他一边走，一边摘下帽子，眯起眼睛向上看去。问题肯定是出在变压器上。他们在佩讷明德的时候就已经发现导弹可能因重返大气层时的热量在空中爆炸，所以在外面加了层金属套筒来保护顶部。但在冬天的气温下，这反而会加速冷凝，导致电力系统短路。他们解决了一个问题，又制造了另一个问题。

士兵用汽车后面的拖车把梯子拖到导弹面前。开车的那个跳下车，马上动手拆解。这就是消防员用的那种梯子：有三节，可延长。另一个递给格拉夫一盒工具。两人一直看着上方的浓烟，神色焦虑。格拉夫挑了几把小扳手、一把螺丝刀和一个手电筒，全部塞进衣服口袋。

两人将梯子搭在燃烧的控制室下方，步行回到队伍：一开始还走得挺有气派，但很快就跑了起来。格拉夫看着两人离开的背影，心想，真是明智的家伙。他摘下帽子递给比韦克，套上一双

---

① "褐宫"是纳粹党（民族主义社会主义德国工人党）全国总部。（本书脚注均为译者注，如无特殊情况，后文不再另做说明。）

石棉手套。

他用脚踩住第一级阶梯，开始向上爬去。梯子最下面一节，是最厚实最牢固的一节。但随着他向上爬去，脚下的梯子也变得细长，开始摇摇晃晃。风也越来越大，大衣都被吹得裹在腿上。他紧紧盯着前方，确保在迈出下一步之前都稳稳地踩在每一级上。他一路爬过发动机室、液氧箱和酒精箱，来到了位于机身和弹头中间的二号控制室。

浓烟从检查盖边缘喷涌而出。他不得不摘下右手的手套，用螺丝刀拧开检查盖。盖子一拉开，就冒出来一股刺鼻的浓烟。为了避免吸入烟雾，他只得扭过头去，而这一举动使他不得不看向一旁。道路、支援车、远处看着他的士兵，一切都映入眼帘，他的四肢开始失去力量。他紧紧抓住梯子，直到他能够放开一只手，把手套重新戴上。

接着他把双手插入导弹内部，前后移动头部，嗓子被烟熏得不停咳嗽，眼睛也很酸痛。幸好他对控制室的布局已经了如指掌，即使看不清里面也能继续工作。他一路从保险丝盒摸到滤波器回路，再到主配电装置，然后从口袋中掏出一把扳手，在装置周围仔细摸索，终于找到那对固定变压器的螺栓，并在几分钟后成功拧开。他双手抓住变压器，用力把它拉了出来。在把变压器拉出控制室时，他能感觉到它的温度灼烧着自己的脸。他朝下面的比韦克发出警告，然后尽全力把它扔了出去。

控制室内的烟雾顿时变薄了。他打开手电筒，把周围照了一遍。主线缆上的大部分厚橡胶涂层都已经融化了，控制室外的胶合板也已经烧焦了。好在其他地方似乎没有遭到严重损坏。他关上盖子，开始缓慢地向下移动，谨慎又小心，生怕不小心就看到下面的景象。

等他到达地面时，已经有几十个人围在 V2 旁，有的站着，有的在车里，其中不仅有赛德尔和发射排的人，还有胡贝尔上校，他就坐在指挥车的前座上。比韦克正弯腰查看烧坏的变压器。他想把它捡起来，但它太烫了，他戴着皮手套都拿不住，于是直接就扔掉了。

赛德尔问："它损坏到什么程度？"

格拉夫脱下手套，蹲下来缓了口气。"完全没有受损，除了变压器。"

"你认为接下来要怎么办？"

"把燃料箱放干，把它送回工厂做些电测。"

"不能直接换个新变压器吗？"

"可以，但为什么要冒险呢？"

比韦克打断他的话，说："你不是说没有受损吗？"

格拉夫重新站了起来，说道："可能没有，但在电测完成前谁也不敢保证。"

"放干燃料要多久？"

"几个小时。"

"那就是浪费半天时间，伦敦在下午就可以休息了！如果要发射，最糟糕的结果是什么？"

"导弹会瞎火。"格拉夫回答道，有点按不住心头的怒火。比韦克才在斯海弗宁恩待了一小时，就已经成了专家了！"也可能偏离目标，那样我们就会浪费十万马克。"

胡贝尔走了过来。"各位，决定好了吗？"

赛德尔说："格拉夫博士建议取消发射，但小队长好像有不同意见。"

"不用在意我的意见，"比韦克说着，挥了挥他的笔记本，

"我只是来考察的。"

胡贝尔的视线依次扫过导弹、烧焦的变压器和格拉夫，最后落在比韦克的笔记本上。格拉夫几乎可以听到他大脑运作的声音。"战争需要冒险，"最后胡贝尔终于开口说道，"这就是民族社会主义的本质。"他对赛德尔点了点头说："换掉部件，继续发射。"

格拉夫厌恶地扭过脸去。他很想抽根烟来放松一下神经，却只能在发射场里走来走去，就像他在佩讷明德等待最后的准备工作结束时经常做的那样。

技术仓用摩托车送来了一台新的变压器，发射排的一名士兵迅速爬上梯子把它装好，再关上控制室舱门，拆除并运走梯子，重新连上电缆。警笛响了起来，众人迅速躲进狭长掩壕。几人排成一路纵队，赛德尔打头，然后是胡贝尔和比韦克，最后是格拉夫。众人穿过灌木丛，来到了埋在通往掩体斜坡底部的活动发射装置。

门一关上，装甲车里就显得很拥挤，而且还很冷，因为顶上的盖子还开着。海牙雷达站在喇叭中播报，方圆五十公里内没有敌机。"可以发射。"

"现在是要做什么？"

格拉夫挤到角落，让赛德尔继续给比韦克解释："点火开关上有五个位置，现在在位置一……"

控制发射的中士将头探出舱口来观察导弹。"开始倒数。"

10——9——

开关移到位置二，燃料箱阀门关闭，压缩空气被泵入液氧箱。

8——7——6——

开关移到位置三，过氧化氢和高锰酸盐混合物进入涡轮螺旋桨发动机，开始点火。一个像卡萨林车轮①一样旋转的万字形点火装置开始迸发出火花。

5——4——

开关移到位置四，两个主燃料箱进入燃烧室。烈焰开始在导弹底部闪烁。

3——2——1——

"发射！"中士把头缩回舱内，拉上舱门。

开关移到位置五，涡轮泵马力拉满，燃料在高压下进入燃烧室。装甲车开始震动，那声音就像是从人的心口由内向外逐渐发散出来的。碎木残枝噼里啪啦地落在顶上。格拉夫紧紧捂住耳朵，默默祈祷着。

---

① 卡萨林车轮，又称为"死亡轮"，是中世纪一种残忍的刑罚。

4

那时凯正提着行李箱站在法院大法庭街和沃里克街的拐角处，看着救护车穿过拥挤的街道，朝圣巴塞洛缪医院的方向驶去。距离导弹袭击已经过去七十六分钟了，这里还是挤满了幸存者和围观者。为了穿过人群，司机只得鸣响警笛，引起众人注意。人群散开，有的站在人行道上，有的将其他人拉到一旁，但后来又都回到了马路上。

最后，救护车从她视野里消失了，警笛声也逐渐远去。尽管如此，她还是没有动。她感觉自己的大脑罢工了，一次只能搞清楚一件事。

最好不要。他是认真的吗？她应该坚持要一起去吗？

导弹飞到北海上空，一切正常。控制俯仰和滚转的两个陀螺仪已经达到了每分钟三万转的转速，使 V2 稳稳地沿着正常航线飞行。

她意识到自己很冷，没有外套，只穿着裙子瑟瑟发抖。她环顾四周，发现在刚才那场袭击中，法院大法庭街上几乎所有商店橱窗和大部分高层建筑的玻璃都被震碎了。还有那些被横七竖八地遗弃在路边的汽车，它们的玻璃也未能幸免。宽阔的街道上虽然挤满了人，却奇怪地很安静，就像夜晚表演结束后的西区①，

---

① 伦敦西区是与纽约百老汇齐名的世界两大戏剧中心之一，是表演艺术的国际舞台，也是英国戏剧界的代名词。

大家都站着等朋友出来，讨论刚刚看完的表演或接下来的安排。到处都是血：脸上、衣服上，还有人行道上，随处可见。一对老夫妇坐在路边，手牵着手，脚踩在排水沟里。一个小男孩一边哭，一边紧紧抓着一辆空婴儿车。遍地都是玻璃碎片和砖块。她注意到脚边有一块奇怪的扁平金属片，便俯身把它捡了起来。它还是热的。她猜测这是导弹的碎片，可能来自弹体外壳，或者尾翼。她小心地把它放回原处。有人对她说了些什么，但等她回过神来时，那些人已经走了。

过了一会儿，她开始向救护车驶离的方向走去。

圣巴塞洛缪医院在伦敦城，她只知道这些。即使见不到迈克，她至少可以站在外面的人行道上。她还没真正想过这个问题。

从这里往东南方四英里多一点的地方，坐落在德特福德新十字路上的伍尔沃斯百货公司收到了一批平底锅。这在战时的英国是非常稀缺的商品。消息传开了，家庭主妇在店外排起了长队。这家分店占了一栋四层高的大楼。周六是一周中最忙的一天，午餐时间是一天中最忙的时间段。很多妇女都带着孩子，大多聚集在糖果柜台前。当时一名左臂抱着两个月大的婴儿、正沿着新十字路向传说中的平底锅天堂走去的年轻母亲在四十年后回忆起当时的场景："令人窒息的寂静突如其来，让人喘不过气。"

当物体突破音障并继续以大于一马赫（七百六十七英里每小时）的速度运动时，就会产生音爆，进而发出巨大的噪音，就像快艇不断用船头劈开波浪一样。凯听到天空中传来类似烟火爆炸的声音，几秒钟后，远处传来一声巨响，就像一扇沉重的门被砰地关上了。接着是导弹呼啸而过的声音。周围的人都停了下来，抬头往上看。

那时是下午 12 点 25 分，这个确切的时间是她后来在官方报告中看到的。V2 击中了伍尔沃斯正中心，从楼顶横冲直撞到楼底，最后爆炸形成一个三十英尺深的弹坑。无论是在伍尔沃斯，在隔壁的合作店，在街对面的布店，还是在五十三路巴士上，大多数受害者都是当场死亡。巴士上的尸体仍然笔直地坐在座位上，但内脏已经在冲击波中受到了损伤。共有一百六十人丧生：

布赖恩·约翰·班菲尔，三岁；弗洛伦丝·埃塞尔·班菲尔，四十二岁……

艾薇·布朗，三十一岁；乔伊丝·布朗，十八个月；西尔维娅·罗西娜·布朗，十二岁……

朱莉娅·伊丽莎白·格洛弗，二十八岁；迈克尔·托马斯·格洛弗，一个月；希拉·格洛弗，七岁……

一缕薄薄的棕色烟雾正从凯面前的屋顶上升起。

无论在战争期间还是战后，对于 V1 和 V2 哪个更可怕的争论就从来没有停过：V1，安装了炸弹的无人驾驶飞机，可以被人看见踪迹和听到声音，只有在燃料耗尽后才会开始坠落，让人有时间找到掩护；而 V2 的袭击没有任何预兆。大多数人认为是 V2 更可怕。它和 V1 一样是众人的噩梦，但在面对 V2 时，你连逃跑的机会都没有。而且它还具有诡异的未来主义色彩：新时代的先驱，却由注定被击败的敌人制造出来，让人不禁好奇希特勒究竟还有什么高招。

凯盯着烟雾看了一会儿，往后退了几步，然后转身朝反方向快步走去，从望着天空发愣的人群中挤过，对身后传来的咒骂置若罔闻。

V2 特有的双巨响响彻整个伦敦。本应在周六享受购物乐趣的人们现在却低下了头，绷紧了脸，放低了声音。9 月，当 V2 第

27

一次命中目标时，当局还发表了一篇报道，称那一系列大爆炸其实是煤气总管发生了爆炸。没有人相信。（"你听说了德国的新秘密武器吗？就那个会飞的煤气总管？"）直到最近两周，丘吉尔才在议会上宣布了真相。一种淡淡的焦虑弥漫在整座城市的空气当中。

凯匆匆向西赶去，一路经过霍尔本站、托特纳姆法庭路……她机械地迈着脚步向前走去，这种简单的重复动作反而是一种解脱。她很了解V2，包括它的尺寸、射程、有效载荷还有发射场地：在过去的十八个月里，她目睹了它的成长，就像实验室的技术人员在显微镜下观察癌细胞的繁殖一样。她现在整个人被分成了四个部分，其中三个部分都装满了恐慌，只有一个部分还在冷静地进行专业评估：既然德国人能在一个多小时的时间里朝伦敦发射两枚导弹，那就说明他们加大了军力部署，即将展开新一轮进攻。

牛津广场内有辆车回火了，她像大家一样本能地让到一边。站稳后，众人交换了一下惋惜的眼神，便继续各自前行。

她走了将近四英里的路程，最后来到了帕丁顿站。下一班去马洛的火车在三十分钟后。她走进女厕，站在公用的大镜子前仔细端详着自己的脸。难怪人们一直用一种奇怪的眼神看她。镜子里的那个棕发女人灰头土脸，就像撒上粉的"摄政王蛋糕"。脸颊上还有一道道烟灰，鼻子上有块污迹，太阳穴的伤口旁还有一滴干涸的血迹。裙子的肩部也磨破了，还脏兮兮的。肮脏周末①，想着想着她就笑出声了，迈克就喜欢说这种无聊的笑话。她抓着

---

① 此处原文为"dirty weekend"，即前文所译"幽会周末"，此处"肮脏"是双关。

洗手池边缘哭了起来。

"你没事吧？"旁边一名戴着头巾的中年妇女担忧地看着镜子里的她。

"我没事，抱歉。"她打开水龙头，低下头，用手捧起冷水浇在脸上。污水打着旋儿流进了下水道。她一直低着头，直到恢复镇静。她走进空隔间，锁上门，把箱子放在马桶盖上，将连衣裙拉过头顶脱下，又拿出一件淡蓝色衬衫和一条黑色领带。她摸索着系上纽扣，第一次还系错了，只能从头再来。接着她套上了一条厚厚的蓝色裙子，将它拉过臀部，系好，然后抖开配套的袖口处有一条编织带的蓝色外套，试图把褶皱弄平。最后她扣上扣子，系紧腰带，重新回到洗手池前，一边用嘴咬着发卡，一边将头发绾起。她的手指沾满了灰尘，但没有办法，只能尽量用帽子挡住了。还有周末买的化妆品，是曼尔·奥勃朗①在当月《时尚》杂志上宣传的那款（"蜜丝佛陀②粉饼，只需几秒，迷人女人！"），她将厚厚的粉涂在伤口上。痛得要命。接着她补上口红，调整帽子，收起几根散落的头发，抬起头，朝镜子里望去，那里只有一个可怕的陌生人，空军妇女辅助队的空军中尉卡顿-沃尔什。只有那双写满惊恐的眼睛出卖了她。镜中人眼眶通红，脸上还擦破了皮。她拿起箱子，走进车站大厅。

她走进咖啡馆，坐在平时惯坐的可以看到时钟的位子上，双手捧着一杯茶，视线在检票口前的人群间游走：各式各样的制服，深蓝的、浅蓝的、卡其色的；很多美国人，背包都堆在手推

---

① 曼尔·奥勃朗，出生于印度孟买，英国和好莱坞黑头发女演员，是好莱坞第一个混血明星。

② 蜜丝佛陀，诞生于 1909 年的著名化妆品品牌。

车上；还有一群吵闹着和家长见面的学生。头顶的玻璃上留下了烟熏的痕迹，仿佛和锻铁的屋顶组成了一座鸽舍，而他们就是在其中飞来飞去的鸽子。她不停往上看，想象着一枚导弹穿屋而过，然后又开始自责。这太荒谬了，居然妄想在同一天里见到第三枚 V2。尽管如此，她还是喝完茶，去找她的火车了。直到她所在的车厢离开帕丁顿，离开 V2 的射程后，她心底的那丝不安才终于平息下来。

从伦敦到马洛要一小时，火车沿泰晤士河谷方向行驶，经过梅登黑德、库克姆和伯恩德，一路上风景优美，景色宜人。她坐在窗边，看着翠绿的河畔草地、平静的棕色奶牛、河流和鸭塘，以及灰色的小石头教堂，陷入沉思。作为工作的一部分，她有时会前往牛津郡乡下的皇家空军基地机库，在飞行员结束侦察德国任务后，听取返程飞行员的汇报。飞行员都是些没怎么上过学的年轻人，举止轻浮，还穿着飞行员夹克，完全没把刚刚遇到的危险放在眼里："小菜一碟，女士。"只有点烟时不时颤抖的手说明他们只是在装模作样。偶尔会有架飞机没能回来，她会一直等待，直到其他人劝她离开。她时常怀疑自己是否有勇气去做他们所做的事。现在她有了答案。这是她第一次在战争中直面死亡，本能告诉她要尽快离开伦敦。

她当然可以找到借口。迈克的伤似乎并不致命，而且他还让她别来医院。没有他，她无处可去，无事可做。但那就引出了另一个问题：她去沃里克街干什么？和已婚男人搞婚外情已经够糟了，还和已婚男人在他们夫妻的床上做爱……

公寓周末没人，我们可以好好享受……

说得倒是轻松，但这完全没必要，还给他俩的事又披了一层欺骗的外衣。这种行为很残忍，要是还像以前那样去旅馆，他们

30

现在就不会分开。所以上帝才会派 V2 来惩罚他们？虽然明知这么想很荒谬，但她就是控制不住自己，即使她早就丧失了信仰。这种想法在脑子里挥之不去，一直困扰着她。

到了伯恩德，三个年轻的辅助队二等兵咯咯笑着走进车厢。在看到她袖子上的镶边后，几人便向她敬礼，然后安静地坐在一旁。这让她更不自在了。于是她从头顶的行李架上取下箱子，穿过过道，来到车厢门口，拉下窗门。近来的雨水使泰晤士河的水面变得更高且宽，河中央还停着一对天鹅。

她将脸转向风吹来的方向，深深地呼吸着窗外的空气，借此驱散在鼻端萦绕不散的粉尘和煤气的气息。

到站后，她让二等兵们先下车离开，自己则等到站台上的人都离开后才走出车站来到小巷。一辆军用卡车等在那里，后排上坐着刚才那群二等兵。

"要捎你一程吗，长官？"

"谢了姑娘们，我走路就行。"

她从砖石结构的小屋前走过，来到宽阔的佐治亚大街上，映入眼帘的是爬满常春藤的驿站和茶室，用小块玻璃拼凑出弓形窗的小店，被粉刷成白色的木屋，还有茅草屋顶，简直就是一幅画，好莱坞式的英国形象，就像《忠勇之家》① 中的场景。附近某处正在进行足球比赛。她听到一声口哨，接着是欢呼声。她离开小镇，沿着亨利路穿过田野和高高的树篱，不时可以看见从左侧流过的河流。才走了一英里左右，她就再次进入了战争的世界：隐藏在树林里的高射炮兵连变得清晰可见；一小队穿着体能

---

① 《忠勇之家》是米高梅公司出品的战争片，以第二次世界大战为背景，讲述了英国伦敦郊外的一户中产阶级家庭在战争中如何保卫家园的故事。

训练服的士兵大汗淋漓、满脸通红地从她身边跑过；前面的车道上停着一辆伪装过的卡车，那里有个警卫哨。

她向警卫出示了通行证。

"要送你去房子那儿吗，女士？"

"不用，谢了，下士。散步挺好的。"

英国的很多秘密战争都不是发生在战场上的。穿过被弃置的公园，在那漫长的车道尽头，在那蔓生的杜鹃花和滴水的榆树之间，藏着众多乡间小屋，他们在那里破译密码，制订特种行动计划，窃听被俘的纳粹将军的对话，审问间谍和训练特工。过去的两年里，凯每次路过这里，都会回忆起在学校的日子。道路的尽头是丹尼斯菲尔德别墅，一栋仿伊丽莎白时期风格的建筑，就像婚礼蛋糕上的糖霜一样洁白闪亮。它建于世纪之交，拥有锯齿形的墙壁、红色的陡峭屋顶和高耸的红砖烟囱，花园一直延伸到泰晤士河畔。她刚来的时候，这个地方还是个散步休闲的好去处。此时，这里早已面目全非，四处林立着狭长、低矮的木质临时办公楼和丑陋的尼森式半筒形铁皮屋。这些铁皮屋就是他们的军营，每栋屋子里住十二名军官，四个人一间房。

她站在门口，默默祈祷屋里没人，然后绷紧肩膀，推开金属大门，穿着笨重的辅助队制式鞋踏上木地板。走廊右边有四扇门，离入口最近的是厕所和浴室。小屋中央有一个烧煤的炉子，现在已经灭了。她的宿舍在另一头。百叶窗都关着，房间里一片漆黑，空气中弥漫着强烈的维克斯达姆膏①的气味。她以为房间里没人，谁料最远那张床上的毯子动了动，一个脑袋冒了出来。

---

① 维克斯达姆膏，也叫维克斯伤风膏，是宝洁公司出产的一种薄荷脑涂剂，涂在胸前能够使感冒者呼吸通畅。

"我以为你会在伦敦度周末。"

凯一只脚跨进门槛，已经来不及转身离开了。"我改主意了。"

"等等。"影子动了动。咔嗒一声，百叶窗被拉开了。雪莉·洛克——毕业于伦敦大学学院经济学系，近两年来似乎经常感冒流鼻涕，只是在夏天，她称之为花粉过敏——又爬回床上。她穿着一件粉红色玫瑰图案的绒布睡衣，衣扣一直扣到尖尖的下巴下面，将她包裹得严严实实。她戴上眼镜，突然用手捂住了嘴："天哪，凯，你脸上怎么搞的？"

"车祸。"这是她想到的第一个谎言。她决定不提 V2 的事，免得她问个没完没了。

"哦，不，可怜的家伙！什么车？"

"就是辆出租车。"凯打开柜子，收拾好箱子。"在泰晤士河河堤上爆了胎，撞到灯柱上了。"

"什么时候的事？"

"今天早上。"

"那你为什么回来了？你家亲爱的没照顾你吗？"

"谁说我有亲爱的？"她向门口走去。"抱歉，赶时间。回头见。"

雪莉在她身后喊道："你知道你总有一天得告诉我们吧，你的神秘人？"凯继续向前走去，在走到走廊中央时，就听到身后又响起熟悉的鼻音："你得去看看那道伤口！"

在更名为梅德纳姆皇家空军基地（梅德纳姆是最近的村庄的名字）后，丹尼斯菲尔德别墅特有的雅致也随之消失了，取而代之的则是沉闷的官僚气息。房间里四处散落着各种卡片和橡皮筋，灰尘和铅笔屑落了满地，就像很少被打开的抽屉。他们拆掉了枝形吊灯，在天花板上装上了挡板，铺上了油毡，还给每个房间都贴上了标牌。像舞厅，凯的目的地，就被贴上了"Z区/中央判读组"的标牌。

这时候已经是周六下午三点半多了，冬日的阳光正在消逝。阳台外，落日映在泰晤士河上，河面闪闪发光。舞厅内，二十名"第二阶段"判读人员（大多是女性）坐在三排桌子前，开着万向灯①，全神贯注地伏案工作。这种安静的氛围让人仿佛置身于考场，连空气中都弥漫着专心的气息。不时会有人走到书架旁取下一个文件盒或手册，或者站在其中一幅图表前，观察上面从各个角度展示的敌军装备：装甲车和自行榴弹炮，战斗机和轰炸机，潜艇、军舰和坦克。在一张长隔板桌上放着几只铁丝篮，里面堆满了标着不同地区名称的黑白照片："鲁尔区""萨尔区""波罗的海"。隔板桌后面坐着一名辅助队中士，正在填写记录表。

凯问："荷兰有消息吗？"

中士指着一个空篮子说："天气不好，女士。四十八小时都没消息了。"

凯走到大厅，向楼上走去。"第一阶段"是"最新的/即时的"，本森皇家空军基地的飞行员在结束任务后就会回到这里汇报情况。"第二阶段"在舞厅内进行，主要负责分析过去二十四小时内在战场上拍摄的可以立即使用的照片。需要更长时间的"第三阶段"的工作则是在楼上完成。这里曾经是丹尼斯菲尔德别墅的主卧室和浴室，现在则是她工作的地方。她沿着走廊来到登记处，询问过去一周有关荷兰沿海地区，也就是从荷兰角到莱

---

① 万向灯，诞生于 1933 年，由英国汽车工程师乔治·卡沃丁（George Carwardine）发明。

34

顿市的消息。"最好是过去两周的。"

办事员拿文件去了。她胳膊支在柜台上，身体前倾，闭上了眼睛。身后的走廊里人来人往。某处电话铃响了一下。有人打了两个喷嚏。她感到一阵眩晕，仿佛置身于一片大海之中，那些声音好像是从很远的地方传到她耳朵里的。这时，一个柔和的女声从她身后传来："凯，亲爱的，你还好吗？"

她吸了口气，勉强挤出一个微笑，转头看向多萝西·加洛德①瘦削严肃的脸庞：她是个瘦小的女人，只有五英尺高，穿最小码的制服都嫌大。现在她五十岁出头，比其他人年长得多。战前她曾是剑桥大学的考古学教授，现在她教授的则是如何分析德国被轰炸城市的照片。她对待照片的态度就像对待旧石器时代的遗址一样严谨、认真。轰炸机部队司令部可能会坚持说目标已摧毁，但她知道实际情况并非如此，在这个问题上毫不让步。据说哈里斯中将很讨厌她。

"我头被门夹了，其他还好。"此外，加洛德教授还是凯在纽纳姆时的导师，也正是她从一开始就推荐凯加入中央判读组。但凯还是没办法自然地叫出她的教名。

"你的脸色很差，确定不是太累了吗？"

"我很好，真的。"

办事员拿来了文件，她签字收下，把它抱在胸前，微笑着和两人道别，随即逃离了登记处。

她溜进房间，像往常一样坐在窗边的桌子旁。其他人都沉浸在自己的工作中，没有注意到她的到来。她脱下帽子，打开台

---

① 多萝西·加洛德，1937年成为剑桥大学史上第一位女教授，也是世界上取得教授地位的第一位史前考古学家。她发现了世界上最早的农耕社会的前身——纳图夫文化。

灯，将立体镜、放大镜、数学用表和计算尺等设备一一摆好，然后翻开文件，取出里面的黑白照片：除开几丝白云的遮挡，狭长、笔直、平坦的海岸，宽阔的海滩，点缀着沙丘和湖泊的大片林地，海牙及其郊区的街道和建筑物，还有北部的斯海弗宁恩，全都清晰可见。V2肯定是从这里发射的：这是德军在欧洲境内仅存的一个能够攻击到伦敦的据点，就在两百英里外。喷火式战斗机飞行员有时会看到导弹破空而过。但确切位置在哪呢？答案不得而知。

凯也没指望这次能找到答案。在过去的几周里，他们一直在搜查这个地区，但毫无收获。曾有人问芭布丝·巴宾顿-史密斯能否确定德国喷气式战斗机梅塞施密特Me262①在佩讷明德的具体位置。为此，她举着珠宝商的徕卡放大镜，将老照片反复研究了好几周，终于在机场边上发现了一个不到一毫米宽的小十字，说明它的翼展有二十英尺。凯还记得当时芭布丝兴奋地叫她："凯，过来看看这个。"

就算她能够有所发现，那又怎样？发射装置是可移动的，现在肯定已经转移了。不过做点事总比什么都不做强，至少她不用回营房听雪莉·洛克擤鼻涕，更不用躺在床上，回忆起导弹来袭前那可怕的一刻，还有迈克被绑在担架上说"最好不要"的样子。

她将其中两张照片并排放在一起。这两张照片是前后脚拍的，所以有百分之六十的内容是重复的。透过检视器，她看到这

---

① 梅塞施密特Me262（绰号"飞燕"），是德国梅塞施密特飞机公司在二战末期为德国空军制造的一种喷气式飞机。Me262战斗机于1944年夏末首度投入实战，成为人类航空史上第一种投入实战的喷气战斗机，与同一时期英国制造的流星战斗机齐名。

两张照片神奇地融为一体，形成了新的三维图像。虽然她只能看到上面密密麻麻的黑白色树木，每一棵树都是如此微小，很难区分开来，但这并没有使她却步。如有必要，她可以花一晚上来研究树林里到底藏着什么，直到太阳沉入泰晤士河，直到窗外的小屋亮起灯光。

5

施米特酒店坐落于斯海弗宁恩，是一栋外表残旧，内里却十分豪华的建筑，现被征用为参谋总部和军官食堂。夜幕下，一间餐厅亮起烛光：胡贝尔上校为比韦克举办的小型欢迎晚宴开始了。

坐在胡贝尔右侧的是本次晚宴的座上宾比韦克，左侧则是身着黑色党卫队制服的突击队大队长卡尔海因茨·德雷克斯勒，他负责安保工作。胡贝尔的这位同僚身材肥胖，秃顶，戴着一副眼镜。在格拉夫看来，他这副样子一点也不像"优等民族"①。桌对面坐着三名炮兵营的中尉，分别是赛德尔（爱好下棋的柏林人）、克莱因（沉默寡言、技术熟练的工程师，行伍出身）和施托克（神经容易过敏，经常在晚上看西部小说放松）。格拉夫坐在最后。

几个戴着白手套的勤务兵陆续为众人端上食物。从淡而无味的卷心菜汤，到最后一道，隐约可以看出是上周党卫队在森林里打到的野猪，都盛放在酒店战前购入的压花瓷器里。有面包，但没有土豆。那年收获的大部分土豆都被征用制成了火箭燃料——乙醇。V2 就像被娇生惯养的孩子，从大人的碗里夺走食物。

尽管胡贝尔开了两瓶杜松子酒庆祝，还讲了好几个低俗笑话

---

① "优等民族"（Master Race）是一个纳粹主义种族概念，这一思想认为雅利安人种（北欧人种中的一支）是最典型的纯白色人种。在纳粹理论中，北欧人种是原始印欧人的纯正代表，纳粹认为史前时代的北欧人种在北德平原上定居，其源头可追溯到亚特兰蒂斯。

活跃气氛，但大家的兴致还是不高。

四周高大的镜子里映着闪烁的烛光，显得本就寒冷的房间愈加空旷黑暗。

格拉夫漫不经心地听着周围人的谈话。赛德尔在和其他营长聊那台过热的变压器。德雷克斯勒在和比韦克谈论在东线开展的军事行动（"我们不得不烧毁村庄……"）。而他只想把自己灌醉。面前的酒杯已经空了。他盯着最近的瓶子，琢磨着伸手去拿会不会很失礼。这时，胡贝尔用餐刀敲了敲杯子，站起身。

"先生们，你们也知道，半夜会有一批导弹到这儿，我们得早点收摊，好好休息一下。不过在这之前，我想向大家介绍比韦克小队长。在激烈的战斗中，大家很容易迷失自我，忘记自己战斗的理由，所以需要民族社会主义督导官，需要他来提醒我们。希望你们都能在这周内和他聊聊，"他向比韦克欠了欠身说，"很高兴您能加入我们，小队长。"比韦克微笑着朝他点了点头。"今天我们发射了六枚导弹，"胡贝尔继续道，"这是一个好的开始！但在接下来的日子，我们也要继续努力。我给咱们定个新目标。"他看向众人，说："让新同志见识一下我们的能耐。明天我们要发射十二枚！"

十二枚！格拉夫瞪大了眼。他稍微迟疑了一下，德雷克斯勒便敲了下桌子表示同意。炮兵们也不冷不热地表示同意。

"很好。"胡贝尔脸上露出笑容。他拿起酒杯说："现在让我们举杯。"待众人起身后，格拉夫抓紧时间给自己倒了点酒。"为胜利干杯！"

"为胜利干杯！"

众人一饮而尽，接着纷纷坐下。烈酒灼烧着格拉夫的喉咙，也将他仅存的理智燃烧殆尽。他重重地捶了下桌子，所有人都转过头看着他。

"发射十二枚！太棒了！"

比韦克仔细端详了他一会儿，委婉地问："您不觉得一天内发射十二枚的目标太大了吗，格拉夫博士？"

"太大了？不不不，恰恰相反，太小了！一架兰开斯特①能带多少炸弹来着？"

赛德尔回道："六吨。"

"六吨，然后每枚导弹能带一吨弹头，也就是说，十二枚导弹的爆炸力也就相当于两架兰开斯特。知道那些皇家空军基地的猪一晚上派多少架轰炸机袭击我们的城市吗？一千架！发射十二枚？"格拉夫又捶了下桌子，"我还想发射一千两百枚呢！"

赛德尔没忍住笑出了声，连忙低下头盯着自己的手。胡贝尔反驳道："但一枚 V2 的恐怖程度完全不亚于一百架兰开斯特。想想它撞击地面时的力量，那可是三倍音速。它的攻击范围更广，造成的伤害更大，而且无人能挡。"

"除此之外，"德雷克斯勒用餐巾轻轻擦拭眼镜，"也只有它能打到伦敦。"他戴上眼镜，审视众人。

没有人接话。

最后，一直作壁上观的比韦克率先打破沉默："有趣。"他推开椅子站了起来。"感谢你们的招待，上校，"他轻轻拍了拍胡贝尔的肩膀说，"今天只谈风月，不及公事。我想说的是，虽然我来这里的目的是激发你们的勇气，但今天的经历也让我更加坚信，最终的胜利果实将由我们摘取。我们有能力创造这样的技术

---

① 兰开斯特轰炸机，英国重型轰炸机。它是二战中英国最好的重型轰炸机，广泛用于对德国的战略轰炸。

奇迹，又怎么可能让神圣的任务失败？让我们再次举杯。"出乎众人所料，他彬彬有礼地向格拉夫鞠了一躬，接着举起酒杯："为我们德国的天才科学家干杯！"

格拉夫不知道该不该站起来，但最后还是起身举起空杯。

"为德国科学家干杯！"

众人重新坐下，胡贝尔朝格拉夫招手示意："博士？要不要讲几句？"来挽回局面？他的语气这样暗示着。

格拉夫笑着摇了摇头："我不擅长这些。"

"不是什么正式的讲话，"比韦克接道，"就是想和你聊聊你和冯·布劳恩教授共事的经历。"

"我不知道该从何说起。"他坦白道。人的半辈子怎么可能用短短几句话就概括了，还要被当作茶余饭后的谈资？他突然希望冯·布劳恩能在这里，他的演讲定能让众人听得如痴如醉。没有人不会被他迷住，就连希特勒也不例外。他笑的时候会仰起那颗高贵的大脑袋，挺直胸膛，很像年轻时的小罗斯福①。他脸上由衷的笑意让你不得不相信他是世界上最伟大的人，最伟大的推销员。但格拉夫很清楚自己不是冯·布劳恩，所以他只能回答道："他是位杰出的工程师，我只能说这么多了。"

众人又是一阵沉默。

"那好吧，"胡贝尔瞪了格拉夫一眼，"我想我们只能到此为止了。晚安，先生们。"

散席后，格拉夫沿着街道向营舍走去，胡贝尔突然从后面追

---

① 即富兰克林·德拉诺·罗斯福，美国第 32 任总统（在位时间 1933—1945 年），美国历史上首位连任四届（病逝于第四届任期）的总统。

了上来，一把拽住他的手臂，把他拖进旁边的阴影里。"你到底怎么回事？"

"什么怎么回事？"

"别装傻！你知道我在说什么，你刚才在那个纳粹混蛋面前说的那些话，完全就是些自暴自弃的话。'发射一千两百枚！'这对大家都没好处。"

"那不是自暴自弃，上校，那是实事求是。我们可以对公众撒谎，这我理解。但对自己撒谎有什么意义？"

"意义？意义就是不会因叛国罪被秘密警察抓进监狱！"格拉夫被胡贝尔抵在墙上，两人靠得极近，近到他可以闻到胡贝尔呼吸中的酒气。"造那玩意儿，你们都有份儿，是你们逼着军队用的！你们得负起责任！"

两人又僵持了几秒，上校厌恶地骂了一声，抻了抻外套，转身摇摇晃晃地走进总部。

格拉夫留在原地，靠着墙壁缓缓坐到地上。胡贝尔说得对，他想，他是最没有资格抱怨的人，他应该学会闭嘴。但是为胜利干杯？真的太可笑了。

他遗憾地意识到自己还是没有被灌醉。他站了起来，走过街角。云稍微散了点，锋面正在经过，一缕月光洒下，驱散眼前的黑暗。两个士兵沿着街道跌跌撞撞地向他走来，一看就知道是从附近的国防军妓院出来的。这俩绝对是喝高了。看他俩呆滞的眼神，喝的还不是杜松子酒，而是当作火箭燃料的甲醇。虽然燃料里面加了紫色染料，让它看上去没那么有吸引力，还多了点苦味，军营里也都挂满了警告牌（喝上一杯，没了眼睛！喝上几杯，丢了性命！），但每个受命负责 V2 的人都学会了用防毒面具的活性炭过滤器把甲醇过滤三次，然后就得到了一杯没那么紫的高度酒。只要你吞得够快，你不仅不会吐，还会觉得冬天的斯海弗宁恩也没那么糟糕。格拉夫踩在排水沟上，看着两人踉踉跄跄地走了过去。

他被安排住在一家小旅馆里，和他同住的还有十几个中士和士官。刚走进昏暗的大堂，他就听到了他们在厨房里的动静，还有女人的笑声。他们被禁止和海牙当地的女人发生关系。即便如此，也总有那么一两条漏网之鱼。她们藏在摩托车挎斗的毯子下，在守卫的眼皮子底下被偷运进来。他走上三楼，去了趟楼梯口的厕所，然后打开房门，把帽子丢到椅子上，一头栽倒在床上，灯也没关，窗帘也没拉，连外套都没脱。他只是躺在床上，静静地听着窗外海浪拍击海岸的咆哮声。过了一会儿，他从口袋里摸出一盒烟，抽出一根点燃，然后把床头柜上的烟灰缸搁在胸上。

他在想冯·布劳恩。看上去比韦克不仅对他们两人的友谊了如指掌，还非常好奇，感觉比韦克一直在诱导他说些什么。也许比韦克在秘密警察那里看到了他的文件。这就说得通了。文件肯定很厚，不说告密者的报告，光是对他的审讯就持续了一个星期。九个月前，他被带到斯德丁一座并不显眼的办公楼里。没有暴力，没有人拿灯打在他脸上，没有诸如此类的手段。他们显然是接到了命令，要榨干他身上的情报。于是迎接他的只有一个接一个的问题，连晚上都不得清净。大部分时间他都一个人待在地下室的牢房里，忍受着无限的煎熬。

你是什么时候认识冯·布劳恩的？

那就要看你对"认识"的定义是什么了。1928 年 5 月 23 日，柏林，AVUS① 赛车场上，两人都是十六岁，那是两人第一次说

① 1909 年，威廉二世在柏林成立了一个机构来专门修建这条"汽车交通和试驾之路"，简称 AVUS。AVUS 计划修建的不是一条现在普遍意义上的交通路线，而更像是一条业余爱好者的赛道，每个人都可以支付 10 马克来练习驾驶、参加比赛。

话。他总是记得这种细节。他清晰地记得那个日期，因为就在那天，弗里茨·冯·奥佩尔驾驶着装备了二十四组火箭推进器的RAK-2，以每小时二百三十八公里的速度创造了新的陆上极速纪录。即使在那个年龄，韦恩赫尔也是鹤立鸡群的那个。

为什么？

噢，他的身高、长相和举止，还有远超他年龄的自信。试车结束后，两人主动上前结识冯·奥佩尔和他的搭档——著名的奥地利火箭先驱马克斯·瓦列尔，并有幸坐上这辆五米长的庞然大物。这四个人（其中还有两个学生）都是"太空旅行协会"（后文有时简称"协会"）的成员。你看，那时的他们就怀揣着这样的梦想。火箭只是实现梦想的方式，而不是梦想的尽头。但他并没有和秘密警察说这些。

他凝视着天花板，思考冯·奥佩尔到底出了什么事。他听到传闻，说战争爆发以后冯·奥佩尔就逃到了美国。瓦列尔则在几年后死于一起液体燃料火箭发动机爆炸事故：一枚弹片切断了他的主动脉。

至于他是什么时候正式认识冯·布劳恩的，那应该是第二年。他之所以记得这么清楚，是因为就在 1929 年 10 月 15 日，弗里茨·朗[①]的电影《月里嫦娥》[②] 在柏林的"动物园的乌发宫"电影院举行了首映式。当时制片厂还想找太空旅行协会制造一台火箭发动机，但最终还是不了了之。出身名门、有钱有势的冯·布劳恩设法给格拉夫弄到了一张票，还借给他晚礼服，这样他就能混进贵宾队伍。他甚至主动向弗里茨·朗自荐。格拉夫永远不

---

① 弗里茨·朗，出生于维也纳的德国人，知名编剧、导演。
② 《月里嫦娥》，是弗里茨·朗执导的科幻剧情片，讲述了几位研究人员及淘金者抱着各自的目的乘宇宙飞船去月球探险的故事。

会忘记那名大导演透过单片眼镜看过来的眼神，就好像面前这个笨拙的男学生也是"月里生物"一样。

从那以后，两人经常见面。格拉夫是独生子，父母都是老师，一个教英国文学，一个教音乐。这对中年夫妇为人亲切，待人和善，虽然对太空旅行或工程学毫无兴趣，但他们教授格拉夫英语，让他得以走进赫伯特·乔治·威尔斯①的科幻世界。冯·布劳恩成了他的知己。他有时会搭电车去冯·布劳恩在蒂尔加滕边上的豪宅，那里的管家会给二人端上柠檬水。他们还自己动手写了科幻小说，有讲星际旅行的，有讲轨道空间站的。他们曾在韦尔特海姆百货公司摆摊，为太空旅行协会筹募资金。（"女士们，先生们，"冯·布劳恩大声宣布，"我们就要登上月球了！"）他们都进入了夏洛腾堡工学院攻读理论物理学，都在厂子里干了六个月的"脏活"：冯·布劳恩是在博尔西希机车厂，而格拉夫是在戴姆勒-奔驰在马林费尔德的工厂。

差不多就是在那个时候，太空旅行协会（就是一群身无分文的外行和空想家，再加上一两个认真务实的工程师，如卡尔·里德尔和海尼·格吕诺这两个机械师）说服柏林当局让他们使用城北泰格尔附近的一片荒地，那里有大战遗留下来的大型军火库，目前已废弃。他们把警卫室改造成聚会室，搬来了行军床和普里默斯②炉，这样他们一次就能待上好几天。他们还在墙上挂了《月里嫦娥》的宣传海报，海报里一名迷人的女郎正坐在一弯新月之上。这片荒地成了他们的天堂，被称为"火

---

① 赫伯特·乔治·威尔斯，又译作赫伯特·乔治·韦尔斯，英国著名小说家、新闻记者、政治家、社会学家和历史学家。他创作的科幻小说对该领域影响深远，如"时间旅行""外星人入侵""反乌托邦"等都是 20 世纪科幻小说中的主流话题。

② 普里默斯是瑞士的专业户外炉具和汽灯的生产商，诞生于 1892 年。

箭空港"。

而他们也真的在这里造了一架火箭，里德尔是最大的功臣。他们给这枚火箭取名为"冲击者"号，与协会成员们最喜欢的科幻小说《在两个行星上》①中的宇宙飞船同名。它看上去很丑，完全不像他们后来造的完美符合空气动力学设计的美人。"恶心者"号的名字可能更适合它。它的机身是根薄壁金属管，长三米，宽仅十厘米，头部有一个蛋形容器，内装发动机一台，尾部则有照明弹和降落伞储放箱一个。这架火箭的创新之处在于他们创建的燃料供给系统，那也是最终用在 V2 上的燃料供给系统：酒精和液氧分别储存在一上一下的两只燃料箱中，由压缩氮气泵入燃料室内。他们没把自己炸死真是个奇迹。在启动燃料供给系统后，他们会倒数十个数（从《月里嫦娥》中得到的灵感），而其中一人会冲出去用燃烧的破布接触喷嘴管，然后赶紧趴下找掩护。运气好的话，这一百六十磅的推力能把"冲击者"号送上一千米的高空，而降落伞会把它带回地面。当然，很多时候他们的运气都不太好。那根金属长扫帚经常哑火，有时刚飞过树顶就掉下来了，有次还击中了一个警察营房。

虽然有里德尔这位高级工程师，还有前飞行员鲁道夫·内贝尔这位名义上的头头，但在当时协会中占主导地位的人是冯·布劳恩。他总是面带微笑，被众人称为"阳光男孩"。他学东西很快，动手能力强，头脑也不简单，而且雄心勃勃，一心想成为进入太空的第一人。1932 年夏天，他的父亲，一位贵族地主，被任

---

① 《在两个行星上》是库尔德·拉斯维茨（Curd Lasswitz）在 1895 年 11 月开始创作的科幻小说。书中描绘了一支火星人探险队的先遣部队来到地球，在北极上空建造了太阳能空间站，并且在北极建立了基地的故事。

命为冯·巴本①政府的农业部长。老冯·布劳恩肯定在和国防部要员吃饭的时候提了一嘴，因为之后不久，协会便受邀到库默斯多夫的军事试验场展示成果。但可惜那是一次彻头彻尾的失败。有条焊缝被喷焰烧穿，火箭离开地面几秒钟便坠毁了。但军官们很喜欢这个二十岁的年轻人。他朝气蓬勃又很有礼貌，和长辈相处融洽。而且他们看到了冯·布劳恩身上的巨大潜力。于是在几个月后，他冲进"火箭空港"的俱乐部会所，宣布他和军方达成了一笔交易：军方会资助他们的研究，但有一个条件，基地必须转移到库默斯多夫去，他们得在高高的围墙里进行秘密研究。

其他人都不想去。内贝尔是纳粹的拥护者，所以不喜欢保守的德国陆军。二十岁的罗尔夫·恩格尔是共产主义者，不想和军方扯上关系。克劳斯·里德尔是反对战争的空想家。格拉夫的父亲在大战期间中过毒气，他也因此成为国联的坚定拥护者。冯·布劳恩说他们真是疯了才会放过这个机会。"我们甚至还没有弄清该怎么来衡量试验结果，像燃料消耗量、燃烧压力还有推力之类的，没有称手的设备，试验怎么可能有进展？除了军方，我们还能从哪儿搞到设备？"

你的父母是共产主义者，对吗？

不，他们是社民党成员。

其中一人翻了个白眼。不管是社会主义、共产主义，还是和平主义，对他来说都一样。

后来，这场关于协会未来的争论愈演愈烈。两边都说了难

---

① 冯·巴本，德国政治家和外交家，信奉天主教，并在 1932 年担任德国总理。

听的话。最后只有冯·布劳恩去了库默斯多夫。因为要遵守军方的保密规定，之后格拉夫再也没和他联系过，就这样过了两年。

那两年发生了很多事。1933 年 1 月 30 日晚，纳粹党人高举火炬穿过勃兰登堡门前往帝国总理府，庆祝希特勒夺取政权。那时格拉夫就在柏林市中心。一个月后，他又目睹国会大厦被烧毁。火光映红天空，恐慌接踵而来。纳粹党借此开始骚扰对手，他的父母则丢掉了工作。那年秋天，秘密警察突然闯入"火箭空港"，取了所有人的指纹，并要求协会成员签署协议，承诺不会和"外国势力"谈论他们的工作。这一承诺毫无意义，毕竟他们的试验早就因为缺少经费而中断了。那时格拉夫已经离开了工学院，正在柏林大学攻读博士学位。偶尔他会瞥见冯·布劳恩高大的身影出现在附近的街道上。有次格拉夫去亚历山大广场附近的公园散步，看到一个和冯·布劳恩很像的人骑在马背上，但格拉夫当时离得太远了，不敢确定是不是他。而且那人还穿着党卫队的制服，所以格拉夫否定了这一想法。

直到 1934 年的夏天，两人才再次相见。不巧的是，这次他没能向秘密警察提供准确的日期，虽然他记得那时快到傍晚了。当时他正在柏林克罗伊茨贝格区的单间公寓里写他的博士论文（《液体燃料火箭实用性研究》），突然听到外面马路上有汽车在按喇叭。喇叭声响了很久，他只得起身看个究竟。冯·布劳恩就站在路边，手按在喇叭上，抬头盯着公寓楼的窗户。格拉夫只能下楼让他安静。

他倒是不生气。"鲁迪！他们说你就住这儿，但我不知道你的房号。上车，我有些东西要给你看。"

"走开，我忙着呢。"

"来吧，你不会后悔的。"又是那种笑容，格拉夫心想，不管说什么都让人无法拒绝。冯·布劳恩把手搭在他肩膀上。

"不，那不可能。"

他还是跟去了。

当时冯·布劳恩开着辆又小又破又旧的两座汉诺玛格。那辆车花了他一百马克，看起来就像一辆电动婴儿车，不仅上面是敞着的，下面也有好几个地方是敞着的。在两人从城市向南驶入乡村时，格拉夫甚至可以看到道路在他脚下掠过。车上太吵了，格拉夫没有和冯·布劳恩说话，而是暗自猜测他会带自己去哪儿。半小时后，他们驶离公路。在向警卫出示了通行证后，冯·布劳恩继续驾车向前驶去，一路经过库默斯多夫陆军试验场的红砖办公楼，穿过平坦荒凉的试验场，最后停在几栋混凝土建筑和木屋前。

"韦恩赫尔——"

"别着急，先等一会。"

从外面看没什么稀奇的。但在进门的那一刻，格拉夫仿佛置身于天堂：有专门的设计工场、工作室、暗室、装满测量设备的控制室。更棒的是，这里还有露天的水泥掩体，中间立着一具三米高的金属人字架，火箭发动机挂在它的固定支架上，燃料管和电缆垂在两侧，喷嘴管从底座中凸出来。冯·布劳恩拉着他躲在一堵矮墙后面，然后转身竖起大拇指。一名穿着工装裤的男人开始转动一对大轮子，格拉夫认出那是海尼·格吕诺，"火箭空港"的机械师。发动机下方出现了一小团透明的白色烟雾。另一名戴着护目镜的男人走了过来，手里拿着一根长杆，杆上绑着一罐点燃的汽油。他把头扭到一边，把长杆伸入白雾。

一道蓝红色的火柱冲天而起，多么纯净，多么清晰，多么崇高。即使躺在斯海弗宁恩昏暗的房间里，格拉夫的脑海中仍能重现那天的情景，火柱燃烧的十秒至今仍历历在目：羽烟在封闭空间内呼啸而起，发动机剧烈震动，挣扎着想要摆脱束缚，热气扑面而来，燃料燃烧散发出甜腻的气味。这种充满力量的感觉令人振奋，仿佛他们曾短暂地触摸太阳。结束后，掩体内陷入黑暗，突如其来的寂静冲击着他的耳朵。他站在原地一动不动，盯着那台废电机看了约半分钟之久，直到冯·布劳恩转过身。他的脸上第一次没有挂着笑容，而是带着从未有过的严肃。

"听我说，鲁迪，"他说，"登月之路始于库默斯多夫，这点毋庸置疑。"

那天下午，格拉夫和军方签了协议："在武器局弹道与弹药测试处 I 科①的指导下，协助研究人员在库默斯多夫针对液体燃料反应式发动机试验台构想并实施相关试验。"他每天能拿到十四马克的报酬。他可以把这笔钱交给父母。

回到柏林后，两人出去喝酒庆祝。

"告诉我，之前你是不是穿着党卫队制服骑过马？"格拉夫忍不住问道。

"噢，那个啊，"冯·布劳恩晃了晃鸡尾酒杯，轻蔑地说，"我只是加入了党卫队在瀚蓝斯湖的马术学校，没有加入党卫队。我现在已经退了。认识这些人又没什么坏处。我也喜欢骑马。"

1937 年，格拉夫第一次注意到他领子上别着卐字徽章："你加入纳粹党了？"

他的语气和现在一模一样。"严格说来，是的，我差不多排

---

① 德国陆军武器局是德国陆军武器、弹药、装备生产和研发的管理部门，其存在可以追溯到魏玛共和国时期。Prw 1 是测试 1 处，即弹道与弹药测试处 I 科。

第五百万个了吧。嘿，鲁迪，别那样看我！现在这个社会，如果不表现出点决心，你就得不到太多支持。我又不用去参加会议之类的。"

后来到了1940年，他们在佩讷明德招待党卫队的要员，格拉夫发现他穿着党卫队三级突击队中队长的黑色制服，再加上那头金发、宽阔的肩膀和高高扬起的下巴，就像从《黑衫队》①插图中走出来的人物。他还是那种语气："这只是个名誉军衔。希姆莱②非要授予我。别担心，这些人一走，我马上把制服放到衣柜里。"

这时，有人敲响了他的房门，是申克中士："格拉夫博士？已经过半夜了。"

他完全没有意识到已经这么晚了，刚才肯定是在什么时候睡着了。他从床上坐起来，遗憾地看着手中燃尽的香烟。接下来有段时间抽不到了。

"好，马上就来。"

他从床头柜上拿起手电，打开开关，一束光柱从手电里射出，照亮昏暗的卧室。屋内的摆设让他想起童年在海边度假时住过的小旅馆，就一把扶手椅、一个五斗橱，还有一个衣柜。角落里有一个盥洗池，池子上方挂着一面镜子。不过在他到任后不久，他便设法要来了一张小写字台和一把旧办公椅，把它们摆在衣柜旁，他有时会坐在这里办公。光束重新落回衣柜上，沿着柜

---

① 《黑衫队》，又名《黑色军团》，是纳粹党卫队发布的一份周刊。
② 即海因里希·路易波德·希姆莱，纳粹德国法西斯战犯，曾任纳粹党卫队帝国领袖、纳粹德国秘密警察（盖世太保）首脑、警察总监、内政部长等要职。

门门缝缓缓上移，照亮柜顶的手提箱。箱子在那里放了好几个星期了，他一直没时间检查。

他翻身下床，打开顶灯，拉上窗帘，把椅子拖到衣柜旁，站上去把箱子拿了下来。那是一只棕色的箱子，用优质皮革制作而成，看着已经有些年头了，时间在上面留下了道道磨痕。在出发去佩讷明德前，冯·布劳恩找上他。"帮我看好它，好吗？"

"这是什么？"

"一份保险。"

他把箱子放在床上，"啪"的一声打开锁扣，掀起箱盖。里面装着百来个小纸盒，每个纸盒里面各有一卷三十五毫米的缩微胶卷，原封不动。他偶尔会想是不是该换个地方，但最终还是觉得留在原处才是明智的选择，肯定没人会去动它。尽管如此，他还是从头上拔下一根头发，小心夹在其中一个锁扣里，然后合上箱子，把箱子放回衣柜上，关灯下楼。

远处汽笛长鸣，车轮撞击铁轨的哐当声由远及近。一列火车在夜幕中缓慢地穿过小镇。在经过漫长的旅途后，这列从德国中部导弹工厂出发的火车终于抵达了终点。他紧赶慢赶，只用了不到两分钟的时间就到了火车站，老远就听到一声巨响，接着是一道白色蒸汽——火车已经到站了。

然而眼前的这一幕完全超乎他的想象：弧光灯下，几百号人站在侧轨上等待着，呼吸在寒冷的空气中凝成团团云雾，飘散开来——不知道的还以为有哪个电影明星到镇上了。大量运输车、罐车和加油车在平板卡车旁严阵以待，有些已经发动了引擎。待火车停下来后，第一枚导弹正好位于吊车下方。技术兵爬上吊车，拉开防水布，引导吊车钢索就位。在吊车将导弹吊装到运输车上后，火车便缓缓向前移动，等待下一枚导弹的吊装。弹头单独装在大金属桶中。再往后就是和导弹一起运来的燃料箱。

这些士兵都训练有素，能够在天亮前完成导弹的卸货工作。但今晚的进度比平时更快，格拉夫猜他们应该是得到了消息：兵团受命在今天内发射十二枚导弹。他还看见比韦克和胡贝尔站在一起，后者正指着忙碌的人群向前者解释具体的情况。

格拉夫站着看了一会儿。他无事可做，只能耐心等待，等到第一批导弹被带到树林里的帐篷内接受技术检查。他们的梦想实现了，他想，虽然和最开始的设想有些出入，但他们确实打造了一个"火箭空港"。

有点冷了。该死的海水！不仅导电，还导冷。他竖起大衣领子，匆匆朝火车走去。

6

    凌晨 5 点 34 分，炮兵团发射了第一枚 V2。橙色的火焰如太阳般从冬日的森林中升起，驱散了周遭的黑暗，为冷杉的树顶镀上一层光芒。轰鸣声打破了往常周日早晨的宁静，不少海牙人来到卧室窗前想一探究竟。一刹那间，海面上的黑云也被染成红色。

    五分钟后，导弹击中伊尔福德的居民街朗布里奇路，直接将三栋房屋夷为平地。四一一号房被导弹直接命中，莫德·布兰顿和她十九岁的女儿艾丽斯当场死亡，她丈夫西德尼被人从房屋的废墟中救出，但在当天晚些时候就在巴尔金急救医院去世了。住在隔壁四一三号房的弗雷德里克和艾伦·布林德也当场死亡，他们二十个月大的孙子维克托被送往医院，但在到达时即被宣告死亡。布兰顿家的另一位邻居，三十九岁的查尔斯·伯曼，也在这次事件中遇难。最终共有八人在这场袭击中丧生，另外有八人重伤。

    炮兵团在约两个半小时后，即早上 8 点 02 分，发射了第二枚导弹。它偏离航线近百里，最后落入萨福克郡奥福德角附近的北海海域，没有造成任何伤亡，只有一些早起到海滩上捕捞鲱鱼的渔民目睹了这场令人震惊的爆炸。

    第三枚导弹的下落仍然成谜。它在 10 点 26 分完美升空，但在英国本土的任何地方都没有撞击的记录，可能是在再次进入大气层时直接就在空中爆炸了。

二十分钟后，10点46分，第四枚导弹发射，落到泰晤士河附近的雷纳姆，击中一处猎户小屋，导致两人死亡，分别是三十九岁的老消防员阿尔伯特·布尔和他五岁的儿子布赖恩，前者死于爆炸，后者在被送往奥尔德彻奇郡医院后，于当天晚些时候因伤势过重死亡。另有三十人受重伤。

当天的第五次发射是在11点20分，导弹落在奇格韦尔的马诺路，击中一处独栋房屋，四十岁的斯坦利·迪尔洛夫因此丧生，另有六人重伤。

第六枚导弹于12点50分发射，击中沃尔瑟姆斯托戈登大道四十一号，致五十五岁的莉莲·康韦尔死亡，十七人重伤。

下午1点39分，第七枚导弹发射，直接命中东印度码头路上的诸圣堂，离周五晚上击中并致十四人死亡的麦卡勒姆路只有两百码远。教堂的格鲁吉亚式屋顶和正厅东侧均被炸飞。幸好主日礼拜已经结束了。即便如此，还是有五人死在了这次袭击中，其中一人是十一岁的男童，奥布里·亨。另有十九人重伤。

十一分钟后，第八枚导弹落入埃塞克斯的比勒里基，撞上树林提前爆炸，重伤两人。

在三十五英里外的丹尼斯菲尔德别墅，凯正坐在一楼窗边的办公桌前，全神贯注地盯着眼前的立体镜。照相判读有两大基本要求：一是要能够连续数月甚至数年只研究某个区域，直到对每一处细节都烂熟于胸；二是要能察觉相片上的细微变化，借此发现敌人动向。举个例子，如果有许多人穿过田野，他们踩过的草地看上去就会比周围地区浅一点。这些足迹通往哪里？那个奇怪的形状是坦克，还是炮？有伪装的地方就一定有情况。地面上的伪装主要由多种"颜色"混合而成，而在两万多英尺高空拍摄的黑白图像中，它的"色调"明显与周围不同，所以很容易被发现。但树林是堪称完美的伪装。它不会改变，无法穿透，就像一整条深灰色毯子，即使是在冬天，即使是落叶植物。但海牙附近的树林没什么可看的。她数小时的努力只换来了众人的嘲笑。

她抬起头，左右活动僵硬的脖子，眼睛隐隐作痛。即便如此，她的状态也比前一晚好。她睡得很沉，完全没有做梦，就好像身体自己已经决定要自我恢复了。无论是雪莉的咳嗽和喷嚏，还是两名室友，莫德和拉文德，在"野兔与猎犬"酒吧与两个飞行员进行四人约会后，近午夜时带着一身酒气笑嘻嘻地进门，都没有吵醒她。周日早晨的洗澡时间是她们最幸福的时刻。因为每人每周限用四英寸热水，所以几人把热水集中起来放满一浴缸，还做了轮班表决定谁先去。今天轮到她最后，但她并不介意浴缸里浑浊的水和浮在水里的头发。对她来说，能舒舒服服地泡个温水澡，洗去一身的灰尘，这就已经够奢侈了。她想知道迈克怎么样了。等会儿可以给医院打个电话，也不用和他说话，就问问护士他怎么样了。问一问也无妨吧？

她从思绪中回过神来，目光重新落在放大镜上。

她参与的战争以一种奇怪的形式进行。她观察着战争的全局，就像奥林匹斯山上的天神俯瞰着众生万物。比起兵役，这项工作更像是剑桥课程的延伸，让人不自觉地沉迷其中。这种想法让她深感愧疚。1941年春，在她二十一岁生日那天，征召文件送到了纽纳姆的邮箱。那年6月，期末考试结束后的第二天，她搭乘早班火车从剑桥出发，前往格洛斯特皇家空军基地接受基础训练。

眼前的一切让这名来自多塞特郡修道院的小姑娘大开眼界。

那里的人口音很重（"乔弟"口音①、利物浦口音②、格拉斯哥口音③都有），满口脏话，她几乎听不懂他们在说什么。他们住的是尼森式半筒型铁皮屋，三十人一间，有独立厕所和澡堂。第一个晚上，她听到一个隔间里传来痛苦的尖叫声，便礼貌地敲了敲门："你还好吗？""不，你这个装模作样的婊子，我他妈很不好，我他妈要生了！"这句话后来在他们之间流行开来。在接下来的训练中，在他们行军训练时，与不合身的制服搏斗时，还有领到微薄薪水（一天一先令八便士）时，这句话就会脱口而出："你还好吗？""不，我他妈要生了……"

两周后，众人被通知去新的地方报到，只有她被派往梅德纳姆皇家空军基地。离开时，她哭了，他们已经成了最好的朋友。她在丹尼斯菲尔德别墅见到的第一个人是多萝西·加洛德，加洛德说："亲爱的，是我推荐你来的。你很快就会发现这项工作的乐趣。现在我把整个考古系的人都招了……"

凯被提升为一等空军士兵。

1942 年 5 月，执勤情报官给了她一叠喷火式战斗机在德国北部海岸上空四万英尺处拍摄的照片。"你有历史学的学位对吧，那你和我讲讲，罗马人到过波罗的海吗？"

---

① 东北地区的方言口音被称为"Geordie"，可以说是英国最知名的方言之一。"Geordie"这个词既指泰恩河畔纽卡斯尔的本地人，也指该市居民的语言。

② 利物浦口音（Scouse）融合了本地兰卡斯特（Lancastrian）口音与来自周边各种地方（主要是爱尔兰和威尔士）的人的影响。大航海时代全球各地各种语言的传播，也促成了这一神奇的方言。就连"Scouse"这个名字，都是从挪威人那里传来的。利物浦口音的主要特点是发音比较粗糙生硬，特别平民化。

③ 格拉斯哥（Glaswegian）方言是在格拉斯哥通行的一种苏格兰方言。受到中部苏格兰语、高地英语以及爱尔兰英语的影响，肇因是 19 世纪末至 20 世纪初高地苏格兰人及爱尔兰人大量移居格拉斯哥市区。

"到过，他们就是在那里得到了大量琥珀。怎么了？"

"他们会在那儿修圆形竞技场吗？"

"我想应该不会吧。不，是肯定不会。"

"那这些是什么鬼？"

她接过照片仔细研究了一番。那里看上去是个岛，有机场和大量在建建筑。在离海很近的树林里，有一处庞大的椭圆形堤岸和三个圆形的大型土方工程，看上去确实像圆形竞技场。那些会是什么？空水库？她看向地图编号，想知道照片是在哪儿拍摄的。佩讷明德，乌瑟多姆岛。她对这个地方一点印象也没有，也没想到自己从此就和导弹结下了不解之缘。

"凯！你从伦敦回来了？听说你出车祸了。"

她的顶头上司，莱斯利·斯塔尔中校——认识他的人都叫他"浪子斯塔尔"——悄悄出现在她身后，伸手环住她的肩膀，捏了捏她的胳膊，低头凑近她的耳朵。"你受伤了……"莱斯利摸了摸她的太阳穴，"感觉怎么样？"

她转过身，不着痕迹地挣开他的手。"现在多少恢复点人样了，感谢关心，长官。"

她的语气里带着掩饰不住的厌恶，但他似乎并不生气："那太好了。"她猜他应该经常被这样对待。"V2发射场的照片已经给你了吧？"

"是的，长官。我休了一天假，所以打算再过一遍，以免有所遗漏。"

"有新发现吗？"

"暂时没有。"

"该死。"斯塔尔抿紧嘴唇，皱着眉头拿起一张照片，把它举到一臂远的地方细细查看。凯第一次见他这么不安。"我们刚收到斯坦莫尔的消息，到目前为止，他们共追踪到八枚 V2，有五枚击中目标。"

斯坦莫尔，即宾利修道院，一处位于伦敦北部的豪宅，现皇家空军基地战斗机司令部总部，其下属的防空情报整理所负责监控所有来袭敌机。

"八枚？就一个早上？"

"还不包括昨天的四枚，其中一枚击中德特福德的伍尔沃斯，造成至少一百五十人死亡，大部分是妇女和儿童。"

"噢，天啊。"她用手捂住嘴。是那声爆炸，是她在法院大法庭街听到的那声爆炸。

"另外一枚击中了霍尔本。周五还有五枚。上面让我放下手头的所有事情，马上去空军部开紧急会议。"他看了眼照片，又将目光移到她的身上，上下打量了一番。"你跟我一起去。"

"是，长官。我需要做什么？"

"坐在那儿当个漂亮花瓶。"他把照片扔回桌上。"十分钟后大厅见。"

"是，长官。"一想到要和"浪子斯塔尔"在车后座上待上一小时，她就浑身不自在。"长官，"她叫住他，"我需要授权才能把这些带出去。"

"我去和登记处说。"他转身正准备走，又转过来对她说："如果你昨天在伦敦，那你肯定听到了。"

她感到自己的脸红了。"是的长官，我听到了。"

"该死的德国人！真不知道什么时候才能干掉他们。"

斯塔尔走后，凯把收拾好的照片放回档案袋。十分钟的时间并不长。她匆匆走出房间，下楼回到小屋拿上大衣，并在包里放了些化妆品。当她赶到大厅时，他已经在等着了。她依依不舍地看了一眼公共电话。现在没机会给医院打电话了。

他为她拉开车门。

"您介意我坐前面吗，长官？我不想吐在您身上。"

他还没来得及反对，她就溜到了副驾驶座上。汽车嘎吱嘎吱地碾过碎石，沿着漫长的车道驶去。斯塔尔愤愤地跺了跺脚。过了一会儿，他哼了一声，然后翻开公文包。车辆拐上亨利路，凯裹紧大衣，闭目假寐。

她从来没去过空军部。一般都是高级军官下到梅德纳姆听取简报。十八个月前，她就是这样认识迈克的。那时情报人员就已经收到消息称，德国人正在试验某种能击中英国的远程武器。在这种情况下，佩讷明德的圆形竞技场就显得更加可疑了。军方派出数架战机执行空中侦察任务，结果拍到了令人震惊的照片。照片上显示，一个规模庞大的建筑群已经粗具雏形。它实际上是一个小镇，有自己的发电站和一个运煤港口。后来，在一片扇形的开阔浅滩上，他们找到了"一根大约四十英尺高的立柱"，并在报告中进行了详细的描述。

空军准将坦普尔顿是亲自前往"第三阶段"查看的六名高级官员之一。他拉过一把椅子坐在她身边，不像斯塔尔或其他人那样轻浮或者让人不自在。他很严肃，专注而又聪明，还问了许多问题。她能强烈地感受到他的存在，感受到蕴藏在他身体里的强大力量。在得知他是参加了不列颠之战①的英雄时，她并不惊讶。据说他是皇家空军基地最年轻的准将。

---

① 不列颠之战，是二战期间 1940 年至 1941 年纳粹德国对英国发动的大规模空战，也是二战中规模最大的空战，在 1941 年 6 月 22 日以纳粹德国的失败告终。

1943 年 6 月，圣灵降临节①，丘吉尔携夫人驱车从契克斯②出发，专程赶来看看被他们确定是导弹的武器。他们的女儿萨拉是一名演员，有着一头迷人的红发，在"第二阶段"工作。丘吉尔那么矮小，又那么精力充沛，脸色红润得好像凯小时候买的糖果老鼠。当他弯下腰用她的取景器去看照片时，她可以闻到他身上飘来的古龙水味，而不是雪茄味。迈克是首相的随行人员。那天傍晚，丘吉尔夫妇乘车返回契克斯，迈克则留了下来，害羞地问她要不要去酒吧喝一杯："毕竟是个节日。"

后来两人去过很多酒吧，有"野兔与猎犬""狗与獾""赫尔利的旧钟""荨麻床上的白鹿"。再后来，两人就去了泰晤士河畔的垂纶酒店。那个周末，两人在床上厮混了整整两天，吃饭都是叫的客房服务，以防被梅德纳姆的人认出来。天鹅从窗前游过，后面还跟着一队灰色小鹅，有八只，刚出壳，身上还毛茸茸的。"它们一生只有一个伴侣，"当他把头放在她的膝盖上时，她说，"一生也只会歌唱一次，是在它们临死的时候。""你真浪漫。""两个人在一起，总得有一个浪漫的吧。"

他比她大十岁，早在战前就加入了皇家空军基地，是一名职业飞行员。他会离婚吗？他总是说会的。他说他只是一时冲动之下才和妻子结了婚，毕竟在 1940 年的夏天，所有人都笼罩在战争的阴影之下，每一天都可能是他们生命中的最后一天。现在她每周都在布莱奇利的情报机关工作，工作内容保密，连他都不知道。"几乎

---

① 圣灵降临节，也称五旬节，是复活节后的第五十日。后来英国政府用春季银行假日代替五旬节，把时间固定在 5 月的最后一个周一。

② 契克斯庄园，英国首相的官方乡间别墅，位于英国白金汉郡艾尔斯伯里镇（Ellesborough）东南方的奇尔顿山（Chiltern Hills）山脚下，距离伦敦约六十公里。

是陌生人……""已经分开了……""该死的战争……"

一小时后，一行人来到伦敦市中心，沿南安普敦街驶向法院大法庭街的拐角处。凯沉浸在对过去的回忆中，一时间竟然反应不过来自己身处何地。她坐起身，朝窗外看去。这条路仍在戒严。

斯塔尔转头看去。"那边就是导弹坠落的地方吧。老天，它差点就打中空军部了……"

她不知道迈克的公寓离办公室有多近。再往前五百码就是阿达斯特拉尔之家，一栋坐落在奥德维奇东角的灰色石头大楼。这栋建筑在夏天的空袭中遭到严重破坏，看上去又脏又破，就像受到暴徒围攻后的政府大楼。入口处用沙袋垒成掩体，还有士兵把守。高处的窗户上交叉贴着胶带，屋顶上伸出来一排无线天线。

斯塔尔俯身向前说道："不要说话，我让你说的时候再说，知道吗？"

"是，长官。"

周日下午的空军部很安静。进门后，斯塔尔走向接待处，和接待处的飞行员聊了起来。凯四下打量着这间灰暗的大理石大厅。大厅中间有几张宣传海报，上面展示的是探照灯下正在执行轰炸任务的兰开斯特。袭击从工厂开始，对德大规模袭击仍在继续，英国战争工厂与皇家空军基地共同促成以上大规模行动。她听到动静，回头看了一眼。一名辅助队军官走了进来，用手抵住那扇沉重的大门。一个挂着拐杖的身影出现在门口，他的右腿打着石膏，头上缠着绷带。她花了几秒钟才反应过来那是谁。她急忙将视线转回海报这边，极力掩饰内心的震惊。从未有如此之少的人，在如此之短的时间内，为如此之多的人，做出如此之大的牺牲。

"下午好，长官。"斯塔尔的声音传了过来。

"你好，莱斯。"迈克的声音在空荡荡的房间里响起。

"您看上去就像刚打完一场仗，长官。"

"差不多吧，不过没什么大不了的。"

"没什么大不了的？"那女人的声音突然插进来，利落、冷硬、充满愤怒，"他还活着就是个奇迹了，长官，我们的公寓都被炸平了。"

凯清楚地听到了自己的心跳声，血一下子冲到耳根。

"天哪，长官，什么时候的事？"

"昨天早上。"

"是落在霍尔本的那枚 V2？"

"就是那该死的玩意儿。"

"你们是来开会的？"

"我当然是来开会的。我是主持人，没我怎么行。"

"冒昧问一下，长官，您不是应该在医院待着吗？"

那女人的声音又响了起来："我就是这么和他说的，中校，但他还是出院了。"

"好吧，他是老大。长官，我带了一位判读人员，希望您不要介意。中尉！过来和准将打个招呼。"

凯努力使自己冷静下来，然后转身朝他们站着的地方走了几步，立正敬礼。"长官。"

眼前这个苍白憔悴的男人冲她点了点头，心不在焉地笑了笑，好像不认识她似的。她一度怀疑他是不是得了脑震荡。他问："我们是不是在梅德纳姆见过？"

"是的，长官。"

"这是我夫人，玛丽。玛丽，这位是……？"他歪着头，探询地看向她。真的有必要介绍她吗？为什么要强迫她配合这种行为？这让她感到不安，还有点丢脸。而且这也太明显了。他夫人肯定也注意到了。看她那怀疑的眼神，他们整部婚姻史都写在里面了。

"凯·卡顿-沃尔什，长官。"

"你好。"玛丽·坦普尔顿伸出手。

凯也伸出手。"很高兴认识你。"看着她，就像在照镜子：一样的制服，一样的军衔，一样的帽子，一样浓密的赤褐色头发，一样的身高，一样苗条的身材，一样的年龄，不一而足。

斯塔尔说："坦普尔顿夫人，您当时不在公寓吧？"

"不在，"她仍然盯着凯，"真走运，本来这个周末我是在中部地区值班的。"说着，她将视线移向凯额头的伤口。"但最奇怪的是，我在医院的伤病员名单上看到了我自己，'轻伤'。显然我不仅头部受了伤，还在现场接受了治疗。"

场面冷了下来。斯塔尔打破沉默："他们肯定把你和别人搞混了。我姑姑也遇到过这种事。"

玛丽·坦普尔顿脸上挂着灿烂的笑容，但笑意丝毫不达眼底。"是的，在这种混乱的情况下，肯定很容易搞混大家的夫人吧。"

又是一阵沉默。准将平静地说："莱斯，不如你和中尉上楼去吧？不用等我，我自己会跟上。二楼会议室，我办公室隔壁。"

凯缓缓走过走廊，鞋跟敲击在大理石地面上，发出清脆的咔嗒声。她没有回头，却依然能够感觉到另一个女人灼热的目光。出于某种原因，她总是把她想象成更年长的人。显然他有自己的取向。他在外面究竟还有多少人？她感觉膝盖快支撑不住了。当她走到楼梯口时，她不得不抓住扶手稳住自己。斯塔尔大步走在前面，一次跨两级楼梯，她则拖着两条僵硬的腿吃力地跟在后面。一直走到二楼，他都没有停下来等她。

走廊中间开着一扇门，里面传来男人的声音。他在门口停了下来，回头看了她一眼。"车祸？你是说真的吗？"

"您想说什么，长官？"

"天啊，"他叹了口气，摇了摇头，"你不是第一个，也不会是最后一个。"他伸手搂住她的腰。"女士优先。"

她迷迷糊糊地走了进去。这是一间木质装潢的大房间，铺着地毯，另一头有个壁炉。六名身着制服的空军士兵正围坐在桌子旁，大部分人手上都拿着烟。听到她进门的动静，所有人都转头看了过来。壁炉边上摆着一个画架，上面挂着一幅英格兰东南部和低地国家①的大地图，大伦敦区的位置上钉着红色大头针。她找了个远离其他人的角落坐下，拿出那叠照片。看上去大家都认识斯塔尔。在他绕过桌子走向座位时，大家都纷纷和他握手问好。"你好啊，莱斯。""老伙计，你好吗？"但他没有介绍她。几分钟后，走廊里传来拐杖敲击地板的声音。坦普尔顿准将摇摇晃晃地走进房间，后面跟着一名拿着文件夹的年轻上尉。大家都站了起来。

"谢谢，坐吧。"他把拐杖递给副官，接过文件夹，弯下腰，吃力地将自己塞进上首的椅子里。"在开始讨论之前我先说几句。是的，昨天早上我在拐角处遭遇了导弹袭击；不，我伤得不重；然后，是的，这是私人问题。"

众人紧张地笑了笑。

"所以，"他翻开文件夹，"国务大臣今天下午接到了首相和

---

① 低地国家是对欧洲西北沿海地区的荷兰、比利时、卢森堡三国的统称。由于比、荷濒临北海和英吉利海峡，同卢森堡以及北部的部分地方称为"尼德兰"，即"低地"，所以1830年比利时脱离荷兰独立后，人们仍称比、荷为"低地国家"。英国把这一地区视作它的屏障，如果哪个国家侵入这一地区，那么它将直接威胁到英吉利海峡的安全。

内政大臣的电话，他又打电话给我，让我解释解释过去几天 V2 发射次数增加的事，好让他跟内阁有个交代。我需要一些准确的资料，最好再来点行动建议。这次会议没那么正式，没有会议记录，没有名字，什么都不会被记下来，所以没必要保密，不管是自己的还是别人的，明白了吗？很好。吉姆，给我们来点儿新消息？"

他僵硬地靠在椅子上，点燃一支香烟，透过缭绕的烟雾看向桌子对面的凯。两人视线一触即分。一名军官起身走到地图前。

"是，长官。不得不说，自 10 月以来，我们一直沉浸在虚假的安全感之中。阿纳姆战役之后，德国人不得不将 V2 发射器撤出海牙周边地区。而伦敦就不在导弹射程范围内，他们最多就是向诺福克发射导弹，不痛不痒。但在'市场花园行动'失败后，他们在 10 月底重新占领了这里的沿海地带，"他指了指地图后说，"于是 11 月就变得难过起来，可以说是迄今为止最难过的一个月。"接着他翻开文件继续道："据记录，在 11 月的第一周，共有十二枚 V2 击中了大伦敦地区，第二周增加到三十五枚，第三周二十七枚，因此我们推测这周大约会有四十枚。

"下面我简单介绍一下过去一周内的伤亡情况：周一，东汉姆遭袭，九人死亡；周二，沃尔瑟姆斯托、伊里斯和巴特西三地遭袭，共二十人死亡；周三，贝思纳尔格林和奇斯尔赫斯特两地遭袭，分别造成二十四人和六人死亡，两地遭袭时间前后不超过十五分钟；周四，两人死亡；周五，十九人死亡；周六，也就是昨天，在德特福德发生了最严重的伤亡，共一百六十人死亡，另有七人在其他地方遇袭身亡。我们还在收集今天的消息，但目前死亡人数已超过十二人。"

一个长着浓黑眉毛的方脸军官举起手说："抱歉打断一下。

66

虽然听上去很残忍，但说句老实话，我们轰炸机司令部一晚上杀的德国人可能是这个数的十倍。单纯从军事角度来说，导弹是很讨厌，但它们不会是战争胜利的决定性因素。"

坦普尔顿接道："你说的有道理，但现在的问题是，这些东西随时会击中国会大厦或白金汉宫或唐宁街十号，而我们却束手无策，无力制止。不能只是让人民忍受这一切，他们承受的已经够多了。"

"没错，"军官看着地图继续说，"两周前的周日晚上，国会大厦上空确实发生了爆炸，在维多利亚车站引起了恐慌。除人员伤亡外，长官，这几次袭击还导致大量人员无家可归，一方面是因为地面留下的三十尺深的弹坑，另一方面是因为整个社区都被冲击波毁掉了。"

"知道到目前为止有多少建筑物受损吗？"

"大约五千间房屋或已被摧毁，或受损严重，不得不拆除。总共有大约十五万座建筑物遭到破坏。"

众人开始窃窃私语。军官回到自己座位上。

坦普尔顿问："真的就拿这些混蛋没办法了吗？这几天我们出动了多少架飞机？"

"报告长官，出于天气原因，我们停飞了四十八小时，"另一名军官回答，"今早从科尔蒂瑟尔飞了四架喷火式战斗机。"他站在地图前说："越过埃赫蒙德，向南沿着荷兰海岸飞到荷兰角。可惜云底①有三千英尺。就算降到两千五百英尺，雾也太大了，什么也看不见。真是天不遂人愿，当云底降到两千英尺时，他们

---

① 气象学家为了研究云，把云的下边界称为云底，对应的云底距地面的高度称为云高。

看到一枚 V2 直冲云霄，但是，"——他无奈地比画了一下——"他们不知道它到底是从哪儿来的。"

吉姆问："那是什么时候的事？"

"十点半左右。"

他翻了翻文件说："一定是击中雷纳姆的那枚。"

"如果他们每周发射四十枚，我们怎么也能找到一个发射场吧？莱斯？"

斯塔尔回道："这不是说办就能办到的，长官。我带了些该地区的航拍图，您看了就知道我们现在的问题是什么了。"

说完，他朝凯点了点头，后者起身绕过桌子，将照片分给众人。迈克伸手接过，从头到尾没给她一个眼神。她回到位子上，看着他研究照片，然后皱起眉头，恼怒地翻来翻去。他有副眼镜，但他从来不戴，那会让他想起他退役的原因：视力不佳。他讨厌这种感觉。

斯塔尔说："这很困难，长官。"

"当然，我知道这很困难，什么事都很困难。即便如此，这也是整场战争中照相侦察情报方面最大的一个失败。"

斯塔尔满脸通红地说："长官，我可以向您保证，我们一直在日夜不停地工作。"他绝望地环顾四周。"卡顿-沃尔什中尉一直在反复审视航拍图，看是否有遗漏之处。凯，你来说说，这是不是特别麻烦？"

所有人都转过头来看着她。她很惊讶，没想到自己会被要求发言，但她没时间紧张了。"是的，长官。9 月下旬，苏联解放了波兰的布列兹纳地区，在那儿发现了德国的 V2 试验场。在此之前，我们对其几乎一无所知，甚至不知道发射这种导弹只需要二十平方英尺大小的场地，即这张桌子的约一半大小。我们不可能

68

在林子里找到那么小的东西。"

迈克没有看她，而是盯着照片，语气讽刺："是啊，但他们必须先把导弹运到林子里去吧？"

"是的，长官，但他们肯定是在晚上用火车偷运的。等到天亮，侦察机可以出动的时候，他们早就把导弹运进树林里了。"

他终于正眼看她了。他缓缓摇了摇头，在她看来，这个动作有好几重意思：对敌人之机智不情愿的钦佩、对梅德纳姆之无能为力感到的恼怒，还有一种自嘲，自嘲两人居然会这样交流。他看向轰炸机司令部的人，说："不能直接把树林炸平吗？"

"我们已经研究过了，长官，但是有两大问题。第一，我们可能得在白天行动，但那个地区有高射炮重重防备，我们的损失将不可估量。第二，它离海牙很近，即使我们高度放到最低，从一万八千英尺的高度投放炸弹，也有可能造成大量平民伤亡，还不能保证摧毁所有的发射装置。"

准将倒回椅子里，用手撑住包着绷带的额头，脸色比会议开始时更加苍白，连坐在桌子另一头的凯都能看到他在流汗。众人陷入了沉默。这时，她对面的一个小个子男人举起了手。他是个五十多岁的空军中校，但看上去一点也不像个军人。他戴着厚厚的眼镜，留着一小撮胡子，衣领上落满了头皮屑。如果他退伍了，他应该会当银行经理。"我能提个建议吗，长官？"

坦普尔顿瞥了他一眼。"当然，请说，这位……抱歉，我好像不认识你。"

"诺斯利，长官。克拉伦斯·诺斯利。国土安全部，战斗机司令部。我们之前在防空情报整理所见过。"

"好吧，继续。"

"谢谢。"他走向地图。"上周日，防空情报整理所在大陆[①]上建成了一座前视雷达基地。我们在比利时，在这里，梅赫伦附近，部署了三台移动式 GL Mark II 型火控雷达和两台用于试验的新款 GL Mark III 型高视雷达，距发射场约七十英里。那是我们能到的最接近前线的地方，也刚刚赶跑那里的德国人。得益于它的地理位置和少山的地形，我们可以清楚地观察到导弹弹道。这些新型雷达具有阴极射线测向功能，我们不仅可以在导弹到达大约三万英尺的高度后捕获目标，还可以记录范围内的飞行路径。"

"这对我们有用，对吧？"

"是的长官。一开始，我们都希望 V2 是由无线电信号制导的，至少可以进行干扰。德国人显然预料到了这一点，就没用无线电制导。我们认为它是纯弹道导弹，也就是说，在发动机关闭后，它将按自由抛物体轨迹继续飞行，像从外场扔出去的板球一样在空中画出一道完美的弧线。那么我们就可以利用这一点。"

他停了下来，显然是不习惯说这么多话。准将做了个鼓励的手势。"继续。"

"弹道弧是可以用数学算出来的。如果我们有导弹进入弹道飞行时的轨迹数据，有准确的弹着点，从理论上讲，是可以倒推出导弹发射的位置的。"

军官们面面相觑。坦普尔顿坐直了身子。"这个想法有点意思。它可行吗？"

"我们一直在认真考虑这个问题。它本质上是一场与时间的

---

① 指欧洲大陆（the Continent），除英国、马恩岛、海峡群岛、爱尔兰、冰岛外的欧洲大陆部分。

赛跑。对于第一部分数据，比利时的移动式雷达可以在发射后的一两分钟内现场收集。至于第二部分数据，只要国土安全部的雷达给出弹着点，斯坦莫尔三分钟后就可以提供数据。所以要在尽可能靠近移动式雷达的地方完成数据计算。"他看向战斗机司令部的人。"喷火式战斗机从起飞到抵达荷兰海岸需要多久？二十五分钟？"

"应该差不多。"

"所以说在理想情况下，导弹一发射，飞机便紧急起飞，V2一落地，弹着点便报给比利时，这样就有二十分钟的时间来计算，确定发射场的大致位置，并在飞机到北海上空时把坐标发给飞行员。理论上，我们可以在发射后三十五至四十分钟内轰炸目标，那时人车可能都还没撤离。"

坦普尔顿转向他的副官问："都记下来了吗？"

上尉还在奋笔疾书。"是的，长官。"

"你们怎么看？可行吗？"

尽管热情程度不同，但众军官一致对此表示支持。

坦普尔顿继续道："至少是个机会。在没有其他选择的情况下，这个方法值得一试。很好，那就从明天开始。"

诺斯利脸上露出惊慌的神情。"长官，这是不是太急了？"

"怎么了？不是你自己说的么，雷达装置已就位，在科尔蒂瑟尔也有三〇三中队，飞行员也很熟悉那个区域。"

"我们还需要有人在比利时完成计算工作。"

"很难吗？"

"是非常复杂的代数。首先你得会用计算尺。我从情报所调了几个姑娘过来训练，当然，效果有好有坏。"

"你需要多少人？"

"要保证全天候待命的话，至少得要八个。"

"拜托，中校！这个国家有十八万名辅助队队员！明天怎么都能凑齐八个会用计算尺的吧？"

诺斯利比看上去的更固执。"这项工作要求很高，长官，时间紧，压力大，随时会让飞行员处于危险之中，没有任何犯错的余地。"

坦普尔顿打断他："我不管你怎么做，我想做的就是马上去办公室给国务大臣打电话，告诉他我们终于想出了一个可能行得通的方案，而且明天将有八名辅助队队员飞往比利时。明白了吗？"

诺斯利刚要抗议，但又决定作罢。"是，长官。"

"很好。细节问题就交给你们了。"坦普尔顿示意上尉过来，从后者手中接过拐杖，在他的帮助下站了起来。他一瘸一拐地从凯身边走过，两眼直视前方，咬紧牙关忍耐着疼痛。他看上去累坏了，她心想，脸都汗湿了。

在他走后，其他人开始交谈："这下好了，克拉伦斯，你这下麻烦了。"

凯站起身。"凯，你要去哪儿？"她无视斯塔尔的问话，悄悄溜出房间，随手关上门。

她来回扫视着空无一人的走廊，不知道该走哪边。这时，她右边的门突然打开了，上尉走了出来，朝她点了点头便离开了。等他消失在转角处，她迅速走向办公室，敲了敲门，不等回答就走了进去。

他坐在桌前，背对着窗户，看着面前的电话，慢慢抿着杯中的威士忌。天快黑了，房间里很暗，唯一的光源是角落里的一盏灯。她几乎看不清他的脸。她慢慢地靠近了一些，但离他的桌子还有段距离。他从玻璃杯上方看着她，叹了口气。

"哎呀，真是太糟糕了，抱歉，来一杯?"

她摇了摇头："你感觉怎么样?"

"有点难受，但我还能忍。"

"玛丽呢?"

"回布莱奇利了。"

"就剩你一个人? 那你住哪儿?"

"部里给我订了酒店。"他放下酒杯。"听着，凯，现在不是谈话的好时机。我现在头很痛，还要给唐宁街打电话。"

"别担心，我不是来吵架的，只是想请你帮个忙。"

"什么忙?"

"在发生了这么多事之后，我不能只是待在乡下看照片——我需要做点什么。"

"这工作很重要，凯。"

"我知道。但这并不是真正的战争，不是吗? 我数学很好，也知道怎么用计算尺。去找斯塔尔中校，说你想让我去比利时。"

他抬起头，一脸惊讶地看着她说："他不会同意的。"

"不，他会的，只要你下令。"

"他会说你很重要，不能冒险。"

"告诉他这只是暂时的，反正他们也在英格兰训练辅助队。拜托了，迈克，这可能是我最后一次改变命运的机会了。而且，"她亮出底牌，"我走了，你不就轻松多了吗?"

"当然不，和那个没关系。"

但她知道他心动了。

她还没来得及回答，电话就响了。屋子里一下安静下来，铃声显得特别刺耳。他警惕地研究了一会儿，活动了一下手指，拿起听筒放到耳边。

"坦普尔顿。"电话那头说了什么，她能听到尖锐而急促的声音。他点了点头："很好，谢谢你告诉我。"他挂断电话。"是斯坦莫尔，一枚 V2 刚刚击中了伦敦东北部，然后有九个……"他扫了她一眼，随后看向窗外。"好吧，交给我吧，我去和莱斯聊聊，看能做些什么。"

"谢谢。"

她走到门口，他叫住了她："照顾好你自己，凯。"

她没有回头。"我们只是陌生人。"她想。

电话又响了。

"坦普尔顿……""晚上好，先生……"

她轻轻地关上门。

7

二十小时的连续工作让格拉夫失去了时间概念。他一直在测试间和发射指挥车之间来回奔波，高辛烷燃料和湿木头的气味在鼻尖挥之不去。不远处导弹发射的轰鸣声打破了树林的平静。他偶尔也会找个安静的地方小眯一会儿，比如，空卡车的驾驶室里，或者帐篷角落里的那堆废弃防水布上。但过不了多久他就会被摇醒，或者听到有人喊他的名字。

"格拉夫博士！他们准备在七十二号发射场发射！"

他睁开眼睛，看见一名穿着国防军制服的摩托车兵正朝他俯下身来。

"什么时候了？"

"快九点了，博士。"

"早上还是晚上？"

"晚上。"

"晚上，当然是晚上。"他站起身，踉踉跄跄地跟在士兵后面走出帐篷，来到空地上。

树下影影绰绰地站着几个人影，他们头上绑着照明灯，手上拿着电筒，穿得和尼伯龙根人①一样。真忙！黑暗中充斥着谜一

---

① 尼伯龙根（Nibelung），在北欧神话中意指"死人之国"或"雾之国"。中世纪德意志人称那里的人为"尼伯龙根人"，即生活在"雾之国"中的人。在中世纪德国有民间叙事史诗《尼伯龙根之歌》，后由德国歌剧家理夏德·瓦格纳改编为经典歌剧《尼伯龙根的指环》（*Der Ring des Nibelungen*）。

样的敲击声和叫喊声。发电机单调持续的振动表明引擎一直在高速运转。有顶帐篷的门帘被拉开了，一枚导弹横在地上，一端用电缆连接着监视器，两名技术人员正埋头对其进行检查。几人又往前走了几步，看见技术人员正在用螺栓将火箭前端固定到弹体上，还有几个士兵正努力把保护弹头的圆柱形胶合板盖搬到一边。有两枚导弹被挂在旁边的牵引车上，它们没能通过诊断测试，要被送回斯海弗宁恩的机车棚。其他导弹则停放在铁路旁的拖车上，排队等着做测试。一辆辆梅勒拖车穿梭在野战仓库和发射场之间，庞大的车体重重地碾过地面。导弹上发射台后，燃料车和储罐车便上前加注燃料。在导弹通过检查后，梅勒拖车会返回技术仓运下一枚。

格拉夫爬上摩托车挎斗，伸直双腿，抓住把手。车手拉下护目镜，发动了摩托车。两人磕磕碰碰地驶出草丛，回到大马路上。

七十二号发射场是离技术仓最远的发射场之一——位于瓦瑟纳尔郊外的树林，在杜英迪格特赛马场的另一边，离海很近。摩托车在公路上飞驰，左转，顺利通过检查点。车灯掠过路边空荡荡的大别墅，照亮冰冷的铁门。两侧的房屋渐渐变得稀疏，两人穿过田野，又到了一片树林。这里感觉比斯海弗宁恩周边的森林更荒凉、更偏远。格拉夫呼吸着新鲜的空气，感觉自己终于活过来了。这时，摩托突然停了下来。

导弹独自伫立在发射台上，棕绿条纹的伪装与周围的冷杉融为一体，难以辨清。格拉夫打开手电筒，依次在尾翼、控制室、连接电缆和钢架上扫过。既然技术组想在一天内发射十二枚导弹，那他们肯定没认真走测试程序。又有一台变压器发生故障，发射再度推迟。虽然故障件已经换掉了，但谁也不能肯定其他电子设备就能正常运行。但他又能怎么办呢？他看向发射指挥车，抬起手臂。周日晚上 9 点 05 分，树林里第十次响起刺耳的喇叭声，仿佛吹响了狩猎的号角。

他将手电对准地面，踩着灌木向发射排藏身的狭长掩壕走去。众人纷纷给他让路。他跳下掩壕，用手电筒朝 V2 的方向照了照，又检查了一遍，尽管他知道这样做毫无意义。薄雾从地面缓缓升起，空气中弥漫着泥土和腐烂植物的味道。这时，雾气中传来一个欢快的声音："博士，让一让！"二营营长赛德尔上尉不知从哪儿冒了出来，重重地滑进他旁边的掩壕里。

"你好像很高兴。"

"比韦克小队长高兴了，上校就高兴了；上校高兴了，我也就高兴了。你也应该高兴。"

"发射前我从来没有高兴过。"

"发射后就不一样了。"

喇叭里开始响起倒计时。格拉夫打起精神。

一道耀眼的光芒照亮了整个树林，灼人的热浪扑面而来，卷着枝叶和松散的泥土越过掩壕。他抱头蹲下，各种残骸如雨点般落在他的身上。他什么都听不见，也无暇思考，全部心神都系在眼前这枚轰鸣的导弹上。地面在颤抖。声音变低了，一声巨响，导弹腾空而起。大家都站了起来，格拉夫也不例外。在警报解除前露出上半身是违反安全条例的，但现在大家都顾不上了。他朝掩壕里扫了一眼，大家都抬着头，满脸惊讶，像孩子一样，在红色的火光下显得格外柔和。突然，火光消失了，树林里更黑了。

"十枚了，"赛德尔满意地说道，"还差两枚。"

"他是真的想发射十二枚？"

"这是他答应比韦克的。"赛德尔用手电照了下手表。"距离下次发射还有一段时间。施托克的人还没开始加燃料。不得不说,这真是了不起。你有想过在一天之内朝英国发射这么多枚导弹吗?"

"你是认真的吗,赛德尔?我一枚都不想发射。"

格拉夫爬出狭长掩壕,拍掉外套上的尘土,小心翼翼地穿过树林,沿着来路往发射场走去。到处都在冒烟,燃料燃烧的恶臭让他反胃。橘黄色的火苗爬上常春藤,被他一脚踩灭。一种自我厌恶的情绪忽然涌上来。他穿过空地,沿着小路走进树林,直到走到足够远后才停下脚步。他颤抖着双手点燃一支烟,深深地吸了几口,终于放松下来。他环顾四周,寒冷寂静的夜里弥漫着浓郁的松香,月光在夜幕下勾勒出树梢的轮廓。在他身后,发射排已经开始拆除发射台。

这时,他听到不远处传来微弱的低语声和模糊的沙沙声。一时冲动之下,他竟沿着小路向前走去。几分钟后,沙沙声越来越大,树木也变得越来越稀少。他发现自己来到了沙丘之上,鞋子都陷进了松软的地面。他继续向丘顶走去。

一圈厚厚的带刺铁丝网挡住了通往海滩的路,上面悬挂着画有骷髅的警示牌。注意!地雷!退潮后,大片平坦的沙滩裸露出来。月光洒落在浅水湾处。为了阻拦敌人的登陆艇,一排排金属桩被斜插在海滩上,投下尖利的阴影。远处的海面上泛起阵阵白色浪花,显得明亮而柔和。

他坐在长满青草的沙丘上,又点了支烟。那些被他隐藏在心底深处的记忆如潮水般涌来。

"我在海边待了整整十年。"他心想,鼻尖萦绕着的是松树的香气,嘴里挥之不去的是海水的咸味,耳边回荡的是海鸥的鸣叫，目所能及的是广阔的天空。

　　天还没亮，他们就开着卡车和汽车离开了库默斯多夫。那是第一次：1934 年 12 月。所以，是的，差不多十年了。他还记得当时他坐在卡车的驾驶室里，夹在司机和冯·布劳恩中间。他们身后的板条箱里放着一对只有一百六十厘米长的小型火箭，正式名称是"聚合二号"，但他们私下里叫它们"马克斯"和"莫里茨"①，这两个名字出自他们小时候读过的故事，是两个淘气小男孩的名字。它们威力太大了，没法在城镇附近试飞，所以他们来到了海边。真有意思！即使在大冬天，一行人都感觉像在度假。

　　这是格拉夫加入库默斯多夫团队的第六个月，幸运的是他还活着。7 月，年轻的物理学家库尔特·瓦姆克决定验证他在博士论文（《圆柱形喷嘴的气体流量》）中提出的理论：可以用浓度为百分之九十的过氧化氢代替酒精和液氧的混合物作为火箭燃料。验证当天，瓦姆克打电话提醒食堂可能会发生爆炸。如果真的发生爆炸，希望他们能帮得上忙。然后他和格拉夫在两名技术人员的陪同下抽了根烟。淡蓝色的过氧化氢装在燃料箱中，通过一根管子与下方的火箭发动机相连。两人掐灭香烟，打开燃料管，瓦姆克拿着一罐燃烧的煤油凑近喷嘴。他们当时在想什么？火焰直接蹿出管道，顷刻间引燃了燃料罐。格拉夫迅速反应过来，猛地向混凝土墙后冲去。其他人就没有这么幸运了。好几个星期以来，三人烧焦的尸体一直在他脑海里挥之不去，呼吸间似

---

① 出自德国诗人和画家威廉尔姆·巴斯奇（1832—1908）撰文并绘制插图的滑稽叙事诗。马克斯和莫里茨是两个向农村人耍诡计的恶作剧少年。

乎都是肉烧焦的味道。但冯·布劳恩很平静地接受了三人的死亡。比起这些，他更关心在爆炸中被毁的试验台。他总是能从容应对他人的悲剧，这就是领袖的特质，格拉夫心想。

但可怜的瓦姆克已经是过去时了，再也没人会提起，更不会在这趟漫长的车程中提起。他们在港口过了一夜，第二天乘船前往离岸约三十公里的博尔库姆岛，不料却遇到了可怕的风浪。格拉夫大部分时间都蜷缩在甲板下呕吐不止。而冯·布劳恩，不用说，雅利安超人，不仅擅长骑马、开飞机、拉大提琴等等，还是名熟练的水手。他在船桥上度过了整个旅程。船上除了几十名士兵，还有五名协会的工程师：格拉夫和冯·布劳恩；瓦尔特·里德尔（不是克劳斯·里德尔），因为他举止稳重，大家都叫他"老父亲"；海尼·格吕诺，"火箭空港"的机械师；以及阿图尔·鲁道夫，来自海兰特工厂的喷气推进专家，赛车手马克斯·瓦列尔被发动机炸死的那晚他俩在一起。其中只有鲁道夫是纳粹党人。

众人在海滩上找了家旅馆安顿下来。阳台虽然用玻璃围了起来，但还是很冷，而且玻璃上还留有一道道海水的痕迹。藤制家具坐着不舒服，外面的景色也不怎么样。大风在人字形屋顶周围呼啸，不知道什么时候才会平息。他们等啊等，等啊等。那是格拉夫第一次在北欧海岸过冬。如果幸运的话，他们一天可以见到七小时的日光。他们大部分时间都待在室内，试图从千篇一律的灰色景色中发现天气变化的征兆。要不然就是下棋打牌，讨论太空飞行。冯·布劳恩在讨论中提出了一些关于两级火箭的想法——第一级负责将火箭送出大气层并进入轨道，第二级则用助推器将火箭推向月球或火星。"太空是真空环境，意味着我们只需要少量推力。"他给他们看了计算结果。当他提及第一个在月球上行走的人已经诞生时，很明显是在说他自己。经过一个星期的等待，时间终于来到了 1934 年 12 月 18 日。鉴于圣诞节即将来临，冯·布劳恩终于在晚餐时宣布将于次日发射"马克斯"，无论天气如何。如果失败，他们还有"莫里茨"作为替补。

第二天破晓，天气晴朗，狂风大作，云底一千二百米，东风，风速每小时八十公里。为了保密，当地的渔民及其家人被要求待在室内并拉上窗帘。还有士兵守在一旁进行监督。工程师们将"马克斯"带上沙丘，搭建发射架，把电缆连接到测量设备上，检查陀螺仪，最后在燃料箱中灌入酒精、液氧和压缩氮气。格拉夫负责拍摄，还得不停擦拭镜头上的沙子。等狂风暂时平息后，冯·布劳恩点燃扫帚柄末端的一罐煤油，将它凑近喷嘴。喷嘴点燃，发出雷鸣般的爆裂声，"马克斯"向上冲去。他们不得不抬头看去，直到它的火焰变成一个红色的小点。他们后来算出，在燃料耗尽之前，"马克斯"上升到了一千七百米的高空，这也是这种火箭所能达到的最高高度。最后，在他们的注视下，它悄无声息地落在了大约一公里远的沙滩上。

所有人都欢呼雀跃，互相拍打着对方的后背，像野人一样在沙滩上跳舞，就连里德尔"老父亲"也不例外。那天晚上，他们站在阳台上眺望大海，冯·布劳恩提议众人举杯同贺："诸位，是我的错觉吗，还是今晚的月亮确实比早上看上去更近了？"他转向格拉夫，两人碰了碰杯。"敬月亮！"

"敬月亮！"

那时的他们只有二十二岁。

1935 年，在回到库默斯多夫后，格拉夫将拍摄的影片拼接在一起，交由冯·布劳恩在柏林四处兜售。冯·布劳恩可能就是为现在的时代而生的：贵族但不势利，充满魅力但能准确无误地掌握技术细节，他就是新德国精神的化身！他就是未来的先知！他们非常幸运，在将火箭成功送上两千米的高空后，正好遇上元首下令将德国的大量资源投入军队建设。军方立刻拨款五十万马克，够他们修两个新的试验台了。甚至在冯·布劳恩完成演讲前，空军就给了他五百万马克。等陆军总司令在库默斯多夫观看过发射后，他干脆地对冯·布劳恩说："你想要多少？"

他想要多少？这算什么问题！他想造一座和弗里茨·朗电影里一模一样的火箭城市。他想要一个类似博尔库姆岛那样的地方，但面积要更大。它应该位于海边，远离人群窥探，拥有无限资源，让那群敬业的科学家和梦想家能够在不受干扰、不受威胁的情况下，向数百公里外的地方发射火箭。这就是他想要的。

在两名负责审讯的秘密警察中，有一名表现得格外愤怒。他们不只是在唱红白脸，格拉夫心里清楚，要是把这场审讯单交给这一个人负责，自己面临的会是更多的拳打脚踢。也许这名警察在东线失去了什么人，那个人要么在1941年的冬天被冻死了，要么因缺乏足够设备而被俘，因为这名警察有次跳了起来，把手重重地砸在桌子上：

你们都是叛徒！佩讷明德的"陆军研究中心"是德国历史上最大的骗局！

格拉夫表示，在佩讷明德修建军事设施的决定和他无关，那不是他能掺和的事。

另一名秘密警察看了看他那厚厚的卷宗。但根据冯·布劳恩教授的说法，第一次是你陪他去的？

我和他一起去的，是的，仅此而已。

具体是什么时候？

格拉夫假装在回忆。档案里肯定都有，这场审讯就是在走过场。

我记得是在 1935 年的圣诞节后不久。

其实他都记得清清楚楚。在过去的一年中，他们花费了大量时间和精力，终于设计并制造了一款全新的发动机。这种发动机能够产生三千磅以上的推力，可用于更大的火箭，如七米长的"聚合三号"。他还受邀前往冯·布劳恩在西里西亚的庄园度假，在那里继续工作。希特勒一上台，男爵就丢了农业部的饭碗。他躲进这座丑陋的灰色兵营式建筑，一方面为纳粹的暴行感到震惊，另一方面也为他们的成果感到自豪。虽然他并不理解为什么自己才华横溢的儿子会如此痴迷于火箭：这并不是一位绅士该做的事。他客气而冷淡地接待了格拉夫——他过去很少和这类人打交道，这也是他不适应现代社会的一个方面。

某天吃完晚饭，两人围坐在炉火旁，冯·布劳恩说他正在海边找一个安静偏僻的地方来建立他的火箭城市。他本来相中了位于波罗的海的吕根岛，可惜被"力量来自欢乐"组织①捷足先登，那里成了劳工阵线②的度假胜地。"我知道一个好地方，"他母亲突然放下手上的挂毯，"就在吕根岛旁边，以前你爷爷每年冬天都会去那里猎鸭。马格努斯，那里叫什么来着？"

老男爵拿开雪茄，嘟囔了一句："佩讷明德。"

那是格拉夫第一次听到这个名字。

---

① "力量来自欢乐"（德语：Kraft durch Freude，缩写为 KdF），是纳粹德国一个具有国家背景的大型休假组织。该组织是德国当时的劳工组织——德意志劳工阵线的一部分。该组织成为向德国人民宣扬民族社会主义优越性的工具。它也很快在 20 世纪 30 年代成为世界上最大的旅游运营商。

② 德意志劳工阵线（德语：Deutsche Arbeitsfront，DAF）是德意志第三帝国时期纳粹政权在粉碎了自由工会后创立的官方工会组织。它是雇主和工人的统一联盟，也是纳粹的统一工会组织。领导者为罗伯特·莱伊。

于是两人开着冯·布劳恩的新车，再次踏上了前往北方的旅程。他们中途在斯德丁附近的卡姆佐夫过了一晚，就住在冯·布劳恩母亲的家族——冯·奎施托普的祖屋里。那是一栋非常壮观的建筑。第二天，两人沿着波美拉尼亚平坦的乡间道路继续开了大约五十公里，在穿过一座跨越狭窄海峡的大桥后，就到了乌瑟多姆岛了。在接下来的十分钟里，两人沿着蜿蜒的道路而行，穿过树林和沼泽，路过波光粼粼的小河，经过一座被漆成粉色、黄色和淡蓝色的小渔村，最后停在小岛北端的一条林间小径前。两人把车停好，准备步行走完剩下的路程。

　　那天早晨看到的景象一直留在格拉夫的脑海里：古老的橡树和高达数百英尺的欧洲赤松，沙丘和泥炭沼泽，白色沙滩和芦原，一切都静默无声，散发着古老的气息。这里荒无人烟，只有天鹅、鸭子、鸣禽和鸬鹚，小溪里有水獭，头顶黑色鹿角的大型波美拉尼亚鹿漫步在石楠花中，看上去温和又无所畏惧。格拉夫仿佛来到了天堂。他们沿着海岸爬了一个多小时，终于来到佩讷河与奥德潟湖的交界处。冬日的阳光洒在冯·布劳恩的脸上，海风吹乱了他的金发。他张开双臂拥抱这一切。"这里真是太棒了，不是吗？"他开始在这片土地上规划他的火箭城市，只一挥手便抹去了这幅自然美景。森林里要装试验台，浅滩上要修发射坪，草原上要建各种车间和实验室，要建制造火箭的工厂、制造甲醇和液氧的化工厂、发电站、机场（他们可以在那里为空军研究喷气发动机）、火车站以及供工人居住的小镇。

　　"那你还要带成千上万的人过来。"格拉夫对此表示反对。他忍不住笑了起来，这听上去太荒谬了，就像他们儿时的幻想。"谁会为这种地方买单？"

　　"噢，他们会的。"

"他们?"

"军队的那些大人物。相信我,他们现在有很多钱来重整军备,但他们不知道该怎么用。他们就急着想把这笔钱花掉。"

"算了吧,那成本也太高了。"

"别着急,你就等着看吧。他们是抵挡不住这种武器的诱惑的。"

回到库默斯多夫后,冯·布劳恩、里德尔"老父亲"和武器开发的负责人多恩贝格尔上校根据他们目前所取得的成绩,开始专心设计世界上最先进且技术上可行的弹道导弹。多恩贝格尔是名四十岁左右的老炮兵,很聪明,也很有野心,一直痴迷于大战中轰炸了法国首都的巴黎大炮①。格拉夫和他一直相处得很好。冯·布劳恩熟练地吊着他——奉承他,有时顺从他的意思,总是让他觉得一切都在自己的掌控之中。他们提出了一种可行的武器设计规格,可以通过铁路货车将其运输到任何需要的地方。为了满足机动性,它的尺寸限制在十五米以内。除此以外,它还需要携带一吨重的高爆弹头或毒气弹头,并达到二百七十五公里的射程。据里德尔计算,要实现这一目标,需要一台能够产生二十五吨推力的发动机——比之前推力最大的发动机还要高十七倍。这就是未来的"聚合四号"。

4月初的一个早晨,军方派人来接多恩贝格尔和冯·布劳恩到柏林的空军部向凯塞林将军汇报计划。格拉夫目送他们离开:两人并排坐在奔驰轿车的后座,腿上放着公文包,看着就像两个推销员。他不知道他们谈了些什么。他只知道刚到中午就有一名

---

① 巴黎大炮是一门超射程炮,起初被命名为"威廉大炮",后因为炮击巴黎而闻名,故得名"巴黎大炮"。

空军参谋乘车匆匆赶往乌瑟多姆，等到夜幕降临时，空军部就给多恩贝格尔打电话说交易完成：军方花了七十五万马克从地方议会手上买下了佩讷明德，同时负担一半的建造费用。

这一切从一开始就打上了疯狂的烙印。事实上，格拉夫在斯德丁接受审讯时，好几次都忍不住想摊牌了：冯·布劳恩并不是为了制造武器才去打造佩讷明德的，而是为了打造佩讷明德才去制造武器。冯·布劳恩的胆量，或者说这么做的风险，大得惊人。

直到第三天，他们才终于问出了那个一直想问的问题：

1943 年 10 月 17 日周日晚上，你是否与冯·布劳恩教授、赫尔穆特·格勒特鲁普博士以及克劳斯·里德尔博士一起参加了钦诺维茨的海滩派对，并在派对上声称德国已经战败，导弹救不了德国，你们一直以来的目标就只是建造一艘宇宙飞船？

尽管他喉咙发紧，脑子一片空白，但身为工程师的本能仍让他在一秒钟内从众多可能的选项中找到了最安全的答案。其他人怎么说的？如果是这样，那就那样，如果是那样，那就这样……

先生们，我不记得说过这样的话。我想一定是有什么误会……

听我说，鲁迪，登月之路始于库默斯多夫，这点毋庸置疑。

不，我亲爱的韦恩赫尔，尽管你很聪明，但这条从库默斯多夫开始的路并没有把我们带往月球，而是把我们带到了这里。

身后的动静打断了格拉夫的回忆，但他的关节已经冻僵了，只能艰难地站起来，转过身。有人正沿着小路穿过森林，手电筒的光一闪而过，还有狗叫。一名党卫队从树林里走了出来。他举着枪，黑洞洞的枪口对准了格拉夫。他身后还跟着一名卫兵，最后是牵着一头德国牧羊犬的训狗师。格拉夫举起双手。一道手电筒的光直直照在他的脸上，刺得他睁不开眼睛。他想用手去挡，但其中一个人影立即喊道："不许动！"

"我是格拉夫博士，我有授权。"他瑟缩了一下，把头转向一边。"你能把它移开吗？"

第二个党卫队说："突击队员，这是佩讷明德来的平民，你不认识他吗？"

"不，我认识他，请出示证件！"

格拉夫疲惫地把手伸进口袋。"既然你认识我，为什么还要我的证件？"

远处传来喇叭的声音。

他递出通行证。"这是要准备发射了，我该过去了。"

"那你在这儿干什么？"

"不能快点吗？"他向树林里瞥了一眼。卫兵慢腾腾地把枪扛在肩上，手电筒移到另一只手上，对着格拉夫的证件照去。看格拉夫着急，他反而不着急了。

"我在问你话，博士，你在禁区干什么？"

V2第一级点火装置的轰鸣声在森林里回荡。众人皆循声看去，但谁也不知道发射场到底有多远。黑暗中出现了一个发光的半球，它照亮了冷杉的树梢，整片森林就像沐浴在月光下的大海。上方一道火柱缓缓升起，在大约五十米的高度停了下来。它在空中盘旋了几秒，红蓝光交替闪烁，然后往一旁偏去。它保持着垂直的姿势，慢慢地沿着对角线下落，最后从视线中消失了。树林里亮如白昼。过了一会儿，燃料箱爆炸，发出一声巨响。

没有人说话，也没有人发出声音，至少格拉夫记得是这样。他从恍惚状态中清醒过来，一把推开党卫队，顺着小路冲进树林。

几分钟后，看着前面的火球，他心中默默祈祷，不是弹头，不是弹头。人们大喊大叫，跑来跑去。他想让他们退后，但他离得太远了。党卫队紧紧跟在他身后。德国牧羊犬狂叫不止。其中一人还在吹口哨——这种行为既没有意义又惹人厌烦。格拉夫正要转身叫他闭嘴，两旁的树木突然倒了下来，害他迎头撞上一堵土墙，嘴里、眼睛里全是土。地面突然塌陷，他一脚踩空，手臂胡乱地在半空中挥舞了几下，重重地摔到什么坚硬的东西上。

　　等他再次睁开眼睛的时候，周围的树木都着火了。四周烟雾弥漫，燃烧的树叶和纸张随处可见。他跪着爬了一会儿，然后站起身，踉跄着经过被炸断的树木，朝着冒烟的弹坑走去。就在他快走到的时候，那条狗一脸骄傲地从他身边小跑而过，嘴里不知道叼着个什么东西。后来他才意识到，原来那是一只手。

8

　　伴随着此起彼伏的鼾声，丹尼斯菲尔德别墅迎来了周一的早晨。在尽头的宿舍里，只有凯一个人还醒着。她侧身躺在床上，聚精会神地盯着旅行钟上的翠绿色指针，似乎这样就可以让时间过得更快一些。

　　时钟嘀嗒作响。床头柜（其实只是一把椅子）上放着一些文件，这些文件是她离开这个地方的通行证。第一份文件申明，原隶属于梅德纳姆皇家空军基地中央判读组的空军妇女辅助队空军中尉 A. V. 卡顿-沃尔什已被临时调任至战术空军第二航空队第三十三连队。该调动由 C. R. 诺斯利中校提出，由其队长 L. P. 斯塔尔中校批准，并由获得杰出飞行十字勋章①的 M. S. 坦普尔顿准将授权。后面还用回形针别着一份看上去粗制滥造的调动文件，要求她在次日九点之前到诺霍特皇家空军基地报到。姓名、军衔和军号这几处字迹是用蓝墨水写下的，潦草难认，一看就知道写字的人不太细心。她想知道迈克这次给她开后门的行为给他们惹上了多大麻烦——肯定不小，看斯塔尔离开空军部时的样子就知道了：他甚至把她一个人扔在大厅，自己坐车回丹尼斯菲尔德了。陷入沉思的诺斯利中校也忽视了她。轰炸机指挥部那个浓眉大眼的军官向她会意地眨了一下眼睛。半小时后，迈克的副官终于从

---

① 英国的一种勋章，设立于1918年，用以嘉奖皇家空军中勇敢执行任务的军官和准尉。

楼上下来，在大厅把调令交给她："准将让我把这个交给你。"他的态度冷漠中透着厌恶，就像被主人打发去给嫖资的男仆。她想，这件事会传开的。斯塔尔会注意到的。她很想在其他人醒来之前离开，但她不敢设闹钟，怕吵醒她们。她翻身躺下，闭目假寐，不时听到水鸟和猫头鹰的叫声。她抬头看了眼时钟，已经快六点了。思前想后，她还是决定冒个险。她轻手轻脚地溜下床，划了根火柴。那声音在她听来就像枪声一样刺耳。她点着了蜡烛。

她之前没换衣服就上床了，所以只需要几分钟时间来穿短裙和外套。她坐在床垫边上，把套好袜子的脚塞进鞋里。地板发出嘎吱嘎吱的声音。有人动了一下。黑暗中传来一声低语："你在做什么？"

是雪莉·洛克。

凯低声说："上厕所。"

"你为什么穿成这样？"

"你别管，回去睡觉吧。"

手提箱已经收拾好了。她系好鞋带，起身戴上帽子，穿上厚外套，关掉旅行钟，把它和文件一起塞进口袋。

"你要当逃兵吗？"

"别胡说。"

她拿上蜡烛，提起手提箱，伸手摸索着门把手。

"你什么时候回来？"

"不知道。睡吧。"想到要离开结识两年多的朋友，她意外地想哭。"你能替我向大家道别吗？"

"凯——"

她关上门。借着微弱的烛光，她沿着走廊来到屋子的另一头。此时天已微亮，突然一股冷风从门外吹来，把她手里的蜡烛吹灭了。她把蜡烛扔到一边，沿着小路向外走去。

虽然这么多年来都没有德国轰炸机来到马洛附近，梅德纳姆仍在严格执行灯火管制。房子里一片漆黑。很难想象，就在这厚厚的窗帘后面，此时此刻还有一百多人在伏案工作。

她提着手提箱，沿着砂砾车道穿过大片杜鹃花丛，径直朝警卫室走去。以这种方式奔赴战场着实有些荒谬，她心想。虽然她在空军妇女辅助队服役多年，但她连飞机都没上过，更别说飞行了。她甚至没有出过国，除非1937年学校组织去巴黎的旅行也算。不过也正是因为这样，她现在感到非常兴奋，就像一只逃出牢笼的小鸟。想想她以前过的都是些什么日子。她从小生活在多塞特郡一个闭塞的小村庄里，村子里都是古老的金色石屋，而她却和母亲及妹妹三人住在一间茅草屋里，并在圣母修道院接受修女的教导。后来她在剑桥一个男女分校的学院学习。再后来她就进入了与世隔绝的丹尼斯菲尔德别墅。

活到二十四岁，她除了迈克就只有过一个情人。对方是一名和她同龄的飞行员，两人是在本森皇家空军基地的"第一阶段"汇报会上认识的。但这段关系只维持了一个月，后来他就被派往苏格兰了。两人都是第一次，他在某些方面甚至比她还青涩；但他的人生经历远远超出了她的想象。他曾经独自一人驾驶喷火式战斗机执行侦察任务。当时飞机上没有暖气，他身上就裹着两件毛衣和一件飞行员皮夹克，脚上穿着两双袜子，手上戴着一副双层手套。他在北海上空开始爬升，穿过对流层来到深蓝色的平流层，那里的温度低至零下七十华氏度。坡斯培舱盖上开始结霜，座舱里的冰柱在灿烂的阳光下闪闪发光。他害怕氧气会耗尽，害怕自己会晕过去。但他和飞机都坚持下来了，坚持到了柏林上空。他飞到八英里的高度，打开照相机，开始在稀薄的空气中盘旋。在那个高度，他甚至可以看到波罗的海海岸和地球的轮廓。后来听他说起这段经历，再联想到平凡渺小的自己，她的心里满是遗憾。

正门前停着一辆贝德福德货车，没有熄火，暖气开到了最大。司机正抱着暖水壶喝水。她上前问道："你在等我吗？"

昨晚她去警卫室问能不能安排一辆车来送她，下士翻了翻值班表，说今天早上就有辆车要去空军部，但司机要先去海威科姆的轰炸机司令部送货，她可以搭个便车。"别担心，女士，他会及时把你送到诺霍特的。"

"是的，女士，早上好，上车吧。"

他是个性格开朗的中年人，说话带着东区口音。她几乎看不清他的脸。他把旁边的座位腾出来。"喝茶吗？"

"谢谢。"

他重新斟满杯子。她克制住擦拭杯口的冲动。味道不太像茶，里面加了糖精和奶粉，茶味没那么重。但她很感激，所以后来他递的烟她也伸手接了，虽然她并不会抽烟。她把手提箱放在腿上，忍住咳嗽的冲动，凝视窗外空荡荡的大路。货车正在上坡，变速箱嘎吱作响。穿过这片树林就到海威科姆了。他说个不停，而她假装在听。"没错，"她说，"就是这样。"就像在伦敦坐出租车一样。她抽完烟，摇下车窗，把烟头扔了出去。十分钟后，他们驱车进入伪装成白金汉郡小村庄的轰炸机司令部总部。这里不仅有仿制的庄园，还有逼真的教堂尖顶。"等我一下。"说完，他抱着一箱照片走了进去。在黑暗中，她只能辨认出去年夏天她向规划师简要介绍佩讷明德时待过的那座建筑。他们根据她对照片的分析做了个缩尺模型：发电站和液氧厂在岛的西边，主要的试射场、实验车间和工厂在东边。他们对住宅区里的学校、会议厅和营房特别感兴趣。她问为什么，一位严肃得让她想起堂区牧师的年轻人说，他们计划在凌晨发动空袭，那时科研人员应该都还在睡梦之中，这样他们就能杀死更多人，"人员和设施都越多越好"。

空袭计划定于 8 月的满月之夜。机群起飞前一小时梅德纳姆就接到了通知——共六百架重型轰炸机，四千多名机组成员，两千吨高爆炸药。没有人知道他们为什么要攻击一个从未听说过的目标。她坐在泰晤士河畔，看着太阳落山、月亮升起，想象着兰开斯特排成密集队形横越北海。迈克后来告诉她，有四十架飞机再也没有回来。空袭后第二天，多萝西·加洛德的部门在分析侦察照片时发现，大部分试验设施毫发无损，但凯从取景器中看到了大量被炸掉屋顶的房屋和宿舍，就像庞贝城的遗址。

司机回来了。她不想和他说话，索性闭上眼睛装睡，但没过几分钟就真的睡着了。不知过了多久，货车突然停下，外面隐约传来说话的声音。她慢慢睁开眼睛。

夜色尚未褪去，曙光却已微露，照亮身后近郊的田野。在高高的铁网围栏后面，虽然光线灰暗，但她也能分辨出机库和指挥塔台的轮廓。在他们身后的西大街上，车流轰鸣着在晨曦中直奔伦敦。司机摇下车窗，正和一名拿着夹纸板的警员交谈。后者把头探进车窗内，要求凯出示通行证。她递了过去。他仔细看了看，又翻了翻夹纸板上的文件。她感觉过了很久。她突然想到，即使在最后一刻，空军部的官僚主义也不肯放过她。

"好了，女士，"他把通行证还给她，"我带你过去。"

"谢谢你让我搭便车，"她对司机说道，"谢谢你的茶，还有香烟。"

她爬出货车，跟着警员走进空军基地的大门。她以前从未去过诺霍特，但那里给她的感觉很像本森：同样广阔平坦的路面，同样不知停歇的微风，同样在空气中弥漫着的航空燃料的甜味，同样丑陋又缺乏人情味的低矮建筑群，同样从暂时变为永恒的感觉，同样因喷火式战斗机起降产生的特殊爆裂声。在经历了活泼健谈的伦敦司机后，她很庆幸自己能遇上个沉默寡言的警员。警员带着她绕到行政大楼后面，经过光秃秃的花坛（花坛和煤渣路用白石隔开了），穿过狭窄的小门，最后沿着幽暗的走廊来到一间候机室。候机室中间摆着几把木椅，四周墙上空荡荡的，只有一扇铁窗和一道通往混凝土停机坪的门。地勤人员正在给一架大型双发动机运输机补充燃料。她之前在梅德纳姆的识别表上见过，是达科塔运输机。远处还停着一排喷火式战斗机。

她站在窗边，看着准备工作有条不紊地进行着。突然，一辆浅蓝色的莫里斯 8 指挥车沿着停机坪的边缘驶了过来，慢慢停在运输机的前面。接着车门打开，诺斯利中校从后排走了出来。他看了看达科塔，紧张地抻了抻外套。另一侧的车门也打开了，下来了一名高挑瘦削的中年女性。她穿着辅助队制服，袖子上有两道空军上尉的条纹，比凯要高一级。司机从后备厢里搬出几个木箱和几根长条管件，后者应该是卷好的图纸。一辆公共汽车嘎吱一声在指挥车后面停了下来。一名面色红润的辅助队中士率先走了出来，接着是另外六名中士，个个都是二十来岁的年轻人，提着手提箱，看起来很开心；然后是空军中尉。凯数了数，一共七个人。她不安地打量着她们。她一向不擅长融入集体，特别是一个相对固定的团体。她们开怀大笑的

94

样子让她想起在客场比赛的校曲棍球队。她拿起手提箱,向停机坪走去。

没有人注意到她。队员们已经在排队登机了,那名瘦高的上尉则在一旁监督地勤人员将箱子搬上飞机。诺斯利背对着她,正在和飞行员说话。等到两人结束交谈,她才走上前来。

"中校?"

他转过身,厚厚的眼镜也挡不住他脸上的疑惑。

她立正敬礼:"卡顿-沃尔什中尉前来报到。"

他恍然大悟。"噢,是你啊,你之前也在空军部。"他回了一礼。"西塞莉!"他冲空军上尉喊道,"这是你的新队员。"被打断了工作,女人似乎很生气。她皱着眉头走了过来。凯向她敬礼。她看上去是个一脸严肃、精明又缺乏幽默感的人。诺斯利对凯说:"西特韦尔上尉是我们的科学观察员。这位是来自梅德纳姆的卡顿-沃尔什中尉。"

女人用怀疑的目光打量着她。"梅德纳姆……那你会用计算尺咯?"

"是的,长官。"

"会对数吗?"

"会。"

"学过数学吗?"

"学过一些。"

"知道欧拉①吗?"

"不知道,长官。"凯刚说出口就后悔了。

---

① 指莱昂哈德·欧拉(Leohard Euler, 1707—1783),瑞士数学家、自然科学家,许多重要的公式和定理都以他的名字命名。

"雅可比①？勒让德②？"

她摇了摇头。

"弹道曲线理论？"

"不知道。"

"那你什么也没学啊！"西特韦尔叹了口气，"你们大概算是半斤八两吧。先上去吧。"

"是长官，谢谢。"凯又敬了个礼。

舱门就在机翼后面。她感觉有点尴尬，便爬上舷梯，低头走进阴暗拥挤的机舱。机舱两侧各有十个座位，两两相对，大多坐着辅助队军官，还有几名陆军军官。座位后面的方窗透出微弱的晨光。每个人的行李都在自己脚下。她艰难地从中间挤了过去，最后在左边靠前的地方找到了空位。

"可以坐吗？"

"当然，女士。"

那名中士不情愿地挪了挪身子，刚好能让她挤进座位里，然后刻意地把头转到一边。凯微笑着向周围的人打招呼，但没有人回应，无论军官还是中士。显然她一来就被排斥了。她突然烦躁起来，去他妈的吧，那个管他们的干瘪的老女人也去他妈的吧。她从两边人的身下搜出安全带，把它们扣在一起。

机舱后面，西特韦尔上尉弯腰穿过舱门，中校跟在她身后。两人坐了最后两个座位。一名地勤人员把踏板收好，关上了门。伴随着咔嗒咔嗒的声音，发动机启动了，螺旋桨开始旋转。然后

---

① 指 C. G. J. 雅可比，德国数学家，他与 N. H. 阿贝尔（N. H. Abel）同为椭圆函数论的创始人。
② 指阿德利昂-玛利·勒让德（Adrien-Maria Legendre，1752—1833），法国数学家，创立了许多重要定理，尤其在数论和椭圆积分方面贡献颇大。

是一声长长的轰鸣，一阵剧烈的颠簸，飞机穿过停机坪，进入混凝土跑道。

机舱内很吵，没有人说话。大家都默默地直视前方。凯可以感觉到一股紧张的气氛在空气中蔓延。这些飞机的失事率一直居高不下，因为即使在战争的这个阶段，它们也有可能会撞上迷途的德国战斗机。对面的辅助队队员不停地嚅动嘴唇，凯意识到她是在祈祷。她尴尬地转过头，看向窗外。焦虑像一只无形的大手，紧紧抓住她的心脏。她试图将自己的注意力集中在起飞这件事上。原来是这样，飞机会先暂停在跑道末端，然后突然加速，你会瞬间失去平衡，重心不稳，歪倒在座位上。房屋和树木迅速向后掠去。接着一切仿佛都进入了慢镜头，地面逐渐远去，你的心也跟着沉了下去。达科塔震动了一下，咯吱咯吱地向东飞去。她瞥见了西大街上的车流和红色屋顶的房屋，接着，一缕缕云雾迅速掠过窗户，一切都隐在云层之中。

他们似乎爬升得太快了，发动机功率有点跟不上。机舱上下颠簸，嘎嘎作响。之前在祈祷的队员哭了起来。凯紧紧抓住座位边缘。感觉他们像是在一艘试图浮出水面的潜艇上。说起来感觉过了很久，但其实也就才两三分钟。飞机穿过云层的一刹那，阳光洒满整个机舱。达科塔进入水平飞行后，她侧过脸从舷窗望出去，只见离他们大约三百码的地方有一架喷火式战斗机，保持着和他们一样的航向和高度。对面还有一架，应该是专门来护送他们的。要么是飞机上有她不认识的重要人物，要么是为了辅助队队员。

在注意到喷火式战斗机后，大家紧张的神经松弛下来。那名队员不哭了。凯解开安全带，从口袋里掏出一块手帕递过去。中士感激地看了她一眼。"谢谢你。"她接过手帕擦了擦眼泪，又递了回去。

凯挥了挥手，说："你留着吧。对了，我是凯·卡顿-沃尔什。"

"埃达·拉姆肖。"

"你之前是哪儿的?"

"斯坦莫尔防空情报整理所。你知道我们要去哪儿吗?"

"应该是比利时。"

达科塔开始剧烈颠簸，将她从座位上颠了起来。她重新系上安全带。在接下来的十五分钟里，他们就像在坐过山车一样，一会儿被高高抛起，一会儿又重重落下。在她右边不远处，有个士兵吐在了他的行李上，呕吐物的恶臭迅速弥漫开来。凯感觉胃里一阵阵翻搅。她用手捂住鼻子，转头看向窗外。他们下方是一整片云海。不知道现在过英国海岸没有。她开始回忆之前在梅德纳姆看到的地图。直飞比利时的话，他们会经过多佛尔北部，穿过北海到达奥斯坦德。那里有多远? 大概一百五十英里? 达科塔的巡航速度是多少? 差不多每小时二百英里? 这趟旅程应该不会花太长时间。

大约十五分钟后，她开始感到耳朵里的压力变小了。这时，她的注意力被窗外的动静吸引住了。远处一个针尖似的白影以惊人的速度向大约 45° 的角度蹿去。随着白影不断爬升，它的凝结尾迹逐渐变宽，有几处被横风刮断了，只剩下狭窄、破碎的云弧。她死死地盯了一会儿，然后转向左边那个不太友好的女人，摇了摇她的肩膀说:"你看! 是我想的那样吗?"

中士转过身，顺着她的目光看去。"我的天，是该死的导弹! 姑娘们! 有 V2!"

坐在飞机左侧的人都把脸紧紧地贴在窗户上，坐在右侧的人则站起身，弯下腰，以便看得更清楚一些。飞机摇晃起来，大家挤成一团。驾驶舱门被猛地推开了，一个男人大喊："坐下，看在上帝的分上，你们要把飞机搞翻了！"

众人这才回到自己的座位上。凯俯下身，扭过头想看最后一眼，V2 却早已不见了踪影，只剩下一道指向伦敦方向的轨迹。

9

与此同时，在斯海弗宁恩树林某处的一条狭长掩壕里，格拉夫止透过望远镜仔细观察着导弹的飞行轨迹。现在距离导弹进入云层已经超过一分钟了。发射期间，排气羽流无异常，升空四秒后，导弹也成功完成 47° 倾斜，进入飞行轨道。他一边想着，一边继续把双筒望远镜对准隆隆声传来的方向。周围发射排的士兵们仍然双手抱头，蹲在地上：在昨晚的惨案发生后，谁都不想去冒这个险。过了一会儿，他终于放下了手中的望远镜。"它离开了，"他的语气中透着掩饰不住的轻松，"现在安全了。"

士兵们慢慢直起身来。格拉夫发现，这个团是由两类人组成的：一种是东线那些愤世嫉俗的老兵，他们在战争中目睹了太多的流血与死亡，只把这次荷兰之旅当作难得的休假，他们现在的首要任务是在战争中存活下来；另一种则是刚结束了训练的新人，他们更理想化，更愿意投身于战争，但通常也更胆怯。今早起来，不少人都脸色苍白，面目憔悴，眼里更是布满血丝，一看就是彻夜饮酒的结果。酒是从哪儿来的？当然是燃料罐车里的甲醇。格拉夫不清楚他们是被他的自信所打动，还是认为他只是在炫耀，还是单纯地怨恨他，怨恨他给他们带来了如此危险而不可靠的武器。可能三者皆有。

他从掩壕里爬了出来。即使发射已经结束了，他仍然觉得自己的耳朵像糊上了一层膜，外界的声音都听不真切，过了好一会儿才意识到有人在叫他的名字。起初他看不清是谁，接着，他看见赛德尔中尉从发射指挥车的检查盖口探头出来，朝他挥动着手臂。

"格拉夫！"

"怎么了？"

赛德尔将手拢在嘴边，不知道在喊些什么。格拉夫无奈地摊开双手："我听不见。"

赛德尔用手指了指格拉夫站着的地方，似乎是在告诉他不要动，然后把头缩了回去。

格拉夫跺了跺脚，往手里哈了几口气。11月的早晨实在寒冷，好在寒冷也是干燥的寒冷，不似前几日的阴雨绵绵。树上披着一层霜，但靠近发射台的地方除外，那里连冰都融化了。他瞥了一眼，便移开了视线。他无法将七十六号发射场的惨剧从脑海中抹去：六米深的弹坑，像火炉一样燃烧着的发射指挥车，还有像圣诞节装饰一样挂在枯树上的人体残骸和制服碎片，令人毛骨悚然。半个发射排的人（十二个）都死了，或者说已经烧得面目全非，无法辨认身份了。他一直留在现场，直到最后一名伤员被带走。回到酒店房间后，他躺在床上辗转反侧，过了很久才睡着。他梦见了在库默斯多夫时的瓦姆克。他穿着白色的实验室外套，嘴里叼着一支烟，回头冲着自己笑了一下。然后他便用煤油点火装置点燃了过氧化氢的喷嘴。再往后，他梦见自己慌慌张张地在林间奔跑着，爆炸的试验台、烧焦的尸体和黑夜笼罩下的森林逐渐融为一体。他醒来时，感觉双手隐隐作痛，原来他在梦里一直死死抓着毯子。

赛德尔从灌木丛中走了过来。他一边走，一边还挥动着胳膊——他之前一直在装甲车里待着，正好趁现在放松一下。"早上好，格拉夫。"他向格拉夫行了个纳粹礼，姿势到位，让人挑不出错。"你睡觉了没有？"

"睡了一会儿，你呢？"

"我？我一般都睡得很好。所以——你知道今天早上可怜的老施托克去世了吗？"

"我不知道。他被带走时还有呼吸。"回想起当时的场景，格拉夫不禁闭上了眼睛。

"他现在已经死了，可怜的家伙。真走运。他所在的营得重编了。胡贝尔已经被叫去总部开会了，你也必须参加。"

"必须？"

"上头下的命令，如果你更喜欢这种说法。"

"为什么？"

"我猜是为了确定问题出在哪里。"

"问题出在哪里？"格拉夫重复道，"问题就出在他要在一天内发射十二枚导弹！"

"好了好了，亲爱的格拉夫，这话留着对他说吧。哦对了，他还想让我俩去现场找找线索。走，我带你一段。"

两人沿着公路朝赛德尔的车走去。刚走出发射区，格拉夫就掏出一包香烟，抽了一根递给赛德尔。两人停下脚步，点燃香烟。这烟是代用品，质量令人难以恭维，就像在抽锯末一样。他吸了一口，呆呆地看着烟头上的火光。他不太喜欢重游事故现场。"上校认为我们应该找到什么样的'线索'？"

赛德尔同情地看了他一眼。"没有，他只是想在给卡姆勒汇报时给自己找补找补。"

卡姆勒是负责 V 型进攻性武器的党卫队旅队长兼武装党卫军少将，一个公认的疯子。

格拉夫不由得笑了起来。"赛德尔，你可真刻薄。"

"战前我是名律师，我受到的教育就是要刻薄。"

五分钟后，两人坐上了赛德尔的小吉普，晃晃悠悠地向瓦瑟纳尔驶去，车篷随风飘荡。驶过一小段平坦的沙土路后，两人来到一片树林前。与斯海弗宁恩附近的树林不同，这里错落有致地散布着整洁而漂亮的小屋。因为要在海边建立一个三公里长的安全区，这些富有的屋主早在几年前就已经被迁走了。赛德尔放慢速度，左转，朝海边驶去。他们在一个警卫哨前停了下来，向警卫出示了通行证，后者点头示意两人通过。透过那些高耸的铁门，可以瞥见昨晚隐藏在黑暗中的砂石车道。这条路上杂草丛生，落叶成堆。道路尽头有几栋尖顶的大宅，就像宫殿一样。这些建筑看起来都是空的，只有一栋外面停了辆指挥车。

"那边是什么？"

赛德尔放慢车速，回头瞥了一眼敞开的大门。"噢，那是妓院。"

"真的吗？你在开玩笑吧。妓院不是在斯海弗宁恩吗？"

"斯海弗宁恩？千万别去！平民才会去那个病窟，这个是给军官的。"

说完，他便继续向前开去。两人沿着小路绕过最后一栋房子，一大片开阔地出现在眼前，那里战前应该是高尔夫球场。道路继续延伸，变成了一条通往森林的小径。格拉夫想起了那个晚上，也是这样荒凉的树林。前面有个指示牌上写着：前方禁区，禁止入内！违者一律射杀！马路对面立着安全隔离墙，哨卡无人值守。

两人沿着小径继续往前，一直开到森林深处。这里空无一人，没有搜救人员，没有清理人员，看来上面已经放弃这个发射区了。草木被尽数烧去，只留下没有枝叶的树干立在裂开的焦土上，连树根也裸露在外，令人毛骨悚然。那些烧焦了的树桩看上去像是遭到了炮击，让他想起了西线的照片。赛德尔把车停在小径中间，然后关掉引擎。万籁俱寂，过去充斥在耳边的鸟叫虫鸣早已消失得无影无踪。

两人爬出汽车，朝发射场走去，每走一步都能带起厚重的灰渣。空气中弥漫着一股混合着煤烟和燃料燃烧的刺鼻臭味。到处都是 V2 的碎片：燎黑的弹体外壳、发动机和油箱的管道碎片、涡轮泵、排气喷嘴，还有一片尾翼深深地嵌入树干。发射台已经被烧得变形。重型装甲指挥车也被弹头爆炸时产生的气浪掀翻，又被随后燃起的熊熊烈火烧毁，看上去就像一只肚皮朝天的巨型黑色锹甲。

"我的天哪，"赛德尔说，"发生什么事了？你知道吗？"

"我当时离的还有点距离，"格拉夫回答道，"很走运。"他避开那些碎片，将视线移到更大的物件上。他看到的是什么，他们脚下踩着的又是什么。他不敢再往下想了。"导弹刚飞过树顶便失去了推力。它重新落回地面，然后油箱爆炸了。没过多久，弹头也爆炸了，就在那边，我带你去。"

两人走到弹坑边缘，格拉夫一只手插在口袋里，另一只手捂住口鼻，仔细观察着那堆埋在泥土和树根里的金属碎片。地下的大火仍在燃烧，不断有浓烟冒出。

赛德尔摇了摇头："你们这些家伙造的东西破坏力太强了。"

"我知道，我只希望我们有时间让它变得更可靠。"

他已经数不清自己在佩讷明德见过多少次失败了，但至少都是在一公里的安全距离内，而且导弹都没有配备弹头。几乎在点火升空的一瞬间，导弹便开始发生倾倒。陀螺仪修正过度，导弹摇摇晃晃地飞向空中。有时它会在波罗的海上空恢复平飞，最后不知道飞到哪儿去了。有时它会在远处爆炸，看上去就像一朵巨大的红色菊花。有时它会在空中翻个跟头，接着一头扎进海里或森林里。有时它会上升到几十米高的地方，然后直挺挺地向一旁落去。有时外壳破裂，大量燃烧中的燃料从裂缝处喷涌而出。有时它会像一名昏厥的少女一样直挺挺地倒在地面上。有时它会直接在发射台上爆炸，试验台也未能幸免。哦，是的，格拉夫见过太多失败的发射了。

赛德尔说："所以，你觉得是什么原因？"

格拉夫耸了耸肩。"你想要多少原因？焊接失误，阀门上冻，引擎故障，控制室短路，也许突然刮了一阵风，然后其中一个尾翼钩住了树枝。看起来像是无线电控制出了故障，他们没能及时关掉引擎。"

但凡在一个正常的时间或正常的国家，这个项目都会被放弃，或者至少是在解决技术问题的同时缩小规模。但冯·布劳恩曾在军方面前夸下海口，并以此换得军方的资金支持。佩讷明德也是在他膨胀的信心加持下才逐渐成形壮大的。战争第二年，除了各种试验台、办公室、工厂和风洞，岛上还出现了一座可供大规模生产的大型工厂（后续还有两座），比两个足球场加起来还大。光是修建这些建筑就需要上千人。此外，这里还有一个供工程师及其家人居住的小镇，里面有学校，也有电影院。这里甚至有一条通勤铁路来运送劳动力，配备了柏林同款的现代地面轻轨列车。而这所有的一切都是为了一枚尚未发射的导弹。

赛德尔说："不如我们分头行动？你去那边，我去这边，把这个地方都调查一遍，然后离开这个鬼地方。"

他向树林里走去。格拉夫又盯着冒烟的弹坑看了一会儿。就像在看火山口一样，他想，人造的维苏威火山。然后他走进了烧焦的树林。他找到一块完好无损的部件，大约和他的手臂一样长，桨叶状，金属质地，但分量很轻，是控制羽流的石墨方向舵。这可是个大发现。他简直爱不释手，翻来覆去地看。在石墨之前，喷气导流控制片多采用钨钼合金材料，但它们各方面的表现都难以入目。他想起火箭终于完美飞行的那天。那是 1942 年 10 月的一个周六，下午四点，晴空万里。此前 6 月和 8 月的两次试飞均以失败告终，让他们在贵客面前丢尽了面子。毫不夸张地说，如果这次发射也失败了，整个项目也许都会被放弃。

他和冯·布劳恩以及一群工程师和军官站在距离发射场两公里的火箭装配大楼的屋顶上，通过双筒望远镜观察在热浪中若隐若现的火箭。附近的显示器上呈现着实况画面。倒计时回荡在佩讷明德上空。上千人在外面观望。他们透过望远镜看到的朦胧景象和电视屏幕上闪烁的黑白画面之间有一段奇怪的时间间隔。发动机点火，随之而来的是沉闷的爆炸声。在众人焦急的等待中，火箭终于成功升空。

随着火箭的迅速上升，扬声器里传来的多普勒音也逐渐升高。现场回荡着平静的读秒声，无比清晰。四秒后，它开始倾斜；二十五秒后，它突破了音障，格拉夫屏住了呼吸。但它并没有像众多空气动力学家预言的那样在大气压力作用下解体。四十秒后，一道白色的痕迹划过天空。有一瞬间他以为火箭已经爆炸了，但那只是它的凝结尾迹被侧风切断了。火箭仍在飞行，化作白色蒸汽尖上的一个小亮点。在它飞向太空后，多普勒信号消失了。

待一切尘埃落定，街道上响起了掌声和欢呼声。冯·布劳恩转过身，紧紧抓住他的胳膊，那双天空般湛蓝的眼睛里盈满了泪水，显得更加清澈明亮。那是一个梦想家的眼睛，一个疯子的眼睛。"我们成功了！"

那天晚上，多恩贝格尔为首席工程师们办了一场庆祝晚宴。最后大家都喝得酩酊大醉。多恩贝格尔说了一大通豪言壮语，事后还打印出来，连同菜单一起送给他们作为纪念——这样也好，毕竟没有人能记得他说了什么。格拉夫还留着他的那份，他都快背下来了。

"以下几点可以说在科技史上具有决定性的意义。我们利用火箭进入了太空，并第一次——把这点记下来——利用太空为地球上的两点架起了桥梁。我们证明了火箭推进在太空旅行中是可行的。现在，陆地、海洋和天空都可以和太空相连，成为未来洲际对话的媒介，今天，1942 年 10 月 3 日，是人类旅行，乃至太空飞行新时代的第一天。"

这名一心想造出改进版巴黎大炮的炮兵已经中了冯·布劳恩的魔咒，就连希特勒也沦陷了。在前往东普鲁士总部的飞机上，冯·布劳恩和多恩贝格尔不仅带上了一卷三十五毫米的试飞胶卷和一份蓝图，还装了满满一箱木质模型，有火箭，有发射车，还有军方提议在海峡沿岸修建的掩体——他们当时准备用这种导弹来对付英国人。自德国在斯大林格勒战役中惨败以来，希特勒一直在物色一种足够强大、具有颠覆性的武器，以试图扭转战争局势。再多几千架飞机或几千辆坦克也无济于事。属于导弹的时代到了。

"你们不紧张吗？"格拉夫问冯·布劳恩。

"一点儿也不！我们降落在一大片森林中间，然后被送到他的住处。你肯定想象不到那里有多安全，安保设施一圈套一圈的。中间是一个电影院，非常豪华，有好几排座位。于是我们把所有模型都摆在桌子上，把胶卷装进放映机，然后就等着他来。我们等啊等，等啊等，几个小时过去了。突然有人喊：'是元首！'接着他、凯特尔①、约德尔②、施佩尔③和副官们鱼贯而入。不得不说，他看上去挺糟糕的，肩膀向前佝着，脸色苍白如纸，左臂也不听使唤了——在他坐下时，他不得不用另一只手来压住自己的手腕，让手臂平稳下来。他坐在第一排，夹在凯特尔和施佩尔之间。我起身站在屏幕旁说：'尊敬的元首，如您允许，我愿向您报告国防军第十一武器研究所的进展。'接着我动了动手指，灯光暗了下来，影片开始播放。我向他讲述了整个过程，也看到他越坐越靠前。看到导弹升空时，他惊得目瞪口呆。

"影片结束，灯光亮起，他呆坐在座位上，眼睛盯着空荡荡的屏幕，已然陷入了沉思。众人皆噤声不言。然后他站起身来，说了下面这些话：'先生们，感谢你们做出的贡献。如果 1939 年就有这些导弹，就不会有这场战争了。没有人敢反抗我们。从现在起，欧洲，甚至整个世界，都将成为我们的战场。人类的力量根本无法与这种武器抗衡。'然后他当场就把我提成教授了。"

"恭喜，接下来怎么办？"

"接下来？"那是他第一次见到冯·布劳恩局促不安的样子，"接下来，他要我们造一万枚导弹。"

"格拉夫！"树林里传来赛德尔的喊声，"你好了吗？能走了吗？"

---

① 威廉·鲍德温·约翰·古斯塔夫·凯特尔（Wilhelm Bodewin Johann Gustav Keitel，1882—1946），曾任德军最高统帅部总长，是二战期间德军资历最老的指挥官之一，战后在纽伦堡审判中被判绞刑处死。

② 阿尔弗雷德·约德尔（Alfred Jodl，1890—1946），纳粹德国陆军大将，德军最高统帅部作战局局长。威廉·凯特尔的副手，负责制定德国在二战期间的许多军事行动。1939 年 8 月被破格提拔为武装部队最高统帅部作战部部长（少将）。从此，约德尔成为希特勒在军事作战方面的主要顾问之一，直接参与策划德军的各项侵略扩张计划和行动。

③ 贝托尔德·康拉德·赫尔曼·阿尔贝特·施佩尔（Berthold Konrad Hermann Albert Speer，1905—1981）是一名德国建筑师，在纳粹德国时期成为装备部长和经济政策的主要制定者，是纽伦堡审判中的主要战犯。

"来了!"

这块喷气导流控制片是件完美的艺术品。他抚摸着它光滑的表面,摸索着上面的凹槽——烟流就是顺着这些凹槽流向两侧的。看着手指上沾到的黑色爆炸残留物,他突然感到一阵恶心,转身从弹坑边走开,将它远远抛进烧焦的树丛。

这时,他发现一个人正蹲在地上看着他。

他一时吓得动弹不得。那个瘦小的人影也没有动作——看身形比男孩大不了多少,此时正站在离他三步远的树后,深蓝色的工帽下是一张像死人一样惨白的面孔,一双眼睛正死死地盯着他。

格拉夫花了几秒钟来理清现在的状况。那个人是被遗漏的幸存者吗?他是鬼吗?(虽然格拉夫并不相信鬼魂的存在。)格拉夫头皮一阵发麻,只觉得全身汗毛都立了起来。他试探性地向前迈出一步,那个幽灵在树后猛地一抖,转身就跑。那就不是鬼。

"赛德尔!"格拉夫喊道,"有人在这儿!"

格拉夫追了上去。那人的动作很敏捷,但他的体力显然不足以支撑他穿过灌木丛。格拉夫直追上去,没过一会儿离那人就只有一步之遥了。格拉夫伸手去抓那人的外套,第一次失手了,但第二次抓住了那人的衣领,直接往后一拉,将他狠狠摔在地上,立刻蹲下身,用膝盖抵住他的手臂,就像孩子间的游戏一样。是的,孩子,此刻在格拉夫身下不停扭动的这个生物只是一个十几岁的男孩,一个五官分明、面容精致的男孩。格拉夫摘下那人的帽子,看到那头浓密的金发时,他意识到自己身下的是个十八岁或二十岁的年轻女子。他伸手撩开她的头发,想看清她的脸。她扭过头,一口咬住他的拇指。他骂了一句,把手挣了出来。

"格拉夫!你在哪儿?"听声音离他们还有段距离。

听到另一个男人的声音,她开始奋力挣扎,无助地扭动着身体，最后还是放弃了，静静地躺在地上，只是用那一双充满恐惧和挑衅的眼睛死死地盯着他，就像落入陷阱的困兽。

中尉的声音再次响起，而且越来越近。"格拉夫！你还好吗？我在这儿！"他拔出手枪，朝空中开了一枪，枪声响彻树林。

格拉夫回头看向枪声传来的方向，然后低下头盯着那个女孩。他该怎么办？如果把她交给赛德尔，那位军官肯定会把她交给党卫队。他们肯定会杀了她。她还只是个孩子。他不能接受这个结局。他把重心从一条腿换到另一条腿上，小心翼翼地站起身，然后走到一旁。她没有动。她是傻了吗？还是伤到她了？他点了点头，压低声音："快走！"

她一言不发地爬起来，迅速溜进树林里。

"格拉夫！"

"没事了！你在那儿待着吧！马上就来！"

他匆匆穿过灌木丛。中尉就站在弹坑边缘，举着枪，一脸暴躁。"到底怎么回事？你在喊什么？"他向格拉夫身后看去，好像怀疑有人跟踪。

"我以为我看见了什么人，我看错了，抱歉，这地方让我精神紧张。"

"我听到你在跑。"

"我追了个影子。"

赛德尔上下打量着他。他这才意识到外套上还沾着灰尘和树叶。他伸手拍掉，露出被咬伤出血的手指。他觉得应该解释一下："我摔倒了。"

"你摔倒了？"指挥官挑了挑眉，语气充满怀疑，但还是将枪放回枪套后说，"该走了。"

10

飞机迅速下降，机身剧烈晃动，感觉快要被湍流撕成碎片。刚才又有两人把早餐都吐出来了，冰冷的机舱里弥漫着令人作呕的气味。每次飞机发生颠簸，安全带都会深深勒进肚子，她不得不咬紧牙关，死命忍耐，这才没有在座位上吐出来。

她强迫自己把注意力都放在窗外灰白色的丛云上。雨水顺着玻璃表面滑落，留下一道道痕迹。她紧紧抓住座椅两侧。又是一个俯冲，随之而来的失重感让她想起了骤降的直达电梯。这次飞机终于冲出了云层，白色的丛云散去，露出灰色的天空。她转身朝身后的舷窗望去。飞机正低飞掠过一个小镇，她可以看见街道上红色屋顶的房屋，还有远处几座方形的教堂塔楼，再往前是一条宽阔的河流，河流及其沿岸的码头和吊车组成的形状就像一把钥匙，匙柄又长又直，匙齿又短又粗。这种独特的形状她在梅德纳姆经常见到，因此当她旁边的中士问"我们在哪，长官?"时，她脱口而出:"根特。"

她本以为飞机会在诺霍特这样的机场降落，但出人意料的是他们并没有降落在机场，而是降落在了一片田野上。一排排树木和飞机擦身而过，她鼓起勇气，准备好面对接下来的冲击。飞机重重砸在地上，反弹起来，随后再次触地，又弹起来，然后又摔落在地上，猛地颠簸起来，最后突然刹住，把众人甩了出去。驾驶员关掉了发动机。

"天哪，"一名军官幽幽地吐出几个字，"太他妈糟了。"

凯和其他人一起笑了起来。

她从来没有像现在这样如释重负。她拿起手提箱，和其他人一起走出恶臭熏天的机舱，久违的新鲜空气扑面而来，脚下的草地松软而潮湿。机场空空荡荡，只有几顶大帐篷、一辆油罐车、两辆卡车、一辆指挥车和六辆吉普，其中一辆的背后还装了一挺机枪。但最让她激动的是那种回归自然的感觉。她来回走动，深吸了几口气，感受着脚下松软的地面。这就是比利时——不到三个月之前，这里还是敌人的领地。这就是一切工作的意义所在。这就是战争。她完全没有在意其他人若有若无的疏远。

一名中尉拍了拍手，说："嘿，伙计们，听着，车已经准备好了，中士坐货车。"有人开玩笑似的抱怨了几句，他接着说："抱歉啦，姑娘们。长官，你们坐吉普。"

凯拿起手提箱。军官们三人一组，两人坐在后面，一人坐在前面，挨着司机。她不想和中校及西特韦尔上尉待在一起，便走在队伍最后，看有没有人愿意捎上自己。最后有两个女人从人群中走了过来——一个身材高挑，一头金发，丰腴漂亮，神情坦然；另一个更瘦更矮，深色头发。

金发女郎朝她伸出手："你好，我是琼·托马斯。"

"凯·卡顿-沃尔什。"

"这是路易·鲁宾逊。"

她们握了握手。

"你坐前面还是后面?"琼问道。

"随意。"

"那我俩后面，你去前面?"

两人拎着箱子爬进吉普。凯坐在前座。有点挤，她不得不把双腿并到一侧，把手提箱抱在胸前。司机殷勤地招呼道："女士们好。"

路易说："我们是你的长官，二等兵。"

"抱歉，长官。"

那辆架着机枪的吉普和他们擦身而过，晃晃悠悠地开到车队前面去了。凯问："我们还需要武装护送吗？"

"现在外面还有些德国人，"说着，司机便发动了引擎，"你们要保持警惕。"

车队向前驶去。中士坐在前面的货车上，他们铁青的脸色在黑暗中若隐若现。她并不羡慕他们。坐吉普并不能说有多舒服：它的车顶只是一块薄薄的帆布，两边都是敞开的。她拢了拢身上的外套，把自己裹得严严实实。车队摇摇晃晃地离开机场，开上乡村车道，接着左拐上了主路。

后座要比前座高一些。琼探身向前，凑到她耳边大声喊道："凯，你之前是在哪里的？"

她向后侧过头："梅德纳姆。你们都是从斯坦莫尔来的吧？"

"是的，没错，防空情报整理所。"

"我感觉自己像个外人。"

"哦，千万别这么说！我们都很友好，对吧，路？"

路易哼了一声。

"那就太好了，"凯接道，"谢谢你。"

"别客气。"琼高兴地坐回座位上。凯透过后视镜往后看了一眼，只见两人正手拉着手依偎在一起。哟，哟，她心想，然后又把注意力转回路上。

和英格兰不同，在佛兰德没有随处可见的篱笆墙，只有一直延伸到天际的广袤田野。他们路过了几处孤零零的农场和谷仓，一个空荡荡、没有几扇好窗的大棚，还有一排光秃秃的白杨树，插在地上就像梳子的断齿。路上车辆和行人很少，只偶尔能看到一位老人骑着自行车摇摇晃晃地路过。冬天的田地里没有人在劳作，也没有任何牲畜。厚厚的云层堆积在天边，带来浓重压抑的气息。开始下雨了。

他们到的第一个小镇看上去完全停摆了。教堂外立着一座刻有"1918"字样的战争纪念碑，原来的表面早已被绿色的氧化铜覆盖。一群孩子站在街角，像乞丐一样伸出双手。车队疾驰而过，丝毫没有减速。那个秋天，被解放的平民欢呼着向英军坦克抛撒鲜花的情景，早已成为过眼云烟。炮火之后，只剩几面摇摇欲坠的残垣断壁立在瓦砾堆中。商店的橱窗空空如也。"我的天哪，"凯在心里惊呼，"这地方物资也太匮乏了。"

车队朝东开了大约一小时，战争的痕迹随处可见。几辆载着坦克的运输车停放在辅路上，高射炮的炮筒从沙袋堆筑的掩体后探了出来。被炮火炸断的石桥旁，一队队士兵正来回巡视。部分建筑被烧成了空架。远处荒凉的田野上到处都是圆形的坑洞，里面积满了雨水。她怀疑是不是真的还有德国人在那里，感觉不太可能。军队肯定早就打扫完战场了。也许这只是司机编来吓唬她们的。

大约中午的时候，她看到了梅赫伦的标志牌。没过多久，车队便开进了镇郊，隆隆地驶上一条狭窄的鹅卵石街道。街道两边全是小房子，楼上还挂着黑黄红条纹的比利时国旗。在鳞次栉比的屋顶后面，突兀地立着两个尖顶，看起来像是一座大教堂。

车队驶离街道，开上一座横跨运河的小桥。远处的铁丝网后面停着两辆橄榄绿的大货车，车顶上还架着雷达天线和无线电天线，面朝北方。应该是对着海牙的，凯心想。她激动地转向后座，发现琼和路易也正看向那边，后者以一副专业人士的口吻说道："GL Mark Ⅲ型，最新款移动式雷达。"

在桥的尽头有一个黄色的路标，左边写着安特卫普和圣尼克拉斯，右边写着海斯特-奥普登贝赫、鲁汶和布鲁塞尔。而凯以为是教堂的建筑其实是一座中世纪要塞大门，上面还用黑色石板搭了两个尖顶，明显是后来才加上去的。绕过大门，眼前是一条平坦宽阔的街道，房屋和商店坐落在两旁。车队停了下来。

路易惊讶的声音从后座传来："就是这里？"

司机点了点头："是的，长官，三十三连队总部。"

凯还以为总部会在丹尼斯菲尔德这样的乡间别墅里，但出现在她们面前的是一幢19世纪的排屋和被铁栏杆围着的阳台，看上去平平无奇。她纵身跳下吉普，把座位向前拉，让另外两人出来。这时，她发现前面的卡车不见了。

"其他人呢？"

"他们直接去兵营了，"司机回答道，"总部只接纳军官。"

大门上方挂着一块门匾，上面用德文写着"士兵之家"几个字。琼不安地笑了笑："你们该把它摘了的！"

军官们提着行李，陆续出现在人行道上。雨越下越大。一辆奶油色的老式有轨电车隆隆驶过，车厢里空荡荡的，几张好奇的面孔转过来盯着他们。诺斯利中校双手叉腰，凝视着面前的三层楼，胡子微微抽动。像老鼠胡须，凯想。他看上去心事重重，就像那天下午在空军部时一样——事情的发展完全超出了他的预期，还不如回北伦敦去。他走到前门，按响门铃。几乎就在下一秒，房门毫无预兆地开了，一名中士站在门口。"欢迎来到梅赫伦，长官，"他敬了个礼，"我们一直在等您。"

凯让其他人先进去。中士站在昏暗的大堂里说："你们可以先把箱子留在下面，长官，一会儿再拿。一楼有茶和三明治，一人一份。"

前任房客的痕迹无处不在：楼梯两旁的墙壁上挂着巴伐利亚湖和山景的金属版画，一楼楼梯口门上贴着"吸烟室"、"餐室"和"书房"等德文标识。通知牌上贴着德国陆军的通告和指示。中士注意到凯的视线。

"抱歉长官，"他动手将它们撕下来，"一直没时间处理。"

临街的前厅里，一名士兵正在倒茶。窗边的桌子上放着一罐炼乳，旁边的两个盘子上分别堆满了鱼肉馅和肉酱馅的三明治，味道都差不多。凯端着茶杯和茶碟站在窗前，打量着窗外的街道。刚刚失去踪影的卡车又出现在了马路对面，旁边是一栋看起来像银行的建筑。

"快过来，凯，"琼说，"别躲在角落里，过来见见其他人。"她挽着凯走到房间中央。谈话声停止了，五双眼睛转过来盯着她。"这是乔伊丝·汉迪、芭芭拉·科尔维尔、格拉迪丝·赫普尔、莫莉·阿斯特、弗洛拉·迪尤尔。"凯一面和她们握手，一面重复着她们的名字，试图把每个人的名字和脸对上号。除了听起来像苏格兰人的弗洛拉外，大家都是同龄人，都出身于中产阶级，都是受过良好教育的年轻女性。

芭芭拉问："你就是那个从梅德纳姆来的？"

"是的。"

"那你肯定有什么过人之处吧。"

"为什么这么说？"

"为了给你腾位置，我们不得不抛下伊夫琳。"

怪不得她们这么大敌意。她没想到会有人因此被赶出去。"很抱歉，我不知道会这样。"

弗洛拉操着一口阿伯丁土腔难过地说："小姑娘非常沮丧，都要上车了才知道她来不了。"

"哦，天啊，可怜的家伙！太糟糕了。"

乔伊丝接道："凯，你是搞数学的吗？"

"不是。"

"那你是发现了来袭的敌机？"

"也没有。"

"那我只能说，"芭芭拉脸上挂着刺眼的笑容，"上面有人就是不一样。"她非常漂亮，有着模特般的颧骨。

上面有人……她是在影射什么。她们知道，或者说至少听到了传言。"我得说点什么，"凯心想，"不能就这么僵着。"她温柔地说："好吧，芭芭拉，是芭芭拉吧？听你的意思，这还是件好差事？寒冬腊月，背井离乡在比利时吃鱼肉三明治？然后我就那么一伸手，就摊上这好事了？"

其他几人笑了起来。莫莉回头瞥了一眼，平静地说："它们可真是太好了——好得可怕。"

芭芭拉皱了皱眉。"我相信他们已经尽最大努力了，不是每个人都这么挑的。"

西特韦尔上尉走了过来。"都认识了？"

"是的，长官，"凯说，她的眼睛仍然一眨不眨地盯着芭芭拉，"都认识了。"

"很抱歉打断你们，但我们还有工作要做。把箱子放下，跟我来。"

众人把茶杯放回桌上，跟着西特韦尔鱼贯而出，下楼，出门，穿过宽阔的马路。像一群灰鹅，凯想。有几名路人停下来看着她们。其中一位老妇人冲凯笑了笑，她也回以笑容。

和总部一样，这家银行也是 19 世纪的建筑，正面是厚重的灰色石头。一名士兵把守着银行的入口。众人跟着上尉走了进去，在柜台前停了下来。木地板平整光滑，但房间内尘土飞扬，空气混浊，感觉像很多年没用过一样。

"关门。"西特韦尔上尉说。等大门关上之后，她才再次开口："好了，从现在开始，每次进入这栋楼都要出示身份证，别忘了带上。"她掀起红木柜台的挡板，推开旁边的一道矮门。有扇后窗是开着的，几捆电缆顺着踢脚板从开着的窗户绕了进来。远处可以看到移动雷达车。众人跟着她穿过一排排空桌，顺着楼梯下到了金库。金库里有个大保险柜，柜门开着，里面摆着几排保险箱。借着地下室昏暗的灯光，可以看见中士们忙碌的身影穿梭在低矮的天花板下：把桌子搬到一起，装上万向灯，椅子摆放到位，图表挂在墙上，黑板放在画架上，铁丝篮、坐标纸、计算尺和对数表归置整齐。诺斯利中校坐在角落里，面前的桌上摆着三部电话，几名通信兵在他脚边铺设电缆。

西特韦尔上尉说："姑娘们，都过来。"等大家都就位后，她再次开口道："从现在开始，你们就要在这里工作了。我们将直接向防空情报整理所第十一组进行汇报。看到停在外面的 GL Mark Ⅲ 了吗？那是咱们新组建的机动侦察小组，一〇五小组的先遣队。在探测到有 V2 发射后，他们会第一时间通知我们。然后是值班组，两人一组，负责标定 V2 轨道的第一对坐标，我们之前在英格兰已经练习过很多次了。除雷达外，我们还会通过抛物面镜获取数据，但不会作为主要依据。如果两者发生冲突，以雷达读数为准。

"等斯坦莫尔那边确定了弹着点的坐标，你们就要根据抛物线倒推出发射点。先自己算，然后把结果和队友进行比较。如果两人的计算结果不一致，找我或诺斯利中校来核对，直到我们得出正确结果。接下来，B组的两名中士会将你们的计算结果转换为地图方格坐标，坐标经检查后会通过无线电报告给司令部。

"我们的目标是在收到所有数据后的六分钟内完成所有计算。之所以选择这个时间，是为了让我们的飞行员能够在敌人拆掉装置前锁定目标。每分每秒都很珍贵。

"还有什么问题吗？"

她环顾四周，目光扫过一众辅助队军官。路易·鲁宾逊举起手问："我们什么时候开始，长官？"

"明早八点。我们得等到系统运作起来。你们会被分成四个值班组，每组两人，一班六小时。当然，因为我们的飞机只会在白天攻击发射场，所以前两班的担子会很重。如果你轮到了夜班，不要失望，从荷兰抵抗运动中我们发现，有时德军会重新启用之前的发射场，所以我们也会在晚上决定下次的攻击目标。"

芭芭拉问："我们其他时候待在哪儿？"

"总部恐怕没有地方睡觉了，不过你们可以在这里休息，或者用餐。另外，出于安全考虑，我建议你们分散开，不要聚集在一起。住宿的地方已经安排好了，就在镇民家里，一人一户，从总部走几步就到。再次强调，你们在这里做的工作是最高机密，不要，再说一次，不要谈论你在梅赫伦干什么。记住，德国人在这里待了四年多，几个月前才离开。我们不能确定本地人有没有叛变。警惕陌生人，但也要保持友好的态度。在来回路上，要特别小心。

"中校，要来说几句吗？"

诺斯利正在打电话："喂？喂？能听到吗？"他晃了晃手里拿着的听筒，视线从众军官身上扫过。"该死！"他把听筒狠狠地砸在电话机上，从桌子后面走了出来。

保险柜旁边的墙上挂着一个软木告示牌，告示牌上钉着几张地图，第一张上面是伦敦和英格兰东南部，第二张是从奥斯坦德到阿姆斯特丹海岸，向南延伸到布鲁塞尔，第三张是英格兰东南部和北海以及荷兰海岸。第四张凯在梅德纳姆经常见，是一幅从荷兰角到滨海卡特韦克的大型海图。

诺斯利拿起一盒彩色图钉。"看这里，我们现在在这里，"他一边说，一边把一颗红色图钉插在梅赫伦的位置，"然后在这附近，就是 V2 的发射场。"他把一颗图钉按在海牙的位置。"大约是七十英里的距离。正如你们所看到的，我们离安特卫普只有十七公里，它也是目前除伦敦以外唯一遭到 V2 袭击的城市。袭击两地的导弹数量大致相同。现在我们的注意力都集中在伦敦上，但在接下来的一两周内，我们要扩大目标范围，争取找到攻击安特卫普的发射场。

"所以，虽然外面的街道看起来很平静，但永远不要忘记我们现在是在战场上，所以我们才会坐在地下的银行金库里，所以你们在不当班的时候才会被分散在各个镇民家里。这是一种新型战争，是未来的战争，我们正在竭尽全力与之对抗。第一枚导弹将在五分钟后击中伦敦。你们只有六分钟的时间去阻止第二枚，我希望你们能够争分夺秒、全力以赴。这么多人的性命就压在你们身上了，明白了吗？"他心不在焉地点了点头，似乎有些尴尬。"很好，继续吧。"说完，他如释重负地回到办公桌前。

西特韦尔说："好了各位，找个座位坐下。"

房间中央并排放着八张桌子，每张桌子上都整齐地摆着一把计算尺、一本对数表、一张坐标纸、一个笔记本和两支铅笔。凯坐了下来。上尉拿起一根粉笔，快速地在黑板上写下几个字，然后站到一旁：

$$y = ax^2 + bx + c$$

"我们先从最基本的东西开始。"她看向众人，最终将目光落在了凯的身上。"新来的姑娘——这是什么？"

凯口干舌燥。她猜了一下："这是抛物线的计算公式，长官。"

"感谢上帝，"西特韦尔说，"你们人都坐在这儿了，要是还想不到这一点，那就太傻了。"她转过身，在黑板上重重地写下几个字，粉笔灰簌簌地落在地上。"现在……如果等式是这样的……"她指着黑板：

$$f(x) = 2x^2 + 8x$$

"……那 a、b 和 c 的值是多少？"

她又一次直直地看向凯，眼睛里闪着残忍的光芒，让凯想起了学校里教自己代数的安杰拉修女——如果凯犯了错误，修女就会用尺子打她的手。在那短暂而又漫长的几秒钟里，她整个人都陷入了恐慌。但安杰拉修女的多年教导以及在梅德纳姆"第三阶段"办公室的日日夜夜就像一颗定心丸，平定了她心中的兵荒马乱。

"我认为……a 等于 2……b 等于 8……c 等于……"她犹豫了一下，然后不确定地补充道，"0?"

"恭喜，"上尉看上去有点失望，"你合格了。"她把黑板擦干净。"现在，女士们，我们来学一些严肃的三角学。"

这一学就学了整整一个下午。她们花了一小时练习如何用基本代数运算计算抛物线。然后西特韦尔上尉拿出一块秒表，宣布开始实战演练。她用粉笔写下一组高度和速度读数，等了五分钟，然后给出导弹落地的坐标。"开始！"她开始计时。

标绘高度和距离，寻找曲线顶点，将距离换算成英里，计算发射位置，在大比例尺地图上找到弧线的起点，最后给出方格坐标。这样精神高度集中的工作很快便让凯头晕目眩，脑袋嗡嗡作响，被汗水濡湿的手指快要抓不住那根计算尺。"六分钟！"上尉喊道，"你们现在应该已经完成了！"然后又说："十分钟！快点，女士们！再不快点，那些可恶的德国佬就要离开森林回去喝酒了！"

她走到众人身后，凯可以听见手表急促的滴答声。最后，戴眼镜的乔伊丝·汉迪举起了手："算出来了，长官！"上尉按下手表："12分8秒——废物！"她弯下腰，仔细检查乔伊丝的计算结果。大家都坐直了身子，谁料她突然转过身来："别停下来，你们这些傻姑娘！继续，直到你们算出来为止。"咔嗒一声，她恼怒地按下计时器。凯又低下了头。

接下来，又陆续有人举手。凯是第四个。她精疲力竭地瘫坐在椅子上，看着西特韦尔拿起她的答卷。她注意到芭芭拉是最后一名，这让她莫名地开心。上尉规整好众人的答案。

"好吧，至少你们最后都算出来了，"她的语气缓和下来，"做得不错，但是太慢了！要记住：你们的每一项工作，都将关乎飞行员的生死。想象一下，如果座舱里的是你的兄弟或男朋友。看在上帝的分上，你们的失职会让他们毫无意义地牺牲。"她把答卷撕碎，扔进废纸篓里。"好，我们再来一次。"

第二次练习的结果要好一些，用了10分30秒。在第三次练习中，凯以8分2秒的成绩率先交卷。有两次西特韦尔故意给了错误坐标，看着她们绞尽脑汁也算不出答案。"如果数据明显错误，看在上帝的分上，赶快说出来，然后我们可以让斯坦莫尔和机动侦察小组检查一下。"不知过了多久，凯惊讶地发现自己居然乐在其中，享受着这种全身心投入的状态，享受着从各种看似随机的数字中找到弧线和地图上对应地点的过程。把脑袋塞满数字和公式，让自己无暇思考其他事情，这也是一种自由。她完全忘记了时间，忘记了自己身处何处。当上尉宣布今天的练习到此结束，最好成绩是 6 分 15 秒时，她甚至还有些失落。

"休息会儿，姑娘们，我有事要和中校商量一下。"

凯从椅子上起身，又活动了下筋骨。紧张的工作让她肩膀酸痛，脖子僵硬，身体疲惫，但大脑因为刚才的脑力劳动兴奋不已。从剑桥大学毕业后，她就再也没有这种体验了。琼朝她看了过来："你很厉害，凯，抽一根去？"

"我只想呼吸下新鲜空气。"

"一起。"

"可以吗？"

"为什么不可以？走，去问问。"她走到西特韦尔跟前，后者正在和中校说话。"长官，我们可以去街上走走吗？"

"当然可以，但别走远了。"

两人沿着楼梯离开金库。天已经黑了，外面下着蒙蒙细雨。昏暗的路灯散发着柔和的灯光。灯光下，雨点密密斜织成雾。马路对面的总部还亮着几盏灯。琼点了一支烟。凯站在人行道中间，摘下帽子。潮湿的空气让她有些发热的头脑冷静下来。她可以听到身后其他人的低语声。她打了个呵欠，随后才后知后觉地捂住嘴："抱歉，我还没这么累过。"

"我把这叫下班头痛，"琼吸了口烟，火星在指尖明灭，"凯，冒昧问一下，你战前是干什么的啊？"

"我是学生，刚毕业就被征召入伍了。你呢？"

"我在伦敦金融区的一家股票经纪公司工作。"

"你什么时候加入辅助队的？"

"1940 年，就在不列颠空战前。没想到会来这儿。"

凯太累了，完全没有聊天的兴致。她将了将湿漉漉的头发，重新戴上帽子。她想起驻扎在七十英里外的森林中的德国士兵。在梅德纳姆，他们从来没有弄清楚 V2 的发射方式。今年 7 月，他们翻阅了所有与佩讷明德有关的卷宗，试图从中找到蛛丝马迹，最后发现在其中一个巨大的椭圆形土方工程后面，有一片扇形的前滨。他们认为那里就是发射场。她盯着它看了很久，突然意识到一个显而易见的事实。她朝斯塔尔喊道："看看这个，长官。"

他俯下身，一只手搭在她肩上。"怎么了？"

"没有铁路，一条也没有。"

"那又怎样？"

"说明他们可以通过公路运送导弹。他们不需要专门建个发射掩体，浇点水泥或者沥青就够了。"

人是最容易灯下黑的生物，发生在眼皮子底下的事情往往最容易被忽略。

另一名军官走了过来。"琼，能给我一根吗？回去就还你。"是芭芭拉。她看向凯说："你上手很快。"

"天晓得为什么。大概是因为我们在梅德纳姆也练过很多吧。"

芭芭拉咬着烟，低声说："抱歉，我之前说话太过分了。"

"没关系。"

弗洛拉·迪尤尔出现在众人身后。"西特韦尔上尉让咱们马上下去。"

芭芭拉把还没有点燃的香烟还了回去。"该死的西特韦尔。"

一行人走下金库，回到各自的座位上。凯朝周围的人点了点头。乔伊丝，格拉迪丝，莫莉……这就是战争时期最美好的时光，人们总能轻松结识新朋友。从开始基础训练的第一天起，她就清楚地意识到了这一点。那些平时你连一分钟都不想浪费在她身上的女人，现在和你变得亲如一家。这就是从逆境中孕育出的友谊。明明是第一次见面，却有种多年老相识的错觉。

西特韦尔上尉正在擦黑板。擦完最后一组算式后，她转过身。"我们按在英格兰时的排班表来，两两一组。"她从桌上拿起一张纸。"科尔维尔中尉和卡顿-沃尔什中尉值第一班，明早八点开始。"凯瞥了一眼对面的芭芭拉，发现后者正目不斜视地看着前面。"鲁宾逊中尉和迪尤尔中尉第二班，十四点开始。赫普尔中尉和阿斯特中尉第三班，二十点开始。汉迪中尉和托马斯中尉恐怕只能守夜了，从凌晨两点到早上八点。

"有问题的留下，其他人可以回总部了。外面有车送你们回住处。你们每个人都会得到少量食物，把它们带给你住家的女主人。请记住，比利时有很多平民都在挨饿，我知道你们也饿，但机灵点，少吃几口。记得带上计算尺和对数表，走到哪儿练习到哪儿，哪怕是在梦里也不能松懈。明天见。"

佛兰德的夜晚，潮湿的水汽渗入寂静的黑暗。凯坐在前排，手提箱和一小盒口粮藏在后面。她得到了一个名字——马尔滕·韦尔默朗博士和一个地址。但司机显然是不认识路的。他拿着手绘的小地图，时不时会停下来让凯下车察看那些陌生的街道名称。吉普车先是穿过一个空荡荡的广场，紧接着又驶过一座孤零零的大桥。黑色的水面上反射着微弱的灯光。宽阔的街道空无一人，只有少数几户人家的窗帘后还闪烁着零星的灯光。她只能认出这是之前的镇中心。高大整齐的楼房沉默地伫立在夜色中，精致的窗户点缀在绘有图案的砖墙上，勾起了人们对弗拉芒画派的模糊回忆。就算看到提着灯笼的守夜人，她也不会感到意外。

在折返多次并两次路过同一座教堂后，两人终于驶入一条鹅卵石铺成的小巷。高耸的砖墙上镶嵌着古老而厚重的木门，隐隐约约露出房屋的轮廓。司机停好车，拿手电筒照了照地图，又照了照门牌号，宣布到地方了。

"你确定吗?"

"地图上是这么标的，长官。"

两人爬出吉普车，司机一边嘟囔着他还有其他军官要送，一边匆匆忙忙地从车上取下她的行李和食物，把它们放在潮湿的人行道上，向她道了晚安，然后开车离开了。环顾四周，她完全不知道自己现在在哪里，更不用说明天早上该怎么回银行了。她只觉心里一阵恐慌，但很快就镇定下来。和只身从柏林上空八英里飞过的经历相比，这点危险性根本不值一提。她解开挂在把手上的金属环，拎起手提箱，将纸盒夹在胳膊下，用肩膀顶开门。铰链发出一阵不堪重负的嘎吱声，大门仿佛不情不愿似的打开了。

眼前是一片泥泞的花园，残破的石子路从中穿过，通往宅邸大门。她走到门前，按响门铃，又退后一步，抬头看着眼前这座高大的房子。楼上亮起黄色的灯光，但随即便消失在拉上的窗帘后。没过一会儿，她听到门内传来一阵脚步声。有人拉开门闩，拧动钥匙，将挂着门链的门打开了一道狭窄的缝隙，缝隙里露出一个老年男性的脸。

"韦尔默朗博士?"

"你是?"

"我是安吉莉卡·卡顿-沃尔什中尉,隶属于皇家空军基地。"

听见她的回答,男人的脸色立刻难看起来,患有眼疾的眼珠转动了几下,露出黄色的眼白。他愤怒地用佛兰德语说了些什么。

凯说:"抱歉,我听不懂。"

"我不会说英语!"

"可以说法语吗?"

他不情愿地咕哝了一句:"好吧。"

这是那天她第二次用到修女们教给她的知识。"我是安吉莉卡·卡顿-沃尔什中尉,隶属于皇家空军基地。您在等我吗?"

说完,一道审视的目光落在她脸上,然后转向她手上的那盒食物,最后又回到她身上。"我和他们说过了,不行!"

"真的吗?"她小声嘀咕着。一直站在外面淋雨让她有些生气。于是她指了指天空,坚定地说:"抱歉,但我人已经在这儿了!"

男人瞪着她看了几秒,叹了口气,还是解开门链让她进来了。

这个大厅让她想起了祖母的房子:黑白相间的瓷砖地板,破旧的地毯,沉重的木制家具,开餐锣,金属十字架,挂在墙上的圣徒肖像和各种刺绣的宗教经文,长盒子座钟发出的滴答声,还有一种难以言喻的气味……那腐朽且古老的气息仿佛来自另一个世纪。这里比车上还冷。她放下手提箱,紧紧抱着食物。

韦尔默朗博士关上门,拉上门闩。他六十岁左右,秃头,身材消瘦,手上和脸上都爬满了老人斑,肩上松松垮垮地搭着一件深绿色的开衫。他朝楼上喊道："阿芒迪娜！"

一个女人踩着咯吱作响的楼梯走了下来。她穿着一件深色大衣，脚下踩着厚厚的鞋子，齐耳短发，头发花白，鼻梁上架着一副金属框眼镜。她之前应该是在楼梯口偷听，所以才穿得这么整齐。她上下打量着凯，韦尔默朗用佛兰德语和她说了几句，然后朝凯耸了耸肩，说："我夫人。"

凯将手中的食物递了过去。"这是给您的，"她用法语说道，"抱歉给您添麻烦了。"

女人伸手接过，低头看了看，脸色顿时缓和许多："快进来，外面多冷。"

凯跟在两人身后。滴答滴答，是时钟在走动；啪嗒啪嗒，是韦尔默朗博士的拖鞋在拍打石板地面。

走进房间，首先映入眼帘的是一张摆满青花瓷器的大梳妆台。靠墙有一座铁炉，炉前是两把高背木椅，上面放着垫子和毯子。中间有一张桌子，桌上放着一摞布面装订的旧书和几只等待缝补的羊毛袜。韦尔默朗夫人走到桌旁，把针线活儿全部推到一边，然后将盒子放在桌上，惊奇地注视着从里面取出的食物：两听红色的弗赖本托斯咸牛肉罐头、一听青菜炖肉军粮罐头、一包茶叶、三片包着防油纸的熏肉、一罐炼乳、一小条面包、一盒鸡蛋和一块巧克力。她小心翼翼地把它们排成一排，像是对待什么稀世珍宝。接着她打开蛋盒，露出三个小小的白色鸡蛋，默默地递给丈夫。

"抱歉，"凯说，"不是很多。"

"你是个好人。"韦尔默朗先生回答道。他脸色不太好。"很抱歉，"他突然用英语说，"我们之前和那边说过不想收留你。我夫人有——你们英语是怎么说的来着？"他指了指他心脏的位置：

"心绞痛。"

"心绞痛？"

"哦，对，心绞痛，就是这个词，从拉丁语来的。而且我儿子身体也不太好。但就像你说的，你人已经在这儿了，那咱们就将就下吧，可能也待不了几天。"他打了个手势。"外套给我吧，你去那边暖暖身子。"

她脱下外套递给他，走到炉子前面的椅子上坐下，让炉火温暖自己的双手。原来他会说英语，她想，说得还挺好，那他之前为什么要装不会？

就在这时，她忽然听到一阵清脆的敲门声。她惊叫一声，慌忙转过身去，只见一张脸紧紧地贴在后门的玻璃上，五官都挤变形了。

"别怕，"韦尔默朗博士说，"是我儿子。"

他打开门，一个年轻人一瘸一拐地走了进来。他把手上的麻袋扔到桌上后，立刻转过身来，取下帽子，露出一头浓密的黑发。凯注意到他把两侧头发剃短了，但留下了中间的部分。

韦尔默朗博士说："他叫阿诺。"他用佛兰德语悄悄对他说了几句。

年轻人向她鞠了一躬，亲吻了她的手。看他年纪不过二十来岁，和自己差不多，脸色苍白，但也生得相貌堂堂。他的脸上全是雨水，饥饿将他的脸雕刻得轮廓分明，眼睛也乌黑发亮、炯炯有神。他用带着浓重口音的英语说道："很高兴见到你。"他打开麻袋，从里面拿出四个还沾着湿土的土豆，得意地眨了眨眼，笑着说："给你！"

凯回以微笑，心想，他应该是从别人的花园里偷这些东西。

见到食物，韦尔默朗夫妇脸上露出开心的笑容。阿诺脱下淋

129

湿的外套，然后坐下拽掉靴子。韦尔默朗夫人把土豆放进水槽里清洗，然后把洗干净的土豆放进锅里，连锅端到炉子上。接着她打开炖肉罐头，倒进另一口平底锅里。韦尔默朗博士则去隔壁冰冷黑暗的客厅里拿了瓶蛋黄酒①，又拿出四个小玻璃杯，一一倒满，然后举起自己的那杯，对着众人说道："敬友谊！"凯同大家一一碰杯。甜甜的蛋黄酒让她想起蛋糕，蛋糕让她想起圣诞节，不禁有些伤感。

众人围坐在火炉旁，锅里咕嘟咕嘟地煮着土豆。韦尔默朗博士气愤地说："那帮纳粹把我们所有的土豆都拿走了，就像德国没有土豆一样！"

韦尔默朗夫人端来了炖肉和土豆。他又倒了一点蛋黄酒。众人饥肠辘辘，默默地动手吃起饭来，阿诺都快把头埋进碗里了。等他吃完后，他母亲把自己剩下的饭菜倒进他的盘里，他也狼吞虎咽地吃了下去。其间，凯眼巴巴地朝自己带来的食物看了几眼，但韦尔默朗夫妇似乎打算把剩下的留到以后再吃。按照这种消耗速度，剩下这些还可以吃一个星期。她为自己的想法深深自责：明天她总能在餐厅找到点吃的。用餐结束后，韦尔默朗夫人清理了餐盘，给每人切了一块英国陆军出品的黑巧克力。

阿诺用法语问道："小姐，请问你为什么会在梅赫伦？"

"抱歉，我不能说。"

"你们总部离这里很近吧？"

"说实话，我也不知道它在哪儿。我明早八点就得到那里值班，但我现在都不知道该怎么去。"

---

① 蛋黄酒是一种特殊的利口酒，一般作为鸡尾酒的一种配料，极少有人纯喝蛋黄酒的。蛋黄酒其实里面并没有蛋黄，只有蛋清和酒，而蛋黄酒漂亮的黄色实际上是用食用颜料"日落黄"调制出来的。

"哦，那我们给你画张地图吧！那条街叫什么名字——这能说吗？"他对她咧嘴一笑，"还是说也要保密？"

"我记得是叫阿斯特里德王后大道。"

"啊，是那儿啊！南边的主干道，德国佬的总部就在那儿。"

"现在是我们的总部了。"

一张纸，一支笔，韦尔默朗家的三个人。在不时夹杂着佛兰德语的争吵中，一张路线图完成了。

图上整齐地标注了街道名称，还有箭头指示。"那地方远吗？"

阿诺耸耸肩："就步行十五分钟吧。"

"谢谢。"她把地图折起来放进口袋，"现在嘛，我该睡觉了，明天还得早起。"

"当然，"韦尔默朗博士说，"我带你去房间。"

她弯下腰，正准备捞起外套，突然察觉到一道视线落在自己身上。是阿诺。

"晚安。"她说。

"晚安，好梦。"

韦尔默朗博士去客厅拿她的箱子。她环顾四周，目光扫过那高高的天花板、墙上的宗教手工艺品以及高大的木门。对于一个普通家庭而言，这似乎太正式了。"您是在这里给病人看病的吗？"

他笑了起来。"我不是那种博士①！"他推开离他最近的一扇门，开灯走了进去，她紧随其后。那是一间大书房，很像之前在

①　此处原文为"doctor"，既有医生的意思，又有博士的意思。女主误以为韦尔默朗博士是医生，故有以上提问。

剑桥大学见到的那种，书架从地面延伸到天花板，各式图书塞得满满当当，连地板和桌上都堆积如山。厚重的黑色天鹅绒窗帘被紧紧拉上，上面落满了灰尘。空气中弥漫着一股浓烈的陈年烟草味。"战争爆发前，我在安特卫普大学教书。我是哲学博士——现在可派不上用场了。"

"恰恰相反，我们比以往任何时候都更需要哲学。"

"那倒是真的!"他露出了今晚第一个真心实意的笑容，和之前判若两人。他看上去并没有那么老，她想。

桌上摆着几张 19 世纪的家庭合照，用银质相框装裱：照片里的人个个朝气蓬勃、眼神坚定，穿着精致的衣服。其中一张照片上有两个男孩拿着足球在沙滩上摆出姿势。她拿起照片，一眼认出大的那个就是阿诺。他看上去大约十八岁，一头浓密的黑发。旁边那个比他小几岁，但两人有着惊人的相似之处，就连表情都一模一样，都是眯着眼睛看太阳。

"您还有一个儿子?"

话刚出口，她就后悔了。果然，他脸上的笑容消失了。他从她手中拿回照片。"他叫纪尧姆，这场战争带走了他的生命。"

"节哀顺变。"

"谢谢。"他把相框反扣在桌面上，指了指房门。"走吗?"

她跟着他佝偻的身影一路走到一楼的楼梯口，但没有沿着狭窄的楼梯继续向上，而是拐进另一条狭窄而昏暗的走廊。博士走到走廊尽头，推开房门，打开顶灯。房间很大，但空荡荡的，只有一副地毯、一张黄铜床架、一个床头柜、一只普通的五斗橱、一套简单的木质桌椅，还有一个衣柜。厚重的天鹅绒窗帘静静地垂在窗前，牢牢地遮住窗户。床头上方挂着一个十字架。粉色的流苏灯罩里透出微弱的光。这个房间应该有好几年没人光顾了。

"浴室在那边，"韦尔默朗博士放下箱子，指着走廊另一头，"抱歉没有热水。如果你不介意的话，阿芒迪娜可以在厨房给你烧壶热水。"

"谢谢，不用了，抱歉给您添了这么多麻烦。"

他迟疑了一下，勉强挤出一丝笑容："那么——晚安。"

"晚安，谢谢。"

男人的脚步声渐渐远去，消失在走廊的尽头。她关上门，仔细打量着房间。和丹尼斯菲尔德的小屋不同，这个地方既干爽又隐秘，但她宁愿回到英国，和其他值完班的人闲聊。她摇摇头，把这愚蠢的念头赶出脑袋。她不能放任自己陷入自怨自艾的情绪。她把箱子放在床上打开，开始收拾行李。备用制服放进五斗橱和衣柜，白色棉睡衣搭在床罩上，计算尺和对数表搁在写字台上。她没有带便服，也没有带任何会让自己想起家乡的书籍或照片。她定了六点半的闹钟，然后拉开窗帘，趴在窗户上向外看去，只看到一片漆黑。

她坐回桌前，翻开对数表。西特韦尔上尉给她们列了一堆方程式（"姑娘们，这是课后作业"），让她们在休息时继续练习。半小时后，她从密密麻麻的数字中抬起头，眼里是遮不住的疲惫。远处响起教堂的钟声。她数了数，九点了。

她摘下帽子，解开头发，挂好外套，拿上洗漱包，穿过走廊来到浴室，拿出肥皂，挽起袖子洗手洗脸，用又小又薄的毛巾擦干——在家这种毛巾都是用来擦盘子的——还刷了牙。

回到房间后，她摘下领结，脱掉衬衫和短裙，脱下鞋子，卷起厚丝袜，皮肤因为突然接触到冷空气起了一层鸡皮疙瘩。她松开吊袜腰带，正要去够胸罩，却又停了下来。她想起阿诺吻她手的样子和在一旁偷看她的眼神。她是不是应该穿上内衣，再拉一

133

把椅子抵在门后？这个想法刚冒出头，就被她打消了，毕竟他看上去就伤得不轻，可以对付。她脱下胸罩，解开腰腿上的松紧带。辅助队制式内裤，又名"激情杀手"，迈克每次看到都会叹口气。她现在非常想他，想他躺在身边，看着她，等她上床。她又摇了摇头，没必要再去想他了。她套上睡衣，掀开被子，将两只薄枕叠在一起，回到门口关灯，再跑回床上。

床单没有晾干，闻起来像旧雨衣，一股潮湿味。她把被子一直拉到下巴。老房子里寂静无声，她什么也听不见，什么也看不清，各种代数运算在她脑子里打转。她本以为自己会睡不着，结果躺下不到两分钟就沉沉地睡了过去。在梦里，一枚导弹乘着由数字和符号组成的白色羽流渐渐远去，消失在蔚蓝色的天空中。

11

"将军。"

棋子落下，赛德尔靠在椅背上，露出满意的微笑。格拉夫俯身紧盯棋盘，他双腿大张，手臂搭在膝盖上，紧张地敲着手指。"现在你该怎么走呢？"过去他逢战必胜，但今晚他的心思明显不在棋盘上，硬生生把自己逼入了绝境。他的后早就没了，而他的王也被赛德尔的车马重重包围，几个小兵无力回天。

"认输吗？"赛德尔问。

"不。"赛德尔想让白王吃掉黑马，三步内将死白棋。"总会有办法的。"格拉夫把王移到兵阵后面。

"你为什么还要垂死挣扎呢？"虽然嘴上这么说，轮到自己走子时，赛德尔仍然双手抱臂，眉头紧锁，生怕错过了什么。

格拉夫靠回椅背。军官食堂在施米特酒店一楼的一个小休息区里，正对游廊。窗帘紧闭，大海隐没在窗外无尽的黑暗之中，只听得远处不时传来潮水汹涌之声。今晚食堂的气氛有些沉闷。有些晚上，胡贝尔上校会弹奏钢琴——不是《宪兵二重奏》就是《风流寡妇》的选段——但今天，他却安静地和克莱因中尉等人坐在一起。留声机早已停下。窗边摆着一把空椅子，以纪念过去常在那里看西部小说的施托克中尉。角落里，德雷克斯勒大队长一边抽着雪茄，一边和两名从海牙总部过来的党卫队聊天。比韦克小队长也在，偶尔往格拉夫的方向瞟上一眼。在那次事故的事后调查分析会上，他要求格拉夫解释为什么导弹爆炸时他不在发射场。

"你问我为什么？难道你更想让我被烧成灰？"

"当然不。我只是想知道为什么党卫队巡逻队报告说事故发生时你在海边的禁区。"

"这你都看不出来？我那不是在向英国潜艇发信号嘛。"

赛德尔没忍住笑出声，比韦克立刻把矛头指向他："中尉，这没什么好笑的!"

"我知道，施托克也是我的朋友，我不需要你说教。"

"好了，先生们。"胡贝尔出声打断。他朝比韦克解释道："格拉夫博士是佩讷明德派来解决导弹技术问题的技术联络军官，不需要，也不可能参加每次发射。"

"我并不是说格拉夫博士就是凶手，我只想说，如果他当时在场，他可能会注意到导弹出现了故障。确实也出现故障了，不是吗？有没有可能是有人蓄意破坏呢？"

"可能性很低，"胡贝尔否定了他的说法，"事实上完全不可能。安保是党卫队负责的。"

所有人都看向党卫队指挥官。德雷克斯勒的衔级远高于民族社会主义督导官比韦克。他虽然外表看上去温和大方，其实是个脾气暴躁的人。但他还是尽可能地放缓了语气："安保措施非常严格，导弹从离开工厂的那一刻起就受到严密看管。到这里之后，也都没有离开过技术部队的视线。战争刚开始的时候，确实有迹象表明有外籍劳工在厂里蓄意破坏，但我们也采取了严厉措施，在那之后就没有再出现任何问题。"

严厉措施。格拉夫不愿去想那究竟意味着什么。他只想说，听着，先生们，你们都疯了吗？这导弹是目前世界工程领域中一项前所未有的成就，设计它的人也没想到你们造一枚只用九十分钟。但他还是忍住了："技术部队已经反复检查过有可能出现问题的部位，所以比韦克小队长的意思是破坏者是内部人员……"

"我没这么说！"

"……那就是因为技术故障，确切地说，是一系列连锁故障。我和赛德尔中尉去过现场，但没找到证据证明有什么地方出了问题。我知道你们想在一天内尽可能多发射 V2，这种想法可以理解，但我们也不能因此就忽略了发射前的准备。"

胡贝尔涨红了脸，狠狠瞪着格拉夫，没有说话。

"将军。"赛德尔说。

格拉夫低头看着棋盘，心里却想着出现在瓦瑟纳尔树林里的那个女孩。她之前在那儿干什么？他不后悔当时放走她的决定。这种情况下落到党卫队手里，挨一枪子都是轻的。他伸出手指，轻轻压着国王。还能再走一步。再拖一会儿，没准儿就能反败为胜。赛德尔的棋艺并不高明。但他懒得计较这些，直接将国王推倒。

"我认输。"

"终于！"赛德尔开始收拾棋盘，像是怕格拉夫反悔一样，"再来一盘？"

"不了，我累了。"

"那就喝一杯？"他朝勤务兵招了招手，"两杯白兰地。"

"我们没有白兰地了，中尉。"

"还有什么？"

"库拉索①。"

---

① 库拉索酒产于荷属库拉索群岛，是由橘子皮调香浸制而成的利口酒，味微苦但十分爽口。

赛德尔皱了皱鼻子："也行吧。"

勤务兵走后，格拉夫开口道："今早那个妓院……"

"怎么了？"赛德尔将棋子陆续放回棋盒。

"那些姑娘是从哪儿来的？"

"噢，到处都有，荷兰的、法国的、波兰的，这都是摆在明面上的，毕竟是军队开的。"

"他们从哪儿弄来的人？"

"大多是集中营里的囚犯，有些是战前的专业人员。怎么了？"

"听起来不太舒服。"

赛德尔耸了耸肩："只是为了活下去而已。"

"你去过？"

"去过一两次。"

勤务兵回来了，手里端着两杯蓝色的液体。

格拉夫说："它看起来就像硫酸铜。"

"闻着也像，"赛德尔抿了一口，"感觉还不赖，尝尝。"格拉夫端起酒杯。"怎么样？"

"喝着就像加了橙汁的汽油。"但他还是喝完了。他摆弄了会儿空杯，随手放在桌上。"走吗？"

"去哪儿？"

"那个妓院。"

赛德尔笑了起来："我亲爱的格拉夫，你真是每天都能给我带来惊喜啊！真的想去？"

"不，不是，"他有点尴尬，"忘了我刚才说的话吧。"

"我可是牢牢记住了啊，"赛德尔一口喝干杯中的酒，"怎么不行？至少我们可以离开这鬼地方了。"

两人朝门口走去，其他人纷纷看了过来。

胡贝尔在两人背后喊道："先生们晚安！"

墙上挂着战前的黑白假期照。两人走下楼梯，径直来到空荡荡的长廊。寒风刺骨，空气中夹杂着来自海水和海藻的咸湿味。某处有张布罩被掀开了一角，在风中啪啪作响。一根钢缆碰撞着金属杆，叮叮当当。皇宫酒店沉默地伫立在岸边，塔楼和圆顶在夜色中若隐若现，就像一艘搁浅的远洋客轮。顶部装有带刺铁丝网的混凝土防御墙挡住了海滩的景色。

前院里空空荡荡，只有赛德尔的吉普孤零零地停在那里。他打开大灯，发动引擎，在潮湿的柏油路上兜了个大圈。格拉夫把手伸出窗外，感受雨滴落在掌心。

赛德尔问："佩讷明德也有女人吧？"

"当然，好几百呢。"

"然后呢？人怎么样？年纪呢？大还是小？"

"大部分都是小姑娘。秘书啊，助理啊，还有几个学数学的。高工还能带上老婆和孩子。"

赛德尔沉默了一会儿。"你结婚了吗——可以问吗？"

"没有，你呢？"

"结了啊，怎么？"他瞥了格拉夫一眼，"结婚影响我去妓院吗？"

"不影响。"

赛德尔笑了："如果真有好几百个女人，就算是你也能找到中意的吧？"

"没错。"

"然后呢？"

"她叫卡琳，死于一场空袭。"

139

"啊，节哀。"

格拉夫将头探出窗外，任海风拂过脸颊。距离他到荷兰已经过了一个多月了，这还是他第一次提起她的名字。

1943年8月17日晚，万里无云，月满如盘。值此天时地利之际，皇家空军基地发起了代号为"九头蛇"的行动，意图摧毁佩讷明德。半夜十一点，八架蚊式轰炸机在柏林上空投下大量照明弹和炸弹，诱使德国人相信柏林才是主要攻击目标。德国空军紧急出动一百五十架战斗机应对威胁，并部署了八十九个高射炮兵连，向城市上空发射了超一万一千发弹药。十分钟后，向北二百公里的地方，六百架重型轰炸机正越过海岸。

那天晚上，佩讷明德有将近两万人：工程师、科技人员和家属；机械师、职员、秘书、打字员、警卫、厨师、教师；建筑工人和外国奴工，大部分是法国人和俄罗斯人。那是个寂静而炎热的周二夜晚。奴隶们被锁在电网包围的木屋里。德国人循着淡淡的松木香气，漫步穿过树林，三三两两地坐在沙滩上。沙滩上正在进行一场排球比赛，不远处便是火箭装配大楼。

格拉夫游了出去，仰面朝天躺在水上，只需不时划动手臂就能轻松地浮在水面上。漫长的夏日，炙热的阳光将海面晒得温热。但身下的海水异常冰冷，海浪不停地将他推离岸边，他随着海浪缓缓地上下浮动。他就这么放任自己在海面上随波逐流，最后翻了个身，逆着水流奋力向岸边游去。就在那一刻，他仿佛看到卡琳正拿着毛巾等在岸边。夕阳的余晖洒在记忆中修长的身影上，为她镀上了一层淡金的光晕。

他是在春天遇见她的，那时她刚成为瓦尔特·蒂尔博士的私人助理，蒂尔是冯·布劳恩的副手，也是格拉夫的顶头上司。她不仅要给脾气暴躁的上司安排会议，还要帮着照顾他的两个小孩。大家都很喜欢她。她不仅人长得漂亮，而且身上有种特殊的魅力，只要看着她，那种浮躁急切的心情便会平静下来。后来他约她出去，没想到她答应了。她说等战争结束后，她想去幼儿园当老师。那时她才二十三岁。他已经下定决心要娶她，要向她求婚——如果没有发生那件事的话。但她讨厌他游得那么远，这会让她心神不安，难得地心情变糟。

他气喘吁吁地走上岸，浑身湿透。她把毛巾递给他，然后皱着眉头转过身，回到沙滩上收拾野餐的东西。他把毛巾围在腰上，摇摇晃晃地抬腿换下泳裤。他走到她身边，在她温暖的脸上蜻蜓点水般轻吻了一下。空气中传来海水淡淡的咸味。她突然站起身，朝老旅馆走去——大部分单身女性都住在那里。

格拉夫的心情也瞬间跌落谷底。朦胧的夜色中，他憋着一肚子气，沿着林道往回走，穿过安检门，来到实验场地。包括冯·布劳恩在内的高级工程师都有自己的单身公寓。格拉夫的在五号楼二层，紧挨着总部。他冲了个冷水澡，把泳裤搭在浴室窗台上晾干，然后光着身子躺在床上，只搭了一条薄薄的床单。

他知道空袭是早晚的事。那年夏天有那么几次，他抬起头，看见一条细长的白线划过澄澈无云的天空。他怀疑他们早就被英国人发现了。即便如此，当空袭警报响起时，他的第一反应还是留在床上，像往常一样等着敌军穿过"柏林小巷"飞向目的地。他静待着警报解除。几分钟后，外面响起密集的防空炮火。"砰，砰，砰……"他立即翻身下床，走到窗前。皎洁的满月洒下银辉，建筑在地面投下清晰的阴影。车间和实验室背后的港口接连不断地响起爆炸声，彩色的火焰喷涌而出。红，绿，黄，奇怪的颜色搭配，像圣诞节装饰一样点缀在空中。带着降落伞的白色照明弹慢慢降落到地面上，密集的机枪子弹从屋顶倾泻而下，一切似乎都发生在岛的南边。他看了一会儿，突然意识到应该先找个地方躲起来。他还在穿鞋，一枚炮弹就在他刚刚站的位置爆炸了，窗户瞬间被炸飞。

他飞快穿过走廊，跑下楼梯。大门倒在台阶上，铰链被空投的炸弹炸得四分五裂。他大步走出公寓，径直冲入玫瑰色的烟雾。眼前超现实的场景让人恍如置身梦中。粉色和红色的化学烟雾从燃烧的大楼里滚滚涌出、遮蔽天空，只有几缕月光透过缝隙洒落下来。明亮的探照灯光束宛若锋利的长矛，与满天星光遥遥对峙。他看不到轰炸机的身影，却能听到重型发动机发出低沉刺耳的轰鸣，随即隐没在一阵震耳欲聋的爆炸声中。几个模糊的身影慌乱地从他身边跑过。他呆立在原地，仿佛置身于一场奇幻的声光秀中。直到热浪逼近，他才陡然清醒过来，飞奔着拐过街角，朝防空洞跑去。

台阶的尽头是一间低矮的混凝土室，墙边蹲坐着十几个身影。这处是刚挖的，还有一股石灰味。每次炸弹爆炸后，顶灯都会随之晃动。灯光忽明忽暗，隐约映出几张熟悉的面孔。没有人说话，大家都低头看着地板。不知道过了多久，头顶的爆炸声渐渐平息下来，四周陷入一片沉默。又等了五分钟，格拉夫坐不住了，决定去找卡琳。

借着皎洁的月光，他看到总部大楼已在炮火中化为断壁残垣，设计区和食堂也未能幸免，但风洞和遥测实验室毫发未损。他穿过安检门，沿着街道向前走去。路面覆盖着一层白色的细沙，仿佛刚经历了一场风暴。在此期间，仍然有数架飞机从他头顶轰鸣而过。飞机残骸、炮弹碎片和弹壳像冰雹一样划过树林，重重砸在路面上。一架兰开斯特被击中，拖着火光从云层中旋转着栽下来，很快就消失在海面上。生产区的一个火箭仓库着火了。但受创最严重的地方应该是住宅区：部分区域和奴隶劳改营已陷入火海；几百名身穿条纹制服的囚犯坐在路边的田地里，双手抱头，周围有手持机枪的党卫队看守。

一走进卡琳所在的区域，他就知道她肯定死了。整座旅馆被炸得面目全非，没了窗户和房顶，露出里面的东西来。路边横着一排尸体，有些已经被烧成了焦炭。他鼓起勇气上前仔细看了看——都是陌生的面孔。也许她还活着。人群像没头苍蝇一样四处乱窜。"你看到卡琳·哈恩了吗？有人知道卡琳·哈恩在哪儿吗？"他双手叉腰站在那里，试着想象炸弹落下时她会做什么，她可能会去哪里。他转身沿原路向住宅区走去。

"我得找到蒂尔博士。有人知道蒂尔一家安全吗？"

十分钟后，他在学校大厅找到了他们的尸体。一枚炸弹直接击中了他们的屋子。屋前的狭长掩壕曾是他们一家的藏身之处，现在只剩下一个硕大的弹坑，而蒂尔一家则被炸弹炸翻的松软沙土活埋在里面。不戴眼镜的蒂尔看起来和平时不太一样，但与妇女居住区里的尸体不同，至少他看上去很平静，尸体也还算完整。玛莎·蒂尔和他们的孩子西格丽德、西格弗里德也在里面。卡琳躺在离他们稍远的地方，头古怪地歪向一边，就像她以前常做的那样。

赛德尔的吉普在瓦瑟纳尔街入口的检查哨停了下来，没有熄火。一名党卫队用手电筒分别照过赛德尔和格拉夫的脸，查看了证件，又将证件还回去，还冲两人眨了眨眼："祝你们有个愉快的夜晚。"另一名警卫升起道闸。

格拉夫开始后悔了。他应该放弃的。但赛德尔就像一条嗅到猎物气味的猎狗。他坐在座位边上，脖子前倾，眼睛直勾勾地盯着前方没有任何标记的鹅卵石路。每经过一座房子，他都会减速看上一眼，嘴里还念念有词："这灯火管制，一会儿错过了……"

一座座废弃的宅邸沉默地伫立在夜色中，树篱芜杂，枝叶蔓生，一片荒凉，有的是田园风格，有的是现代风格，还有的像"小凡尔赛宫"一般精致漂亮。这里肯定有很多钱，格拉夫心想，几十年，甚至几百年积累下的财富。他开口道："居然没遭到洗劫。"

"说出来你可能不信，有个人在床底下藏了幅维米尔①的画，被逮到了。看在上帝的分上，那可是维米尔！最后他被送到东线的惩戒营。"

"那不就是死刑吗？"

"差不多。纪律，我亲爱的格拉夫，纪律！军队非常热衷于保护地方的财产，人就算了。啊，在这儿！"

他转动方向盘，驶入一条砾石车道。顺着车头昏暗的灯光，格拉夫依稀看到一栋 19 世纪的三层方形大楼，法式风格，百叶窗，高屋顶。门口停着几辆指挥车，路面铺满落叶。屋内漆黑一片，随着赛德尔关掉引擎，四周陷入沉寂。

"你确定是这里吗？"

"当然，你还去吗？"

"为什么不去？"

他跟着中尉走上台阶。两人按响门铃，也不等回应，便径直

① 此处指的应该是约翰内斯·维米尔（Johannes Vermeer，又译约翰内斯·弗美尔），出生于荷兰代尔夫特，是荷兰优秀的风俗画家，被看作"荷兰小画派"的代表画家。代表作品有《绘画艺术》《戴珍珠耳环的少女》《倒牛奶的女仆》《花边女工》《士兵与微笑的少女》等。

推开沉重的大门，走进亮着昏暗红灯的大厅，沿着楼梯上了二楼。走廊两侧都有门，门内隐约传来音乐声。格拉夫突然担心自己带的钱不够。"顺便问一下，这要多少钱？"

"一百马克，包括给姑娘或者姑娘们的小费。"

其中一扇门突然打开，一个女人从房间里走了出来。她大概有四十岁出头，体态丰腴，一头黑发，穿着一条黑色低胸天鹅绒连衣裙，露出布满雀斑的胸部。格拉夫礼貌地摘下帽子。她认出了赛德尔——或者说假装认出了——向他伸出双手："中尉！很高兴再见到你！让伊尔莎夫人亲一下。"她的德语带有浓重的东欧口音，格拉夫猜不到是哪里的。她把脸凑向赛德尔，后者像亲吻自己姑妈一样在她两侧脸颊各吻了一下。"这位又是？"

"他是我朋友，是个大博士。"

"是博士啊！让我帮您拿外套吧。"格拉夫解开扣子，连同帽子一起递给她。赛德尔也把帽子递了过去。她小心地把它们挂在架子上。架子上还挂着五顶帽子——三顶灰色的国防军帽和两顶黑色的党卫队帽——和一件皮大衣。"好了！进来吧。"

她推开门，领着两人走进一间酒吧。酒吧里灯光朦胧，烟雾缭绕，一台留声机正放着米米·托马的抒情歌曲。四五个男人敞着外套，摊开双腿，瘫坐在舒适的椅子上吞云吐雾。几个女孩坐在椅子的扶手上。一名党卫队奔拉着脑袋坐在沙发上，看上去已经喝得烂醉。他怀里搂着的两个姑娘正在他背后窃窃私语。当然，酒吧里的姑娘远不止这些，她们三三两两地聚在一起。一名裸着上身的女服务员端着一盘空杯子走了过去。伊尔莎将两人带到一个阴暗的角落里坐下，然后朝女服务员招了招手。

"你们喝点什么？"

赛德尔问："有白兰地吗？"

"当然。"她似乎有些不高兴，像是受到了严重冒犯。

"你看，"他对格拉夫说，"我们来对地方了。"

"白兰地。"伊尔莎说。女服务员走开了。"怎么样？有看中的没？"

格拉夫环顾四周，没看到树林里的那个女孩。赛德尔说："那个红头发的，玛尔塔，她在吗？"

"我去看看她有没有空。你朋友呢？"她看向格拉夫，"我们的大博士想要什么样的？"

他目不转睛地盯着酒吧。"金发，年轻，小个子的。"

赛德尔笑了起来："看不出来啊，格拉夫！你不会对鞋码都有要求吧？"

伊尔莎谨慎地点了点头："应该有这么个人。"

说着，她走向酒吧。赛德尔拿出一包烟，给了格拉夫一支。酒来了。格拉夫一口喝光，又要了一杯。两人靠在椅子上，中尉闭着眼睛，食指随着音乐打着节拍，嘴里也哼起了米米·托马的这首歌："睡吧，亲爱的，睡吧，祝你好梦……"

伊尔莎回来了，身后跟着一个身材高挑的年轻女人。她有着一头红棕色卷发，努力装出很高兴见到赛德尔的样子。后面的小姑娘被她衬得像个洋娃娃，一身红色的无袖缎面紧身裙，鲜红的口红和厚重的睫毛膏掩饰了原本的容貌。看到格拉夫的那一刻，她脸上原本挂着的职业微笑瞬间消失。她停了下来，下意识地想往后退，但还是忍住了。玛尔塔爬到赛德尔腿上，伸出胳膊搂住他的脖子。伊尔莎搂着金发女孩的肩膀把她推到格拉夫面前，就像带孩子接受检查一样。"这孩子叫费姆克。"格拉夫站起身。"看他多有礼貌，亲爱的，"她对着费姆克低声说道，"一位真正的绅士！瞧他盯着你看的样子，他肯定喜欢你。带他到楼上去吧？"

女孩还有些犹豫，伊尔莎便用力推了她一把："去吧，亲爱的。"

她避开格拉夫的视线，目光集中在他身后的某处，随后慢慢地、很不情愿地伸出手。他握住她的手——冰凉纤细的手指没有回握——跟着她走出酒吧，来到空荡荡的大厅。走出人群视线后，她一把抽回手，后背紧贴在墙上，平静地用德语问道："这是怎么回事？你是秘密警察？"

"不是。"

"你穿得就像。"

"但我不是。"

"你制服呢？"

"我没有制服，我是个工程师。"

"你不是秘密警察，那你来干什么？"她听上去有些烦躁，感觉就像他在浪费她的时间。

"你问我？"他给她看自己拇指根部的齿印，"你以为我来干什么？我想和你谈谈。"

她张开嘴，正准备回答，头上突然传来"砰"的关门声。两人抬起头，沉重的脚步声缓缓靠近楼梯口，有人下来了。一双长筒靴出现在两人的视线里，接着是黑色的长裤，最后是它们的主人——一名党卫队军官，挺着硕大的肚子，边走边扣上外套的扣子。他在楼梯底部停了下来，对着镜子捋了捋头发，回头看见两人，亲切地朝格拉夫点了点头，便绕过两人走进酒吧。等他走后，费姆克看了格拉夫一眼，转身往楼上走去。走到一半，她趴在楼梯栏杆上问："不来吗？"

等他跟上后，她继续走在前面，留下一个纤细笔直的背影，红裙下的身段几乎谈不上性感，踩在黑色高跟鞋上有种摇摇欲坠

147

的感觉。楼梯两侧挂着 18 世纪的肖像，画上的有钱人不满地看着两人。楼梯口有一张桌子，桌上摆着一尊古罗马半身像。她没有停下，而是从一侧的狭窄楼梯上了二楼。她推开门，站到一边。格拉夫走了进去。房间里点着蜡烛，带着几分暧昧。她打开顶灯，打破这种暧昧的氛围，关上门，靠在门上，身体微微发抖。当她意识到这一点时，她不禁抱紧自己瘦弱的双臂，试图掩饰。

"好吧，怎么办？做吗？"

她看上去那么年轻，那么娇小，又那么凶狠。他几乎要笑出声来："不，别担心，无意冒犯，但我不想做。"

他突然觉得很累，之前的醉意一下子涌了上来。他径直走到床边坐下。隔壁房间的床咯吱作响，床头板有节奏地撞击着墙壁，还有女人的叫声。他把腿放在床上，直挺挺地躺着。这床比他在斯海弗宁恩的床还软。房间好像在他眼前旋转起来，他只得再次闭上眼睛。他听到费姆克在房间里走来走去。当他再次睁开眼时，一把餐刀正架在他脖子上。

"如果你打算告发我，我现在就杀了你，至少我还能拉个他妈的德国佬陪葬。"

"如果我打算告发你，那我早就告了。拿开。"他又闭上了眼睛。那一刻，他仿佛回到了佩讷明德空袭前的那个晚上——与世隔绝，漂浮在冰冷的深水之上。不一会儿，他听见她起身离开，接着是抽屉开合的声音。他问道："你几岁了？"

她沉默了一会，说："十八岁。"

"你今天早上在树林里做什么？"

"昨晚我听到了爆炸声，想趁天亮的时候看看。"

"为什么？"

“因为好奇，而且士兵也走了。”

他睁开眼，用一只胳膊肘支起身子。她靠在梳妆台上望着他。“你叫费姆克对吧？荷兰人？”她没有回答。“你肯定是个好奇心很强的人，才会冒着挨枪子儿的风险去树林里。你没那么傻。我不知道该不该相信你。”

她噘起嘴，眼睛盯着地板。

格拉夫疲惫地翻身站起来，双脚踩在地毯上。他环顾四周，这里像是另外一个世界：一张粉色的小扶手椅，粉色的窗帘，墙纸上印着戴粉色项圈的贵宾犬——有的在四处蹦跶，有的在嬉戏玩耍，还有的用后腿直立着。他走到衣柜前，拉开柜门。衣柜里挂着一件小骑士夹克，底下整齐地放着一排女鞋和马靴，还有一双芭蕾舞鞋。他关上柜门，又走到五斗橱前，拉开抽屉——里面都是衬衫、袜子和内衣。他没关抽屉，又趴在地上看了看床底，还是没有发现。他站起身，指着梳妆台：“请把它打开。”

她迟疑了。他把手放在她瘦弱的肩膀上，轻轻地把她推到一边。她看着他拉开抽屉。里面有一把小刀和一包国防军发放的避孕套（上面写着“Vulkan Sanex”），还有六个V2发动机的小零件，它们还没他拳头大，被烧得黢黑，都整整齐齐地码在一张报纸上。涡轮排气泵的碎片、燃烧室的冷却喷嘴、酒精箱的截止阀，还有其他一些零零碎碎的东西。

“你到底想拿那些东西干什么？”

“我只是好奇。”

“得了吧！跟我说实话！”

她耸了耸肩：“我以为有人会愿意为它们付钱。”

“谁？英国人？伦敦满大街都是这种东西，什么时候都能捡到。”

"谁说是英国人了？"

"你是抵抗组织的吧？"

她移开目光，没有回答。

"他们让你在军官喝酒的时候偷听？吹枕边风？然后把你听到的消息传出去？"

隔壁床头撞墙的节奏越来越快。接着传来一阵女人的尖叫。一切戛然而止。"天哪，"他想，"我们这是怎么了？"

他把碎片塞进兜里。"我要把这些带走。被抓到你就死定了。"

"关你什么事？"

他关上抽屉，双手沾满煤烟，口袋装满碎片。"你想知道什么？"他突然开口，"我可以告诉你一些有用的消息。导弹并不可靠——目前我们的故障率大概是十分之一。但真正的问题是没有液氧。我们主要的工厂在法国，已经被攻占了。德国还有七家工厂，每天生产二百吨，只够发射二十五枚。让你朋友告诉英国人，如果他们想阻止导弹发射，与其去轰炸发射场，不如将精力花在液氧厂和铁路上。"

她皱起眉头问："你疯了吗？"他朝门口走去，却被她拦住了。"如果你太快下去，他们会怀疑的。"

"好吧。"

他躺回床上，她坐在扶手椅里。在接下来的几分钟里，两人都没有说话。没想到还是她率先打破了沉默。

"我们都以为德国败了。导弹走了，然后又回来了。这意味着什么？你们又要赢了？"

"不，我们快输了。"

"什么时候？"

"很快，可能明年。你在瓦瑟纳尔街待多久了？"

"三个月。"

"你之前在哪儿？"

"集中营，因为偷东西。"

"你家是哪的？"

"格罗宁根。"

"在北边？"

她点了点头。

"你有办法逃出去吗？我借辆车，你躲在后面。"这话说出来，连他自己都觉得很牵强。

她摇了摇头："太远了。"突然，隔壁房间传来一阵响动。门打开又关上了。男人的脚步声在走廊里渐渐远去。"我得去看看她。你可以走了。"

到了门口，他掏出钱包，数出两百马克。

她摇了摇头："给伊尔莎。"

"这是给你的。"

"我什么都没做。"她推开门。

他站在原地犹豫了几秒，缓缓开口："那好吧，祝你好运。"

他把钱放回钱包，走下楼去。

12

凯的闹钟从来没有让她失望过。那是她加入辅助队那天母亲给她的礼物。无论她睡得多沉，它都能把她叫醒。尖锐刺耳的铃声就像一把无情的电钻，钻得她耳朵刺痛。她从陌生的被窝里伸出手，胡乱摸索着关掉闹铃。一切又恢复了平静。她把闹钟凑到眼前，6 点 30 分。

她一头倒回枕头上。房间里一片漆黑。她愣了一会儿，才想起自己已经不在英国了。她现在在比利时——在战争中！她悄悄起身，在墙上摸索着电灯开关。突如其来的亮光让她忍不住眯起眼睛。她披上大衣，拿起洗漱包，小心翼翼地打开门，仔细听着外面的动静。房子里静悄悄的。她踮起脚尖，穿过冰冷的走廊，来到尽头的浴室。

她急着换班，没时间在这里慢悠悠地完成早上的例行公事，而且现在也太冷了。她捧起一把冰水泼在脸上，刷了牙，然后拿起梳子用力梳开乱糟糟的头发，扯得头皮都要破了。她回到房间，换上冻得发硬的衣服，用冻僵的手指笨拙地系上扣子，打好领结。穿戴整齐后，她整理好床铺，开始在灯下研究昨晚韦尔默朗一家给她画的路线。画的时候她就感觉很复杂，现在就更看不懂了。连手电都没有的人要怎么在漆黑的街道上找对路？

她像是在梦游一样伸出双手，摸索着走过漆黑的走廊。走到楼梯口时，她注意到楼下亮着微弱的光，这才松了口气。她借着这道光下楼来到大厅，发现光是从厨房里透出来的。

阿诺站在炉边，炉子上热着一壶水。他还穿着昨晚的衣服。她一进门，他便直起身子，转过头笑着说："早上好，小姐。想喝点你带来的茶吗？"

不知怎的，她决定用法语回答："谢谢，但我恐怕没有时间喝茶。你能告诉我这条街怎么走吗？"

"当然——我直接带你去吧。"

她迟疑了。在梅德纳姆，人们一直教育她们要谨慎，不要带外人去工作的地方。但她并不认为这有什么坏处，而且她怀疑自己能不能找到回去的路。"你确定吗？"

"是的。虽然有宵禁，但看在你这身制服的分上，应该不会有人拦着我们吧。真的，你有的是时间喝茶。"

"算了，如果你不介意的话，我想现在就出发。"

他耸了耸肩。"好吧，如你所愿。"他把水壶从炉子上提下来，打开了后门。

屋旁有一条砖砌成的小路，路面结了霜，走着很滑。天边稀稀落落挂着几颗星星，淡淡的月光笼罩大地，勾勒出院墙的轮廓。她的呼吸在空气中凝成白雾，转瞬即逝。他一瘸一拐地走在前面，打开大门。鹅卵石铺就的街道在月光下闪烁着微弱的光芒。他关上门，指向左边："走这边。"

天还没亮，梅赫伦一片寂静，仿佛回到了中世纪。空气中飘荡着异国他乡的气息，蜿蜒的街道和两旁高耸的梯田式建筑，都让她有种莫名的陌生感。她试着记住路线，以后就可以自己走了。左，右，左，两人弯弯绕绕地穿过沉睡的小镇。

她问："你一直都起这么早吗？"她对答案不感兴趣，只是因为不说话感觉很不礼貌。

"是的，我经常早起。"

"去工作?"

"当然。"

"在哪儿?"

"噢，各种地方。有时在家具厂，有时在啤酒厂，如果他们有麦芽和啤酒花。有时上驳船卸货。到处都缺人。和我同龄的男人大多都被抓去德国干活了。我的腿救了我一命。"他瞥了她一眼。"塞翁失马，焉知非福。"他又用英文说了一遍，似乎对这个说法非常满意。"塞翁失马，焉知非福。"

"希望你不介意我问个问题，你是在哪儿负伤的?"

"噢，没事，我是小时候得了小儿麻痹症。像他们说的，'生来是瘸腿的'①。"

"抱歉，那太不幸了，"她意识到自己刚才的莽撞了，但她还是接了一句，"你兄弟的事我很抱歉。"

"抱歉什么? 没必要道歉，那并不是你的错。"

两人走进一条宽阔的街道，街道两侧都是商店。一个男人正在拉下面包店的百叶窗，空气中流淌着刚出炉的面包的香气。阿诺拍了拍肚子："闻着都饿了。"

"你经常挨饿吗?"

"是啊!"

街道的尽头有一座大楼，有柱子和拱形的玻璃屋顶，使凯想起维多利亚时期的火车站。他说："走这边比较快。"

大楼里空无一人，光线昏暗，朦胧的月光透过玻璃屋顶洒在上面，让人刚好能看清面前的道路。铁橡上突然传来一阵响动，

---

① 出自《新约·使徒行传》3：2。

她的心咯噔一下。原来是鸽子。她很庆幸自己不是一个人。"这是什么地方？"

"菜市场——有菜的时候是。"

两人一出大楼，他就慢悠悠地开口道："我上周在运河边上看到雷达车了。"

"真的？"她立刻警觉起来。

"那就是你的工作吗？雷达？"

"昨晚不是告诉你了吗？我不能说。"

"抱歉，我没想到这么保密。你看，我才是该道歉的那个。"

他看上去很生气，迈开大步，愤怒地甩着受伤的腿，肩膀左右摆动。她默默跟在他身后，两人一路无言。直到两人走到桥前，隐约能看见前面两个尖顶时，她说："我现在没事了，谢谢你阿诺。我知道后面的路该怎么走了。"

他停下脚步。"真的？你往下走到布鲁塞尔门，然后右转。德国佬的地方就在那边。"

"我记得了。"

"你什么时候下班？我可以去接你。"

"不用了，我现在认得路了。"

"好吧。"他伸出手，她握了上去。他又一次吻上她的手。

"再见，"她说，"谢谢。"她继续往前走。没走几步，她回头看了一眼，发现他仍站在桥头看着她。天边渐渐亮起来。她挥了挥手，他也挥了挥手，转身消失在小镇里。她加快脚步，绕过古老的城门，沿着宽阔的道路向前走去。一辆军用载重卡车经过，士兵从车后探出身子，其中一人冲她吹了个口哨。她低下头。

五分钟后，她来到银行门口，却发现大门紧锁。她穿过马路，走到开着灯的总部，敲了敲门。门内无人应答，她拉开门，走了进去。空气中弥漫着煎培根的诱人味道。楼上餐厅里，几名测量团的上尉正提着水壶倒茶。旁边的烤盘上摆着一堆培根三明治。

"喝茶吗？"其中一人坚持要给她倒一杯。

另一人递给她一个三明治。"你也是算数的？"

"对。"

"桑迪·洛马克斯。"

"比尔·达菲尔德。"

"凯·卡顿-沃尔什。"

几人小心地把盘子搁在杯子上，艰难地握了握手。

比尔操着一口约克郡口音问道："为什么不过来一起吃呢？"

于是众人坐在离门最远的那张桌子上。有车来了。房间里开始出现打着哈欠、睡眼惺忪的军官。诺斯利中校把头探进门内，不一会儿又缩了回去，应该是在找什么人。

凯问："你们什么时候到的？"

"周三。抱歉，"桑迪用手遮住嘴，把嘴里的食物咽下去，"周三，你呢？"

"昨天。"

凯双手捧着三明治，享受着此刻安逸的时光，然后张嘴咬了一口。在她看来，这是她吃过的最美味的食物了。没有纸巾，她只得小心翼翼地用手背揩去下巴上的油。

比尔看着她："你很饿吗？"

"快饿死了。"

"无论如何，千万不要碰当地的食物。"

"为什么？"

"因为他们用人类排泄物施肥——请原谅我的粗鲁，但已经有好几个人中招了。他们住的地方就像公共厕所一样。只吃罐头，不要直接喝水龙头里的水——只喝瓶装水。德国人在一些城镇的水里下了毒。"

"好的。"她吃完三明治，又看向餐盘，想着再拿一块会不会太贪心了，但刚才那番谈话让她没了胃口。

门"砰"的一声打开了，芭芭拉·科尔维尔迈着轻快的步子走了进来。"噢，感谢基督，我还以为我来迟了呢！早上好啊各位，好香啊。"她把计算尺和对数表扔在桌上，朝水壶走去。

凯惊愕地看着计算尺。桑迪从银盒子里磕出一根烟。她摇了摇头说："不了，谢谢。"另外两人点上烟。

芭芭拉端着茶和三明治在凯的对面坐下，凯还在盯着计算尺。"你怎么了？"

"我是个傻子。我怕迟到，搞得很慌，结果把东西落在住的地方了。"

"噢，别担心，肯定有备用的，"她咬了口三明治，"你住的地方怎么样？"

"只能说简朴，你呢？"

"我算是撞大运了。我住在一个寡妇家，她对我很好，就像妈妈一样，还给我做了蔬菜饼。"

比尔说："希望你没吃。"

"怎么了？"

"比尔听说了一些关于当地食物的传言。"凯向芭芭拉介绍了两位上尉。比尔又说了一遍关于食物的恶心话，芭芭拉报以恐怖的表情。凯呷了一口茶，咒骂自己心不在焉。她回想着第一次去丹尼斯菲尔德时，多萝西·加洛德在她耳边的低语："集中注意力，亲爱的凯，集中注意力。"

芭芭拉从桑迪手里接过一支烟，俯身凑近划燃的火柴。凯注意到她摸了下他的手。她靠在椅背上，从鼻孔里喷出一股烟雾。门开了，西特韦尔上尉走了进来，后面跟着一个留着八字胡的少校。三个抽烟的立刻把烟掐灭在烟灰缸里。大家都站起来敬礼。

少校说："现在，让我们开始吧。"

西特韦尔厌恶地看了眼还冒着烟的烟灰缸，将视线转向凯和芭芭拉，说道："早上好，女士们。"

"早上好，长官。"

"你们准备好了就跟我来。"

几人走出餐厅来到大街上。天渐渐亮了，几个行人正行色匆匆地奔向自己的岗位。对面的银行亮起了灯，门边有哨兵站岗。众人出示了证件，互祝好运后便散开了。上尉跟着少校往左穿过大厅走向后门，雷达车就停在银行后面的荒地上。凯和芭芭拉则跟着西特韦尔往右，穿过柜台，走下台阶，来到金库。诺斯利正在办公桌前接电话。他一旁的桌子边坐着通信兵团的一名下士。而在房间的另一边，三名中士已经等在桌子后了。凯和芭芭拉走到之前的位置上。看到桌上已经摆好了计算尺、对数表、铅笔和记事本，凯不禁松了口气，脱下外套挂在椅背上。

西特韦尔站在黑板前。黑板后的老式站钟显示还差两分钟到八点。她说："万事俱备，只欠 V2。在等的时候我们也要继续练习。看看你们还记得多少。"她转过身，拿着粉笔在黑板上飞快地写着。

随着时间流逝，金库里的人变得更加忙碌。下士来来去去，通信员进进出出。测量团的一名上校和诺斯利聊了几句，然后自己在房间里走来走去。他穿着一身整洁挺括的制服，腰杆也像卫兵一样挺得笔直。他看了看地图和电话，又看了看表，在角落里坐了五分钟，起身离开了。诺斯利走过来靠坐在桌边，看着凯和芭芭拉拿着计算尺，翻着对数表，完成一页又一页的计算。西特韦尔在一旁拿着秒表：7 分 20 秒——不行；6 分 15 秒——有进步；5 分 52 秒——这还差不多。中校点燃烟斗，叼在嘴里。蓝色烟雾从烟斗中缓缓升起，使整个屋子都充满了辛辣刺鼻的味道。他的脚紧张地敲着桌腿。

快到十点时，西特韦尔上尉宣布她们已经练习得够多了。"休息一会儿，要上厕所的现在就去，就在楼上，一个一个去，动作快点，不准出门。"

芭芭拉问凯："你去吗？"

"马上，你先去。"

芭芭拉匆匆上楼。凯站起来伸了伸懒腰，又扭了扭脖子。屋里变得非常安静，只能听见时钟滴答滴答的声音。诺斯利神情严肃地说："感觉今天那边一点都不着急，平时早就发射了。"

"没有规律吗，长官？"

"没有。有时会间隔三四个小时，有时一次来两三个。"他吸了口烟，盯着烟斗。他在紧张，凯意识到，这些动作是为了让自己平静下来，说话也只是为了打破沉默。"我不知道那些人在想什么，我猜他们遇到了很多技术难题，解决了就会发射。"烟丝抽光了，烟斗嗞嗞作响。"我很想亲眼看一次导弹发射。"

"您认真的？"

"当然，那场面一定很壮观。你不想吗？"

"从来没想过。"

"真奇怪。可能只有男人才懂吧。弗洛伊德心理学之类的。"

忽然电话响起，两人转身看去。通信兵拿起听筒，听了一会儿，然后用手捂住话筒后说："发射了！"

电铃响了，就像在学校一样。所有人迅速回到座位上。凯的心怦怦直跳。芭芭拉噔噔噔地跑下楼梯，冲回座位上，朝桌子对面的凯做了个鬼脸："气死我了，我内裤还没穿好呢。"

"安静！"西特韦尔喊道。

凯翻开记事本，拿起笔准备记录。几秒钟过去了。通信兵聚精会神地听着。他举着手，就像比赛开始前举着旗子的发令员："目标方位260，高度31000，速度每秒3247英尺……目标方位260，高度39000，速度3862……"

"V2来了。"诺斯利低声说。

"……目标方位260，高度57000，速度4038……"

"天哪，这速度……"

西特韦尔问："有人算出 y 轴了吗？"

一名中士一边奋笔疾书，一边回答道："有，长官。"

下士报告："目标失踪。"

"导弹已经飞出范围了，"诺斯利说，"好了！"他摇摇头，长出了口气。"现在就等着吧。"

一名中士用下巴夹着电话，一手拿着笔，接通了斯坦莫尔的明线。另一人拿着一盒图钉站在伦敦和英格兰东南部的大地图旁。

房间安静下来，又是几分钟过去了。光是想着导弹冲向太空，想着它飞行路径校平，想着它逐渐转弯，想着它下降的速度，凯就感到心里不安。对于伦敦的大部分人来说，今天不过是一个普通的周二早晨。他们只是和往常一样过着自己的生活，满脑子都是计划和琐碎的事情，完全不知道自己即将面对什么。她低头看向桌上的那张纸，看向上面用铅笔写下的方位、高度、速度和位置。死亡之数。她想起之前在沃里克街的时候，她刚把裙子套在头上，大气层中突然发生了某种变化，似乎周围的空气一下子被抽走了一样，然后是音爆，导弹在轰鸣中呼啸而来。大楼轰然倒塌，隆隆声恍如闷雷，将一切吞没。

"弹着点报告。"中士举着电话喊道。她的声音把凯拉回现实。大家都在安静地等待着英国国土防卫军的雷达操作员报出计算结果。"纬度 51.30，31.6146。经度 0，0，37.8792。"

中士在地图上按下一枚红色图钉。凯拿起计算尺，脑海中关于伦敦的想法都消失得无影无踪。此时此刻，连她也为自己的冷静感到惊讶。她的大脑一分为二，一部分专注于计算的过程，另一部分确保计算结果的准确。她来回移动着计算尺，尺子的精确度让她舒心。她的世界只剩下数字。整整六分钟后，她举起手，把笔记本递给对面的芭芭拉。诺斯利和西特韦尔围拢到芭芭拉身后，看着她比对自己和凯的计算结果。凯盯着他们的脸，开始紧张了，有点想抽烟。一分钟后，西特韦尔拿起笔记本走向地图，量了量距离。

"纬度 52.7，4.2702。经度 4.17，52.3098。"

"纬度 52.7……"一名中士用 BBC 播音员那种优雅的口音，清楚而冷静地向战斗机司令部重复坐标。

芭芭拉对凯笑了笑："别担心，亲爱的，你算对了。"

在诺里奇以北九英里的科尔蒂瑟尔皇家空军基地，在历经数小时的等待后，四名隶属六〇二中队（格拉斯哥市）的喷火式战斗机飞行员终于得令出发。这些全新的 XVI 型战斗机是这个月刚从工厂拿到的，被特别改造成了轰炸机。过去的数日里，整个中队一直在研究海牙的高空侦察照片，熟悉 XVI 型战斗机和练习俯冲轰炸。挂载两枚二百五十磅炸弹的战斗机在跑道上呼啸而起，直冲云霄。它们排成紧密队形，转向东方，穿过瓦克斯汉姆和滨海温特顿之间长长的沙滩，一路越过北海，朝一百二十英里外的荷兰海岸飞去。控制塔台通过无线电给出攻击坐标。凭借三百多英里的最高时速，它们只需二十五分钟就能抵达目的地。

西特韦尔走到海牙的大比例地图前，仔细看了看方位，将一枚图钉按进木板。凯从座位上站起来，绕过桌子走向地图。那颗红色的珠子——就像一滴血，她想——正好落在斯海弗宁恩树林的正中央。

这时，下士桌上的电话响了，所有人都看了过来。他拿起电话，听了一会儿，点点头，然后用手掩住话筒。

"那边又发射了。"

13

　　在格拉夫看来，第一枚导弹的发射过程非常顺利。导弹升空后不久，发射组的人陆续从狭长掩壕里走了出来，开始回收电缆。发射指挥车摇摇晃晃地钻出掩体，一路朝发射台驶去。事后回想起来，他不得不承认当时大家缺少应有的紧迫感。但他们已经很久没见过敌机了——战斗轰炸机，也就是他们所说的"战轰"——稍微有点松懈也是可以理解的。

　　一名中士从半履带车车窗里探出头。"要搭个车吗？"

　　"谢了，但我得去申克那边看看情况。"

　　格拉夫像医生看诊一样逐一查看导弹情况。在第一个发射场以西约五百米的地方，第二枚 V2 正在发射平台上蓄势待发。之前变压器又出了故障，必须换一个新的，所以发射推迟了两小时。申克中士是东线的老兵，他的左耳因冻伤而永远留在了列宁格勒附近的一家野战医院里。他正站在导弹底部。控制室的门已经关上了，液氧箱附近正在往外冒气。导弹已经准备好了。

　　申克问："你要留下来看看吗？"

　　"我就算了，还得回趟基地。"

　　"没事，你签字就行。"他把夹纸板递给格拉夫，让他确认修复工作已完成。"听说施托克中尉他们明早下葬，那还挺重要的吧。"

　　格拉夫怀疑申克这话是在针对他，但他并没有从中士伤痕累累的脸上看出什么端倪。"我知道了。"他签好字，递回夹纸板。

"战争就是这样，不是吗？这些孩子就是太天真了，现在还没断奶呢。"

"没人比你更了解这场战争，中士。"他并不想听申克和俄罗斯人作战的恐怖故事。"回头见。"

"回见。"

他向前走去。

冬日的清晨寒冷安静，天色灰蒙蒙的。他之前走过这条路，就在周六上午，和比韦克一起，从东向西穿过斯海弗宁恩树林，可以看到湖面。现在这里空无一人，正合他心意。他放慢脚步，享受这段独处时光。这时，他听见身后传来火箭发动机点火的轰鸣声。他停下脚步，转身看去。一秒钟后，申克的导弹冲出树林。"继续，倾斜啊混蛋。"他喃喃地说。像是听到了他的话一样，V2 的轨迹迅速拉平，最终消失在云层中。很好。接下来的一两个小时不会再有发射了。他看见前面有一条长凳，坐在那里可俯瞰湖水，便决定坐下休息一会。

他昨晚喝多了，现在还没缓过来。不只是因为喝了库拉索混干邑，还有和妓院那个女孩的对话，像一块巨石重重地压在心上。他真的跟她说了那些失败率和液氧短缺的事吗？他摘下帽子，懊恼地用手背敲了敲额头。我一定是疯了。他发誓以后一定对妓院避而远之。但她的脸总是在他脑海中出现。他想起两人离开时赛德尔对他说的话："她又小又瘦、怪里怪气的，你为什么选她？"

"我不知道。可能是因为她让我想起了以前认识的某个人。"

这一解释似乎满足了中尉的好奇心。"确实，萝卜青菜各有所爱。像我每次都找玛尔塔，就因为她不会让我想起任何人。"

164

格拉夫点了根烟,伸直双腿,胳膊搭在靠背上。湖岸是倾斜的,所以视野很好。冬日的湖面有种忧郁的气质,正合他现在的心情。那天早上,他把烧毁的火箭发动机碎片扔在了树林里,隔几步丢一块,感觉自己成了费姆克的帮凶。他心里再次涌起一股冲动,想救她,想开车送她回家。但他们肯定会被拦下。也许抵抗组织能把她藏在海牙。这么短的距离,应该没问题吧?应该是可行的。也许他还会再去那个妓院,去和她提出这个建议。

他还在考虑这个主意的可行性,突然从城镇方向传来防空警报的尖啸。

这是他这几周以来第一次听到防空警报。他首先想到的是演习,就像之前在佩讷明德那样。他离技术部队的营地只有大约三百米。但他并没有去找掩壕藏身,而是坐在长椅上,抬头看向天空。根据那天早上发射的情况判断,云底很高,可能有三千米。有点危险了,他现在才意识到这个问题。突然,他看到灰色天空中有黑色的小点掠过,紧随其后的是从奥斯特顿恩防空炮台发出的砰!砰!砰!的炮声。

他一下子站了起来。

喷火式战斗机编队的轰炸战术如下:保持在八千英尺的飞行高度,确定目标,翻转以 75°角俯冲到三千英尺,从几乎垂直的位置投下炸弹(领头的先投),然后用力拉下操纵杆,全速爬升。过去几天里,六〇二中队一直在东安格利亚沼泽上空进行演习,终于在那个 11 月的清晨投入实战:四个小点从北边的云层里冒出来,排成整齐的一列。他眼睁睁地看着它们在视野中越来越近、越变越大,俯冲时的尖啸达到了高潮。它们的声音是如此独特——是著名的劳斯莱斯梅林发动机,它们发出的引擎声和他以前听过的任何声音都不一样。即使已经看见炸弹从机翼下分离,他的工程师之心也让他迈不开脚步。直到听到炸弹穿过空气坠落时的鸣啸，他才意识到危险。

他扑倒在地，把脸埋在湿漉漉的草地上，双手抱头。每次爆炸，他的五脏六腑都在颤抖。这样把后背暴露给敌人的姿势让他心生恐惧。他想象着炮火步步逼近。一共八枚，直至爆炸声彻底消失，他又在原地趴了一分钟。喷火式战斗机的轰鸣声渐行渐远，大口径机枪的射击声紧随其后。

他爬了起来，看到湖对面的树林里升起一股黑烟。岸边一些瘦小的松树已经被熊熊火焰吞没。

真的结束了吗？以前在佩讷明德，这种轰炸通常会持续将近一个小时，一波接一波。他眯起眼睛看向天空，入眼的却只有几缕棕色烟雾和炮弹残骸。

他顺着大路走去，一转过弯就看到几十个穿着灰色工装裤的人从通往技术部队营地的小路上冒出来。他们穿过街道，聚集在一起注视着湖面。一辆吉普在他们身后按响喇叭。胡贝尔上校从前座爬了出来，身后跟着从驾驶座下来的克莱因中尉。比韦克则从后座跳了出来。德雷克斯勒大队长紧随其后，扭动身体从狭窄的缝隙钻了出来。胡贝尔拿着一副双筒望远镜对准不远处的火场。就在格拉夫犹豫着要不要加入他们的时候，德雷克斯勒注意到他，挥手示意他过去。

"格拉夫博士——你还好吗？"

"我很好，有人受伤吗？"

"我们正在确认。"

胡贝尔还举着他的望远镜。"就差半公里，差点全军覆没。"他转向克莱因问："那个地区有我们的商店吗？"

克莱因说："没有印象，上校。"

胡贝尔又将视线移到火场上。"我没看到那边有人,"他把望远镜递给德雷克斯勒,"应该去确认一下。"他看向格拉夫说:"你也一起去。"

众人爬回吉普。格拉夫挤进后排,旁边就是比韦克。也许只是错觉,但这位民族社会主义督导官似乎并不想搭理他。克莱因在战前是一名机械师。他驾驶技术娴熟,开得很快,一行人在车上被甩来甩去。格拉夫紧抓着车门。快到党卫队检查站时,中尉使劲把方向盘往右打,离开大路,沿着长满草的斜坡向湖边驶去。在那里更容易看清火势。灰蒙蒙的早晨,橙色的火焰喷薄而出,可以听到火焰吞噬草木的声音。烟雾裹挟着灰烬笼罩在湖面上。小岛和对岸都遭到了轰炸。

克莱因说:"看来是扔了些燃烧弹,上校。"

"没必要把它扑灭,"胡贝尔说,"让它烧下去,这样更安全,到此为止吧。"

众人下了车,站在一百米远的岸边观察火情。格拉夫接过望远镜。其中一枚炸弹在地面留下一个深坑,就像是有哪个巨人用手指在这里戳了个洞。当风朝他们所在的位置吹过来时,他感觉到一股燥热的气息。

克莱因说:"我不认为我们在那里放了什么,上校,否则现在就爆炸了。"

胡贝尔点点头说:"我们很走运。"

比韦克问:"以前遇到过这种情况吗?"

"从来没有,"胡贝尔回答道,"大约六周前,战轰袭击了我们在里斯特博斯的发射场,但那是在我们撤离之后,然后我们就来了这儿。"

比韦克眉头紧锁。"那今天是怎么回事?"

"谁知道呢?"

克莱因说:"也许是皇家空军基地的巡逻队发现了什么。"

"这里有什么可能被发现的?"胡贝尔反问道,"天黑了我们才会运导弹,空军也从空中检查了我们的伪装,非常完美,完全不会被发现。"

比韦克拿出笔记本。"可能发射期间不是。"

"你说得对,"胡贝尔不耐烦地盯着那个笔记本说道,"但只要有消息说五十公里内有敌机,我们绝对不会发射。"

"也许有人泄露了我们的位置?"他看向德雷克斯勒。

"不可能,"党卫队军官反驳道,"我们封锁了整个地区,本地人也早就撤走了。方圆四公里内都没有荷兰平民。"

"格拉夫博士?"比韦克问,"你怎么看?"

"我?"格拉夫惊讶地看着他。他一直在想妓院里的那个女孩,"我能有什么想法?我只懂工程方面的事。保密工作和我八竿子打不着。"

"可能只是个巧合,"克莱因说,"巡逻队在返航前突然决定把炸弹扔了。"

"在我看来,这并不是一个巧合,"比韦克反驳道,"看起来非常精确。"

"别想太多了,先生们!"胡贝尔厉声喝道,"这不是灾难。你们看!他们只打中了树!"他双手抱胸,眼睛盯着不远处的烟柱。"就把它当成一记警钟,我们可能太自大了。得缩短发射流程,确保在发射后十分钟内撤离现场。我们为什么不——"

他的话还没有说完,刺耳的空袭警报再次响起。众人面面相觑,谁也没有说话。

比韦克语气尖锐地开口:"这也是巧合?"

"它们不可能回来的,"德雷克斯勒说,"炸弹已经投了。肯定是第二波。"

"或者是误报。"克莱因补充道。

胡贝尔接道:"不管是什么,我们都得找个地方躲起来。它们可能把火焰作为瞄准点。"他环顾四周,却发现没有藏身之处。"回技术部队那边,动作快。"

众人爬回吉普。格拉夫还没来得及关门,克莱因就把车倒了过来,猛地向后一冲,接着一个急刹,晃晃悠悠地向前冲去,溅起一片泥浆。等车子颠簸着爬上坡、回到路上时,防空炮台的密集射击声已经清晰可闻。

"停车!"胡贝尔命令道。他竖起耳朵——不愧是老炮兵。"是赖恩苏弗尔的海岸炮。不去技术部队那儿了,回总部。"

克莱因向右拐去。在开到党卫队检查站时,他重重地按响喇叭。一名警卫爬出狭长掩壕,抬起路障。进城的主路上空空荡荡,有不少汽车被遗弃在路边,车上的人早已丢下座驾去寻找藏身之所。车辆迅速掠过空无一人的旅馆和招待所,继续朝海滨驶去。到了施米特酒店,克莱因猛地踩下刹车,众人不由自主地向前扑去。第一个下来的是胡贝尔。他站在人行道上,用望远镜观察天空。"看来他们要袭击瓦瑟纳尔了。该死的空军去哪儿了?"他边说边调整望远镜焦距,"啊,在那儿,它们来了!"

格拉夫朝南望去。又有四架英国飞机排成纵队从海上飞来。高性能发动机的咆哮声盖过了其他声音。曳光弹的轨迹穿过云层。他注意到战轰上方还有几架飞机,离得很远,看起来不具威胁,就只是像苍蝇一样飞来飞去。高射炮猛烈开火,很快便被随即而来的爆炸声淹没。酒店窗户玻璃被震得咯咯作响。格拉夫意识到自己又在默数爆炸次数——总共八次。

比韦克问："我们不去找地方躲着吗？"

"没必要，"胡贝尔回道，"炸弹已经投了。"

"你怎么知道后面没了？"

"因为他们是四架一组，而且目标明显是发射场。他们对城镇没兴趣，不然早就炸了。你也可以去地窖，我亲爱的小队长，只要你愿意。我要回办公室了。"

上校转身大步走进酒店，德雷克斯勒和克莱因跟在他身后，克莱因脸上还挂着得意的微笑。比韦克稍一犹豫，也跟着他们离开了。格拉夫在人行道上徘徊了一会儿，不想离开。飞机早已看不见踪影，但他还能听到发动机的轰鸣和零星的枪炮声。他再次想起费姆克和她那点可怜的"收藏品"。她似乎不太可能和这些事情有直接联系。但他哪儿知道呢？难道是抵抗组织把情报传递给了英国人？他突然有种不安的感觉，觉得自己成了共犯。

上校的办公室在酒店后面的一楼。等格拉夫到的时候，胡贝尔已经坐在办公桌前打电话了。他身后的墙上挂着一幅元首的照片，元首身穿灰色外衣，双手抱胸，情绪激动地盯着镜头外。格拉夫不记得以前见过这张照片，不知道是不是因为比韦克才挂上的。德雷克斯勒也在角落里打电话。屋内还有几名初级军官，应该是刚从藏身处过来。比韦克正在研究一幅海牙的大比例尺地图，上面用不同颜色的图钉标注了从西边的荷兰角、洛斯德伊嫩、斯海弗宁恩、哈格斯博斯到瓦瑟纳尔这段长达二十多公里的狭长地带里的发射场位置——绿色是过去的，红色是现在的。

"是，是，"胡贝尔对着电话那头说道，"很好，收到，有新消息了给我打电话。"他挂断电话，走到地图前。"看来幸运女神还是眷顾着我们的。赛德尔说炸弹击中了这里，杜恩瑞尔的树林。"他用手指点了点地图。"离发射场就大约一公里。他们到底在干什么？"

比韦克反问道："这不是明摆着吗？他们肯定是从当地人那里得到了情报。"

"也不知道从哪里刺探来的情报，我们从来没在杜恩瑞尔发射过！"

德雷克斯勒放下话筒。"党卫队巡逻队在附近的树林里发现了一个孩子，说是农民的儿子。他们要把他带回来问话。"

胡贝尔哼了一声。"你觉得他是吗？农民的儿子？我觉得不像。"

"他是在禁区。"

上校的电话响了，一名参谋马上接起，听了一会儿，随即立正回答："是，总队长，我马上让他接电话。"他把电话递给胡贝尔说："上校，是卡姆勒总队长。"

房间里的温度似乎突然降了下来。胡贝尔看着递过来的电话，像是看着一枚拔了插销的手榴弹。他扯了扯衣服下摆，走到办公桌前坐下，接过电话，用手捂住话筒说："可以请你们先出去吗？"众人鱼贯而出，格拉夫只听到他说了一句"是，总队长，我是胡贝尔"，参谋就把门关上了。克莱因朝格拉夫挤了挤眼睛，手指在喉咙前比画了一下。

众人走进大厅，克莱因一屁股坐到扶手椅上，点了一支烟。格拉夫在他旁边的椅子上坐下，不知道该做什么。两名党卫队走到角落里小声交谈。

格拉夫问："你觉得今天到底是怎么回事？"他并不是很了解克莱因，但他了解他们这些机械师——比起和人打交道，还是和发动机相处感觉自在点。据说他很受手下欢迎。

"没什么好事。"克莱因盯着烟头。"你知道卡姆勒吗？"

"当然。"

"那你就该知道，一切皆有可能。你听过在赖斯发生的事吗？"

"没有。"

克莱因把目光从烟头移到格拉夫身上，过了一会儿才开口道："我们在那里驻扎了大约三周，当时阿纳姆正在打仗。卡姆勒担心盟军会占领海牙，以防万一，便下令让部队撤离海牙，这就意味着伦敦不再在导弹射程内，于是他让我们向英格兰东部开火。等他认为我们可以返回驻地时，他说他担心部队在赖斯的安全受威胁，因为当地人已经看到我们在做什么了。"他停了下来，皱起眉头。"你确定你以前没听说过？我还以为大家都知道了。"

格拉夫摇了摇头。

克莱因瞥了眼比韦克和德雷克斯勒，凑过来低声说道："卡姆勒命令上校围捕并枪杀该地区的所有平民——大约有五百人。他的原话是：'你们要学会习惯，这种场面不过是家常便饭。'"

"我的上帝！那胡贝尔什么反应？"

"他无视了这个命令。那天晚上我们就离开了，在夜色的掩护下来到这里。第二天，皇家空军基地袭击了赖斯的树林。也许我们确实被当地人出卖了——谁知道呢？"

"卡姆勒说什么了吗？"

"据我所知，没有。他可能都忘了这回事——你知道他的，经常冒出一些疯狂的想法。总之，这就是为什么只要有党卫队在场，特别是咱们这位民族社会主义督导官朋友在场，上校就会有点紧张。"

格拉夫看向比韦克。他还在和德雷克斯勒交流，摇着手指以表达自己的观点。克莱因突然掐灭香烟，侧头朝门口示意了一下。胡贝尔的身影出现在走廊里，两人站了起来。

胡贝尔不安地搓着手说："德雷克斯勒，还有比韦克，总队长想和你们聊聊。他还没挂，去我办公室接。"两人匆匆离开。胡贝尔看着两人离开视线后，关上门说："好了先生们，总队长就在荷兰海伦多伦，正在视察党卫军五〇〇火箭炮营。"

"啊，"克莱因轻蔑地哼了一声，"他的最爱!"

党卫军五〇〇火箭炮营，国防军 V2 部队的竞争对手，其存在的意义就是"让军队看看应该怎么做"，但目前发射的导弹数量还远远比不上 V2 部队，这让卡姆勒十分恼火。

胡贝尔继续道："他决定亲自到我们这儿来做个评估，还打算在明天的葬礼上发表讲话，以此来提高士兵的士气。这明显是比韦克的主意。考虑到那天晚上吃饭时的谈话，你应该很有兴趣，博士，冯·布劳恩教授也来了。"

14

几个小时过去了，金库里仍然鸦雀无声。

诺斯利中校去楼上了，西特韦尔上尉正在就早上的行动给空军部写报告，中士和通信兵盯着某处发呆。芭芭拉头一点一点的，时不时抬头环顾四周，看有没有人注意到，但几乎立刻又垂了下去。她用了 6 分 30 秒就完成了最后一项计算，在凯之前。得出答案后，她像拳击冠军那样双手合十，举过头顶。

凯一边削铅笔，一边研究芭芭拉那头浓密的金发。这应该就是它本来的颜色。自己怎么就长不出来呢！她把铅笔屑扫到手里，倒进烟灰缸，继续在笔记本边缘上涂涂写写。

在梅德纳姆，人们总是有事可做。如果侦察机受恶劣天气影响而停飞，判读人员会重新翻看之前的照片，检查是否有遗漏。也就是这如同大海捞针一样的工作，让判读员在对佩讷明德的分析上取得重大突破。但在眼前这个岗位上，没有 V2，就没有事做。生活是极端恐惧中的无聊时刻。也不知道这句话最先是从谁嘴里说出来的，反正人人都在说，总有人是第一个说的。

这时，她听到身后传来脚步声，有人从楼梯上下来了，是路易——那个留着男式短发的军官——和苏格兰姑娘弗洛拉。

听到动静，西特韦尔抬头看去，皱起眉头。

"长官。"两人行了个礼。

"已经两点了？"西特韦尔转过身，抬眼看向时钟，"好了，姑娘们，该换班了。"

凯俯身拍了拍芭芭拉的肩膀。"芭芭拉？可以走了。"

她半睁开眼。"我睡着了？"

"你站着都能睡着。"路易说。

弗洛拉取下外套和帽子。"怎么样？"

"两发，"凯回答道，"我们算出了坐标，应该是赶上了，不好说。你俩住的地方怎么样？"

"能小声点吗？"西特韦尔冲众人喊道，"我们还处于警戒状态。"

凯从椅背上拿起外套，弗洛拉坐到她的座位上。"哦，好暖和。"她低声说。

"等一下！"

诺斯利小跑着冲下台阶，大步走到门口。"走之前我有件事要说。所有人听着！"他拍了拍手，将众人的注意力吸引到自己身上。"接下来要说的话我不会重复第二遍。严格保密，都明白吧。"他竭力装出严肃的样子，但还是忍不住笑了起来。"我刚和斯坦莫尔那边通了电话。通过今天上午的努力，我们成功对荷兰的发射场发动了两次进攻。所有飞机都安全返回，而且据战斗机司令部消息，两个目标都被摧毁了！"

房间里顿时响起一片兴奋的低语声。凯看向芭芭拉说："干得好！"

她回了一个大拇指："你也是！"

诺斯利笑吟吟地看着两人："是的，干得好，你们两个都是。你俩现在下班了，要不去酒吧喝一杯？记我账上。"

芭芭拉说："那太好了，长官，我们正打算去呢！"

"其他人就抱歉啦，要等下次了。"

人群发出善意的抱怨。

到了外面的街上，芭芭拉一把搂住凯说："真不敢相信，我们做到了！"

"是的，这不是很棒吗？"凯拍了拍芭芭拉的背。身后有几个比利时人在看着她们。"公共场合，还是不要大惊小怪了。"

"噢，好的，说得对。"

两人穿过马路，走进总部。总部的楼上就是酒吧，凯看了会儿眼前的酒架，问："你说我们点个什么？啤酒？"

"啤酒？那怎么行！两杯金汤力，"芭芭拉对酒保示意道，"双倍，记诺斯利中校账上。"

"好的，长官。"

"还有吃的吗？我们刚下值。"

"我去看看有什么。"

两人拿上酒，走到靠窗的一张桌子前。芭芭拉点了支烟。"我都快喜欢上这个地方了，两发！正中目标！我们要赢了，亲爱的。"

两人碰了下杯。金汤力入口温和顺滑，按凯的口味来说有点太烈了，何况现在还是中午。但她还是喝了。两发正中目标？就两次突袭？她不敢相信。根据她的经验，空军总是会夸大自己的功绩，但她也不想破坏气氛。一种温暖的感觉逐渐占据了她的大脑，紧绷的神经渐渐松弛下来。她朝香烟点了点头。"我能来一根吗？回去就还你。"

芭芭拉帮她点了一根，两人心满意足地靠在椅背上。房间里空空荡荡，其他人肯定都在值班，凯心想，有种逃学的感觉。芭芭拉问："你战前是做什么工作的？"

"没有工作，我在上大学。你呢？"

"噢，没什么好说的，我在画廊上班。"

凯隔着烟雾仔细打量她。确实，挺适合的。她可以想象芭芭拉站在伦敦梅菲尔区的顶级画廊里游刃有余地向有钱客户介绍画作的样子，却很难想象她在斯坦莫尔的样子。"那里面也会用到数学吗？"

"画廊吗？"芭芭拉笑了起来，"你在开玩笑吗？没有！在被征召入伍后，我才发现我也可以。谁能想到呢？所以他们送我去上课，接受情报鉴定的培训。你呢？"

"梅德纳姆，照相侦察。"

"我在本土防空雷达网干了一年，天天待在萨福克郡某个冰冷的地堡里标高度和角度。你不觉得防空情报整理所的工作很烦吗，像赌场的荷官一样拿着耙子四处扒拉代币？"

士兵从吧台后面走了过来，手上端着两盘热气腾腾的牛排腰子布丁。酥皮裂开了，肉汁从里面缓缓流出，浸过旁边的罐装胡萝卜和土豆。他把盘子重重地放在桌上。芭芭拉冲着他的背影做了个鬼脸。"他好像不太喜欢伺候女人。"

两人灭了烟，开始吃起来。不像芭芭拉那样狼吞虎咽，凯小心翼翼地用叉子把布丁压碎，试图将牛排从大块的腰子中挑出来。她突然想家了，也许是酒的原因。最后，她推开盘子。"我能问你个问题吗？"

"你问。"

"你昨天说我'上面有人'，是什么意思？"

芭芭拉继续把头埋在盘子里狼吞虎咽，好像没听见似的。"忘了吧，我不该这么说。"

"告诉我吧，我不会介意的。"

"天啊，真讨厌！"她把胡萝卜切成两半塞进嘴里。最后，她抬起头。"好吧，既然你问了，有传言说，你能来这里都是因为你和空军部的某个高官有染。"她举着刀叉耸了耸肩。"我能说什么呢，亲爱的？人都是刻薄的。准确来说，女人都是刻薄的——就我个人而言。我会和她们说这不是真的。"

凯看向窗外。一辆电车正好驶过，街对面有名哨兵正在银行外面和几个靠在自行车上的平民说话。在谨慎和诚实之间，她从来都是毫不犹豫地选择前者，但她一直以来的坚持被悄然打破，心中的天平不受控制地朝另一边落下。她脱口而出："恐怕这是真的，曾经是。"

"曾经是真的？所以现在结束了？"

"哦是的，彻底结束了。"

"嗯，继续吧。既然开了头，就要有始有终。"

凯犹豫了一下，但出乎意料的是，她完整地讲述了整个故事，还是对一个基本不认识的女人——从迈克第一次到梅德纳姆（虽然她小心避开了他的名字），到丘吉尔一家第二次来访，他们在酒吧里喝酒，他们在乡下幽会，以及那个在他公寓共度的灾难性的周末，还有 V2……

"等等！"芭芭拉打断她，一双蓝眼睛睁得溜圆。"你是说你真的被那种怪物击中了？"

……还有他不让她陪他去医院，以及她与这对夫妻在空军部大厅里噩梦般的相遇……"所以，我认为最好的办法就是离开这个国家去做点什么，正好机会摆在面前了，我就找了个人帮忙。"

"我敢说他也很想把你弄走。"

"他说他没有，但我看得出来。"

"好吧，希望你能原谅我这么说，亲爱的，但听上去他简直就是一坨屎。"她说话时的那种凶狠劲儿让凯笑了出来。芭芭拉看着她。"这样吧，我们离开这个破地方，看看能不能找到合适的地方喝酒？"

才刚过三点，天色已渐渐暗了下来。温度骤降，对面楼房的灯光在沉闷的冬日午后显得格外明亮。凯站在总部外面的台阶上，把自己裹得更紧了。她不太想去其他酒吧，她宁愿去银行看看还有没有导弹发射。但芭芭拉已经出发了。她转过身，一边倒退着走一边朝她招手。"你来吗？"

"如果出什么事了呢？如果他们需要我们怎么办？"

"别这么煞风景，凯，不会的，来吧。"

凯急忙跟上。芭芭拉挽起她的胳膊，两人一起朝布鲁塞尔门走去，然后向左拐向河边。宽阔的鹅卵石街道两旁商店林立，有一半已经关门了，剩下的橱窗几乎空空如也。在一家肉店外，一群穿着考究的市民正在翻垃圾桶，里面甚至有一位穿着毛皮大衣的老太太。

再往前走是一家咖啡馆，显然在冬天是不开门的，摆在人行道上的椅子都折起来了，遮阳伞也收起来了。即便如此，芭芭拉还是用力敲了敲门，透过玻璃向漆黑的屋内张望，就像有人会专门为她开门似的。

"真倒霉，"她低声抱怨，"没开门。"

"不如就到此为止，回食堂去吧？"

"再给我十分钟。"

两人上桥朝老城区走去。一艘锈迹斑斑、空空荡荡的驳船缓缓从桥下驶过。古老的细长建筑歪歪扭扭地挤在市集广场周围，顶上有许多塔楼、石瓮、风向标和金球，就像格林童话中的插图一样。再往后则是教堂的高塔。在这片铺着鹅卵石的空地中央，停着几辆英国军用卡车。士兵们围在一起抽烟，一群孩子看着他们。两人路过时，其中一个吹了下口哨，芭芭拉转身给了他一个飞吻，便继续沿着一条小街往前走。凯回头看了眼广场。要找酒吧的话，还是应该去那边吧。她停下脚步。

芭芭拉问："怎么了？"

"感觉只是在浪费时间。"

右边是两扇紧闭的巨大木门，门楣上方用金色油漆写着"大主教神学院"，上面的字迹已经褪色。左边是一条狭窄的小巷。芭芭拉说："走这边，我有种预感。"

凯怀疑地看了她一眼。"真的？我觉得我们在那儿可找不到什么。"

"最后再试一次，好吗？"

这是一条蜿蜒狭窄的中世纪小巷，两侧的楼宇破败不堪，红砖裸露，石头摇摇欲坠。出乎两人意料的是，小巷尽头居然是一座教堂。凯感觉身后有脚步声，便回头看了一眼。芭芭拉刚要开口，凯立刻示意她安静。她停下脚步，侧头留意身后的动静。但随着沉默的时间越来越长，她断定那应该是自己的想象。

芭芭拉笑嘻嘻地对她说："你不会以为我们被跟踪了吧，亲爱的？太可怕了！"

"我不知道。"凯觉得自己有点傻。"他们让我们小心点的，还记得吗？德国人才刚离开，我们又很显眼。"

芭芭拉饶有兴趣地看了她几秒，然后摇了摇头，继续往前走。

"你去哪儿？"凯急忙跟上。

"来都来了，不如进去看看。"

第一扇门锁上了。两人继续往前，试着转动第二扇门的门把手。门咔嗒一声开了，在空荡的房间里显得格外刺耳。两人站在门槛上，眼前是一间空旷的中殿，数根立柱支撑拱顶，空气中弥漫着熏香的香气，寒冷而又静寂，恍如一个独立的世界。有那么一瞬间，连芭芭拉都被震慑到了："好吧，我们在这里找不到喝的。"

凯笑着朝祭坛走了过去，脚步声回荡在磨光的石头地板上。出于习惯，她跪在地上画了个十字，然后看向四周的圣像。现在回想起来，那应该是圣朗博尔德的雕像——据说圣朗博尔德是爱尔兰人，所以修女们才会这么郑重其事。真奇怪！居然在这里看到圣朗博尔德。门边的桌子上有一幅圣像，圣像下面点着祭祀蜡烛。一时冲动之下，她走过去点了一根。要不是意识到芭芭拉正环抱双臂怀疑地看着她，她甚至可能会跪下来祈祷。

"你在为他祈祷，对吗？"

"不，我没有！"但令她沮丧的是，她差点就这么做了。"你说得对，这就够虔诚的了。"

两人离开教堂，走进暮色中。巷角处的那栋楼房上亮起了一盏老式的灯。接着，一件奇怪的事情发生了。就在两人拐进一条狭窄小巷的时候，忽然传来一阵急促的脚步声，一个女人抓着一条面包从拐角处冲了出来，从她们中间跑过去，一把撞开了两人。和她擦肩而过的时候，凯瞥见了她脸上的恐惧。大概一秒钟后，又传来一阵急促的脚步声，只见二十来个人正沿着巷子飞奔而来，大部分是男人，后面跟着几个女人和孩子。两人不得不躲进一栋房子的门廊来避免被踩踏。人群在拐弯处消失了，片刻之间，巷子里又回到空无一人的样子。

凯看向芭芭拉。"怎么回事？"

"天晓得。看上去要杀人啊。"

"也许她偷了面包。"

两人盯着人群跑走的方向。

"去看看?"凯问。

这次,犹豫不决的人成了芭芭拉。"这不关我们的事,不是吗?"

"是的,但是……"凯犹豫了一下,"至少去看看她有没有被谋杀吧?"

"好吧。"

两人沿着小路往回走,经过教堂的大门,绕过厚实的墙壁,来到一片空旷的土地上。空地边缘铺着鹅卵石,中间种着草和树,树下围着一圈人,好像在看着什么。越来越多的人急匆匆地从小街赶来。本能提醒凯不要靠近,但好奇心催促她向前。芭芭拉抓住她的袖子说:"别掺和进去。"但两人还是一起穿过草地,用肩膀挤开人群,走进圈子里。

女人跪在地上,外套被扯掉了一半,卡在手臂上。她没有反抗,只是紧闭眼睛,双手无力地垂在身体两侧,神情消沉。在她身后,一个男人正挥舞着一把大剪刀,一手抓头发,一手拿剪刀使劲儿剪。他动作很快,很娴熟,也很粗鲁,就像在剪羊毛一样。面包就掉在她身旁的泥地里。每次他抓住她的头发,她的头就往后一仰。没有人说话。

凯大声用英语说:"能停手吗?"她有种异样的感觉,感觉自己和这一切格格不入。"听听你在说什么,"她想,"你听上去就像个保姆。"她伸出手,向前走了一步。"停下!"

这下人群顿时炸开了锅。

"他妈的英国婊子!"

"别多管闲事!"

一个男人抓住她的胳膊,另一个挡住她的去路。女人头发被剪了一半，睁开眼睛看着她，恳求她走开。凯对自己说："她不需要你的帮助，你只会越搞越僵。"芭芭拉也在身后喊她。尽管如此，她还是挣扎着想要靠近，直到另一只更有力的手从后面抓住她，粗暴地把她往后拉。她顿时怒不可遏，猛然转过身，才发现来人是阿诺。

"他们说的对，"他低声说道，"这不关你的事。"

她想挣脱他的手，但被他抓得更紧，直接拉走了。芭芭拉也抓住她另外一只胳膊。最后她放弃了，放任自己被带离草地。人群很快围拢过去。几人离开空地，来到一条小街，阿诺这才放开她。他靠在墙上，双手捂着脸。

芭芭拉一边揉着凯的胳膊，一边关心道："亲爱的，你还好吧？"

"那个女人是谁？"她放下手，看向阿诺。"你认识她？"

"不。"

"她犯什么事了？"

"他们认为她通敌。"

"他们认为？"

"他们一般不会错。"他耸了耸肩。"有人说她和一个德国士兵有过一个孩子。"

"天啊！"

"别对他们太苛刻了。他们也遭了很多罪。"

"你也遭了很多罪？"

"没有！"他似乎被这个问题激怒了。

"那你在那儿做什么？"他没有回答，于是她追问道："你在跟踪我们？"

他顿了一下。"是的，你说的没错，"他平静地回答，"我看到你们穿过广场，心想：这两人会惹上麻烦的。事实证明我是对的。"他回头看了一眼，人群已经散了，大家各走各路。大教堂的钟声响起，半点到了。"我们得离开了。你俩想去哪儿？回总部？"

芭芭拉问："有没有能让我们喝一杯的地方？"

他领着两人沿着蜿蜒迂回的后街来到河边。此时天已经黑了。桥头有一段破旧的石阶，一直延伸到码头。驳船紧靠在一起，水面上升起一层薄雾。他伸出手拉两人上船。

要不是有他带路，她们花一年的时间也不可能发现这里。从外面看，它就像一个废弃的仓库，门上挂着一个滑轮，中间开了一个小门。推开门，一股浓烈的烟酒味扑面而来。门内乌烟瘴气，顶上的灯泡光秃秃的，投下昏暗的灯光。几人勉强看清屋内的陈设：光秃秃的地板，撒落的木屑，一个长长的柜台，柜台后的木桶，不成套的桌椅，角落里的推移板①。酒吧里是清一色的男性顾客，都转过来盯着两个穿制服的英国女人。

阿诺找到一张桌子，替两人拉开椅子。凯开口道："介绍一下，这位是芭芭拉·科尔维尔。芭芭拉，他叫阿诺·韦尔默朗。我借住在他家。"

他吻了下芭芭拉的手。"很荣幸认识你。"

他走到吧台，和酒保说了几句，然后开始和一个坐在木凳上独酌的男人聊天。芭芭拉说："他真可爱，膝盖以上都很有吸引力。就像足部畸形的拜伦，'疯狂、恶劣又危险'。"她从包里掏出粉盒，对着镜子照了照，迅速补了点口红。

---

① 推移板（shuffleboard）是一种游戏用具，参与者用推竿将一个直径为六英寸的木质圆饼推向计分区，以累计得分来决定胜负。

凯不安地看着她："我们不能待太久，有宵禁。"

"我知道了，别大惊小怪的。你还差点让我们卷入一场斗殴呢。"她把口红递给凯。

"我不用了，谢谢。"

大多数人都回去喝酒打牌了，只有几个人还在盯着他们。凯怀疑他们是不是没在梅赫伦见过其他英国女兵。派女人出国并不是官方的政策。她有点不安，还有点尴尬。刚才还妄想调解冲突，实在是太天真太愚蠢了。她当时是怎么想的？

这时，阿诺回来了。"我点了啤酒，不知道你们介不介意。"他在两人对面坐下。

"好极了。"芭芭拉递给他一支烟，他伸手接过，芭芭拉帮他点燃。

他对凯说："不要对我们太苛求。如果英国也被占了四年，你们也会遇到这种事。"

"是的，"芭芭拉接道，"我敢肯定我所有头发都会被剪掉。"

凯笑了起来，但阿诺没有："英国兵刚来的时候，他们让通敌者跪在鲁汶大广场给他们擦鞋。我见过。"

这句话让空气凝固了，三人陷入尴尬的沉默，直到一个穿着脏兮兮的白围裙的服务员走了过来，放下三杯啤酒。

芭芭拉语气轻快地问："这酒敬谁呢？"

"更快乐的时代？"凯建议道。

"不错，"阿诺点点头，"同意。"

几人碰了碰杯。之前和阿诺说话的人从凳子上滑下来，走到他们的桌旁。他用佛兰德语和阿诺说了几句，然后看向两人，用英语问："我可以坐这儿吗？"

"这位是延斯·蒂斯，"阿诺说，"我的一个老朋友。这位是芭芭拉，这位是凯。"来人朝两人一一鞠躬，然后坐了下来。他看上去和阿诺一般大，但因为穿着西服打着领带，显得更精神。"延斯是老师。"阿诺说。

延斯补充道："我们以前是同事。"

凯很惊讶："我还以为你是干体力活的？"

"现在是，以前当过老师。"

"你们在梅赫伦干什么呢？"延斯问。

芭芭拉说："哦，那可是秘密哦——不能说的。"

"秘密？"他一脸疑惑。

"你懂的——最高机密。"

"只是些行政工作，"凯赶快接道，"打字、归档之类的，很无聊。"

"女人的工作。"芭芭拉语气讽刺，表示自己只是在开玩笑。

"你们也太谦虚了吧？我看你们穿的可是军官的制服。"

"亲爱的，"芭芭拉说，"在空军妇女辅助队里，人人都是军官。"

众人哈哈大笑。

在那之后，气氛变得热烈许多。也没有人再问她们的工作，这让凯松了口气。他们夸延斯英语讲得好，他说他之前在英国度过一次假："在吉尔福德，你知道那里吗？"芭芭拉说她家在附近村庄里有套房子。延斯又点了几杯啤酒。推移板是免费玩的——用佛兰德语说是"sjoelen"——阿诺建议大家一起玩。谈话中心就变成解释游戏规则。不到半个小时，凯就快忘了战争的事。她知道阿诺站在她身边，一边教她如何滑动木板，一边将手搭在她的手上。延斯和芭芭拉也一样。啤酒酒劲很足，气氛也恰到好处，所以当她发现已经快七点时，她并不惊讶时间过得这么快，只是很抱歉地叫了停。

"芭芭拉——我们得走了。"

"你认真的？真是个好长官。"

"什么是长官？"延斯问。

"让别人玩不开心的人。"

"她说得对，"阿诺接道，"马上就宵禁了。"凯环顾四周。刚才还没注意到，酒吧里的人已经少了一半。

延斯说："芭芭拉，我送你回去，你住哪儿？"她告诉他街道名。"噢，那里好走，从这儿过去就十分钟。"

两个男人走到吧台去结账。凯小声对芭芭拉说："你说我们该给钱吗？"

"当然不。那会伤害他们男人的尊严。而且我们也没有比利时的钱。"

"你确定和他一起回去安全吗？"

芭芭拉怜悯地看了她一眼。"一个老师？拜托！不管怎样，他人挺帅的，你不觉得吗？"

"天啊！"

"我们一定要再见他们一次。"

阿诺一瘸一拐地从吧台走了回来，面带微笑。他朝门比画了一下。"走吗？"

延斯和芭芭拉先出了门，凯正要跟上，突然听见有人喊："嘿，阿诺！"

两人同时转身，只见酒吧里有个男人"咔嗒"一声把脚跟并拢，伸出胳膊朝两人行了个纳粹礼。

阿诺假装没听到。几人沿着码头走上台阶，在桥上互相道别。"明天见，"芭芭拉眨眨眼说，"别做我都不会做的事。"她和延斯一起离开了，阿诺和凯则走了另一边。

他们默默地继续走了一会儿。宵禁实施后，各个街道都空无一人。最后阿诺打破了沉默："你朋友很有趣。"

"是吧？我昨天才认识她，还挺喜欢她的。"说着，她瞥了他一眼。他绷着下巴，直视前方，之前的好心情一扫而空。"有什么事儿吗？"

"没有。"

"最后那里，我们走之前，那个纳粹礼，是什么意思？"

"没什么意思，只是个愚蠢的玩笑。"

"那你为什么生气？"

"我没有。"

两名胸前挎着步枪的英国士兵沿着人行道走了过来，将两人拦下。"请出示证件。"

凯拿出身份证。阿诺也一样。一名士兵拿手电照了照证件，又照了照两人的脸。另一人说："你们违反了宵禁。"

"抱歉，"凯说，"我们正要回去。"

"不是你，长官，是他。"

"我可以替他担保。我借住在他家。"

"手抬起来。"士兵抬了下步枪。阿诺举起双手，让士兵搜身。"转过去。"阿诺疲惫地转身面壁站好。

凯问："真的有必要吗？"

"他知道规矩。"

士兵搜完身说："好吧，看在你旁边这位英国军官的面子上，这次就饶了你，没有下次了。"

说着，他递过两人的证件，和同伴继续巡逻去了。

凯说："刚才的事我很抱歉。"

"怎么了？德国人更粗暴呢。"说完，他把身份证塞回内袋，但她还是能感受到他压抑的怨恨和屈辱。

两人继续向前。气温很低，鹅卵石铺就的路面已经开始结霜，在路灯下闪闪发光。尖顶之上出现了几颗星星。阿诺突然停下脚步，拉住她的胳膊，另一只手指着天空。倏地，一颗流星从两人眼前划过，几秒后便消失了。

"你知道那是什么吗？"他仍然抓着她的胳膊。她能感觉到他胸口的起伏。

"流星？"

他摇了摇头。"是德国人的导弹，朝安特卫普去的。我以前见过两次。他们有着恶魔般的才能。"他看向凯。

凯小心翼翼地说："那太可怕了，那些可怜的人。"

他没有接话，似乎是在等着她继续说下去。但她没有，于是他转过身。"好吧，"他喃喃地说，"不管有没有导弹，那些混蛋也很快就会输掉战争的。我们该走了，快到了。"

又过了五分钟，两人来到花园门口。他假装拨弄了几秒门闩，然后便转身吻住她。他这一举动早已在凯预料之中，甚至在路上她就已经预演过自己的回应：轻轻推开，礼貌拒绝"不，我不能，对不起"，后面加一句"我不是那种女人"。但现在，事实证明，她就是那种女人。和另一个男人的亲密接触让她感到陌生，却又出乎意料地自然。他嘴里有啤酒的甜味，他的皮肤很光滑，不像迈克那样粗糙。该死的迈克，她突然想到。她伸出双手，轻轻搂住他的头，开始回应他的亲吻。那是那天她第二次感觉自己好像脱离了身体，在远处观察自己。她笑了起来。

"你笑什么？"阿诺放开她，面露不解，嘴角还挂着一丝

189

笑意。

"没什么。过来。"她又吻上他。他解开她上衣中间的扣子，双手搂住她的腰。她抖了一下。"我们能进去吗？"

两人沿着小路走到前门，门锁着。他伸手从门楣上取下一把钥匙。

大厅里半明半暗，厨房里还亮着灯。她还闻到煎培根的味道，熟悉的香气让她一瞬间恍惚回到早晨出门的时刻。书房的门关着。

阿诺把手指放在嘴唇上。她拉着他的手，把他领到楼上的房间。

15

晚上九点刚过，鲁迪·格拉夫博士赤裸着上身站在浴室的镜子前，拧开热水龙头，一条细细的水流从水龙头里流了出来，不冷不热，还带着锈迹。他伸出手，水流过指尖，管道叮当作响。水温就这样了，上不去。他的剃须刀已经用了六个月，那块薄薄的肥皂也很难打出很多泡沫。但他还是伸出下巴，有条不紊地刮去白天长出来的胡子。人得自律。

胡贝尔上校在晚餐时宣布，鉴于皇家空军基地活动增加，从明天起，有百分之七十的导弹将在夜间发射。其他人则盯着眼前的盘子。冰冷的树林里，不仅人被冻得手指发麻，管道也被液氧覆上一层霜，这不但拉长了发射过程，还十分令人头疼。这次格拉夫拒绝了赛德尔下棋的邀请，他只想早点儿上床睡觉。

他把剃须刀放在水龙头下冲洗干净，刚擦干脸，就听到门外有人用拳头砸门，嘴里还在喊些什么。

他走到楼梯口，探头向下望去。楼梯上传来靴子踩踏的声音。几个头盔出现在他眼前，枪管在灯光下反射出金属光泽。为首的几人都穿着党卫队的黑色制服。

他快步走进卧室，关上房门。那个装满缩微胶卷的箱子还放在衣柜顶上。他环顾四周，发现无处可藏，而且也来不及了——外面已经开始用枪托砸门了。他一把抓起衬衣，朝着门外大喊："等一下！"但是门被猛地撞开了，党卫队士兵冲了进来。一人把步枪抵在肩上对准格拉夫，后者立刻举起双手，另一人则推开衣柜门，用枪管戳他的衣服，然后俯身查看床底，连灰尘也不放过，接着走到窗前，拉开窗帘，掀起窗扉，把头探进夜色中。他收回身子，转身看向格拉夫。他很年轻，不超过十八岁。

"就你一个？"

格拉夫还举着手。"如你所见。"

"那楼里的其他人——你见过他们带女人回来吗？"

"我这晚上都没见过其他人。"

党卫队士兵皱了皱眉头，目光再次扫过房间。他突然转身，两人一起离开了。

格拉夫放下手，迅速扣好扣子。他系上领带，套上夹克，抓起外套和帽子，匆匆走下楼梯。楼梯口站着几个只穿了背心和内裤的士官。一楼房门大开，通道里挤满了愤怒的火箭兵。他迎面撞上申克，后者只穿着一件衬衫，吊带在膝盖附近晃来晃去。"该死的党卫队！"

"他们找到人了吗？"

"没有，混蛋！"

街上大约有二十名党卫队，有的拿着机枪站在路中间，有的在各个旅馆进进出出，有的还牵着狗。其中一辆卡车后面装了盏探照灯，灯光有条不紊地扫射着两边的建筑。格拉夫绕过转角。旁边妓院里的女人们纷纷走了出来。她们穿着单薄，提着行李瑟瑟发抖，然后被扛着步枪的士兵押送着，一个接一个地爬上卡车车厢。

"噢，天啊，"格拉夫喃喃自语，"天啊，天啊……"

他转身朝海滨方向走去。党卫队封锁了施米特酒店。他出示了通行证才得以通过。胡贝尔、赛德尔、克莱因和其他人正站在食堂窗前，俯视着街道。

格拉夫问："这里也被搜了吗？"

"还有哪里不搜？"胡贝尔回道，"卡姆勒在电话里给德雷克斯勒下的命令。他们甚至还搜我的房间！好像我会把间谍藏在床底下一样！"

"他们疯了，"赛德尔仍然望着窗外，"看看那边指点江山的比韦克同志，还以为他在东线扫荡红军呢！"

格拉夫说："他们把妓院的姑娘带走了，她们会怎么样？"

一时间谁也没有说话。

胡贝尔摇了摇头说："不是什么好事。"

格拉夫转向赛德尔问："你的车在外面吗？"

"在。"

"能借用一下吗？"

赛德尔盯着他说："想都别想！"

"拜托了。"说着，他伸出手。

中尉脸上写满了难以置信。最后他叹了口气，很不情愿地从口袋里掏出一把钥匙。

在意识到火箭武器在未来战争中的潜力后，党卫队开始增派人手巡逻佩讷明德周边。试射成功两个月后，也就是1942年12月，党卫队帝国领袖海因里希·希姆莱不远万里来到波罗的海看试射。格拉夫也在场。那是一场彻头彻尾的失败：导弹在发射四秒后就坠毁了。但这并没有让希姆莱却步。"一旦元首决定支持你的项目，"他对多恩贝格尔中将说，"你们的工作就不再只是陆军武器局的事，也不再只是陆军的事，而是全体人民的事。我来保护你们免受破坏和叛国分子的伤害。"

"我对你们的工作非常感兴趣，"在登上返回柏林的飞机前，他这样说道，"或许我有办法帮忙。下次我一个人来，在这里住一晚，和你的同僚们聊一聊。我会给你打电话的。"

至少多恩贝格尔是这么告诉冯·布劳恩的，第二天冯·布劳恩也是这样转述给格拉夫的。"据多恩贝格尔说，他全程表现得非常客气礼貌。但我总觉得像是黑帮来收保护费的。"

"所以党卫队也要加入了？"

"你没办法阻止他们，现在他们什么都要掺一脚。"

老实说，格拉夫并不反对接受党卫队的帮助。相反，他和其他人一样期待试验设施和导弹工厂的完工。但接下来的发展令他颇为震惊：第二年5月，树林里突然搭起一个营地，营地被带电带刺的铁丝网包围着。他的震惊并没有到此为止。几天后的清晨，五百名穿着厚重囚服的囚犯在党卫队和机枪的押送下沿着公路列队行进。看到这一幕，他的第一反应是：这是什么？20世纪中期的奴隶？那我们是什么？但在那之后——上帝原谅他，他完全沉浸在修复火箭设计缺陷的工作中了——他几乎没有再去注意过这些奴隶，也就没有注意到在接下来的几周，又有数百名囚犯（大部分是法国人和俄罗斯人）被源源不断地运送进来。岛上穿着黑色制服的人也越来越多：配置岗哨，巡逻周界，看守场地等等，不一而足。

6月，希姆莱果然又来了——只身一人，正如承诺的那样——开着他那辆全副武装的小车。多恩贝格尔在军官俱乐部为他举办了晚宴，邀请了一些高级工程师，格拉夫也在受邀之列。这次他表示反对了吗？他拒绝出席了吗？没有。他甚至面不改色地看着冯·布劳恩穿着党卫队制服出现在晚宴上。那是个炎热的夜晚，夏至刚过，波罗的海地区白天变长。希姆莱汗流浃背，满脸通红，瘦高的身影裹在厚厚的黑色外衣下，就像躲在壳子里的软体动物。他安静地和其他人聊天，大部分时间都静静地听着。晚餐后，众人离开餐厅来到有壁炉的起居室喝酒。希姆莱惬意地躺在扶手椅上，没有喝酒，而是给他们细细描述了德国在战争中取得胜利后世界将发生的变化。

"元首的所思所为都是从欧洲的利益出发。他自认是欧洲世界和文明最后的捍卫者……"

他继续说着，说着德国领导西欧的必要性，说着如果苏联将重心从军备转向消费品生产后会带来的威胁，还说德国自己的土地只能养活六成人口，因此需要将剩下的四成转移到乌克兰。"显然，必须采取某些措施来降低出生率。我们有足够的移民队伍。我们要让年轻的德国农民娶乌克兰的农家好姑娘，养育出适应当地环境的健康子孙。元首算出，德国人口将在十年内达到一亿。我们必须牢记，这是一项伟大的事业，我们只需要让他们接受自己的命运。欧洲必须为这一伟大事业而努力。我们现在所掌握的全部劳动财富必须投入这场生死斗争……"

希姆莱语气平静，却带着一种不容置疑的味道。结束时已经是凌晨四点了，天刚蒙蒙亮。回公寓的路上，冯·布劳恩脱下外套搭在肩上。"是我在做梦，还是他疯了？"

"不仅仅是疯了吧？简直骇人听闻。"

"是的，是这样的。"

第二天早上为希姆莱安排的第一次发射又是一场灾难。导弹在上升到两百米高度后，未按原计划倾斜升空，而是一直向西穿过岛屿，坠落在机场上，当场起火爆炸，烧毁三架飞机。但下午的第二次发射就很完美。希姆莱因此把冯·布劳恩提拔为突击队大队长。

两个月后，英国皇家空军轰炸了佩讷明德。又一周后，众人正在清理受破坏最严重的地区时，冯·布劳恩把格拉夫叫到办公室。因为睡眠不足，他显得很疲惫，筋疲力尽，甚至没能从办公桌后站起来，只是伸手示意格拉夫在椅子上坐下。"我刚接到多恩贝格尔从柏林打来的电话。希姆莱和元首谈过了，看来我们得放弃在岛上制造导弹了，太容易被袭击了。"

"就这样？就不造了？"

"不是，我们会转移到地下。党卫队在图林根州的山里有个基地，希姆莱说完全符合我们的要求。他们会派人全面负责工厂的建设。"他看了看笔记本。"汉斯·卡姆勒旅队长。"

格拉夫发动汽车。吉普向前一冲，停了下来。他把脚踩在离合器上，又试了一次。这次汽车缓慢地发动了，但当他想换二挡时，却找不到挡。变速箱的声音引来一名党卫队士兵。他循着声音从旅馆后面的阴影中走了出来，挥手让他停下。

"任何人都不许离开。"

"我是陆军特种武器局的格拉夫博士，"他把身份证掏出来举在手里，"我得马上去瓦瑟纳尔。有紧急情况。"

"行动结束前，所有人员必须待在原地。"

"有导弹着火了！你想为这场灾难负责吗？"格拉夫从车窗探出头，朝游廊上左右张望了一下，发现角落有一群党卫队士兵正盯着他们。

"德雷克斯勒大队长在哪儿？"

"我不知道。"

"我们得赶紧找到他。你叫什么？"

那人一副迟疑的表情，但还是回答道："舒马赫。"

"好的，"格拉夫探过身打开副驾驶的车门，"上来，舒马赫。"

"为什么？"

"你和你的战友讲这是紧急情况，快点。"

男人顺从地爬上前座。

格拉夫告诉自己别开得太快。那群党卫队走到车前，挥手让他下车。

"快告诉他们，舒马赫。"

其中一人弯下腰问："他是谁？"

"他说他是火箭工程师，现在要去瓦瑟纳尔，那边起火了。"

"好吧。"他退后一步，示意两人通过。开出一百米后，同样的事情又发生了。"他要过去，有紧急情况。"士兵似乎很享受这种被重视的感觉。格拉夫开车经过火车站，后续的道路看起来畅通无阻。于是他停下车："你在这下车吧，舒马赫，谢谢你的帮助，我一定会在中校面前提到你的。"

说完，他便开走了。当他抬头看向后视镜时，发现那个士兵正站在路边盯着他。他向左转，朝瓦瑟纳尔开去。

1943 年 8 月底，格拉夫、冯·布劳恩和其他几名工程师一起飞往计划中的导弹工厂参观。冯·布劳恩自己开的飞机，在哈茨山上空开始降落，最后在美丽的有着高高的教堂塔楼的诺德豪森小镇旁的草地跑道上精准着陆。远处的孔斯坦山呈现出蓝色——与其说它是一座山，不如说它是一座树木繁茂、连绵起伏的山丘。卡姆勒很体贴地派了一辆车来接他们。

时值夏末，丰收季节。他们坐在一辆敞篷奔驰的后座上，驱赶着从田野上飞起的雷蝇，穿过一团热气，进入一个巨大的方形隧道口。众人眼前投下一片阴影，温度也开始下降。刚刚从耀眼的午后阳光下出来，众人过了一会儿才适应昏暗的灯光。

汉斯·卡姆勒博士——他们后来发现他的博士学位是土木工程方向的——此时正和他的参谋一起等着他们。他大约四十岁出头，仪表堂堂，身材紧实、匀称、完美，看着像个套着党卫队制服的发条玩具，举止和表情都透着一种机敏。他一边领着众人步行穿过隧道，一边如数家珍般地说着各种发现和统计数据，骄傲的神气和炫耀财产的乡绅如出一辙。

洞顶很高，导弹竖放横放都不会碰到任何一面墙壁。这条隧道一直延伸至视线尽头，卡姆勒向众人保证，隧道贯穿山体，直通山的另一边，整体长度超过一公里。这是 B 隧道，和它平行的 A 隧道快竣工了，中间有水平巷道连通。这个地方战前是一个石膏矿，战争爆发后则用于储藏燃料和毒气。所以他们的第一项任务就是把这里清理干净，目前这项工作仍在进行当中。昏暗的灯光下，穿着条纹囚服的"幽灵"背着水泥袋、钢梁、木架、金属桶蹒跚而行。黑暗处不时爆出一小簇白色火花，那是氧乙炔切割机在拆除汽油储罐。接下来，卡姆勒继续对众人说，他们将进一步挖掘和爆破水平巷道，铺设铁路，建造火车站。最后，他们会用火车把导弹零件从这头运进来，再用平床载重车把组装好的导弹从那头运出去。这里每个月能组装九百枚导弹，整个装配过程都将在三百米的地下进行，不仅不会被敌军侦察机发现，也不会被轰炸机破坏。生产工作将由德根科尔布将军全权负责，他因大规模生产火车而被称为"铁路之王"。

"什么时候开始？"

"1 月。"

一名工程师吹了声口哨。冯·布劳恩说："旅队长，导弹是一个极其复杂的系统。这些机床不仅对自身精度要求高，也需要技术精湛的机械师操作。明天是 9 月的第一天，怎么可能这么快完工？"

"只需用上一种德国完全过剩的资源就行。"

"是什么？"

"劳动力。"卡姆勒拍了拍手，看着众人目瞪口呆的模样大笑起来。"来吧，先生们！法老在基督降生的两千五百年前就能建成金字塔，现在都 20 世纪中期了，我可以向你保证，党卫队完全有能力在四个月内建造一座工厂并全面投入使用。"

"你打算用多少人？"

"工厂建设和最终生产吗？"卡姆勒在空中比画了几下。"两千人，或者三千人。"他耸了耸肩。"要多少，有多少。"

回隧道口的路上，格拉夫问他之前有没有在如此紧迫的情况下完成过类似工程量的项目。"哦，有啊，在东线，犹太人集中营。"

那是两人的第一次见面。

第二次见面是在六周后，接近 10 月中旬的时候。格拉夫说他不想回诺德豪森。"有必要吗？"他向冯·布劳恩抱怨道，"这里事儿这么多。"蒂尔博士去世后，推进部门的大部分工作都落在格拉夫头上。目前他正在努力解决涡轮泵蒸汽发生器系统的问题。正是这些问题把本就容易激动的蒂尔博士推到了神经崩溃的边缘。

"你必须去，"冯·布劳恩说，"我们必须做好大规模生产导弹的准备。"

这次也是冯·布劳恩自己驾驶飞机。快要降落时，他驾驶飞机直接飞过了孔斯坦山。废弃的石膏场在深绿色的松林中格外显眼，就像一道白色的伤疤。在孔斯坦山西南方向有块平地，那里正在修建一个大型战俘营。格拉夫不安地低头看着那里。所有的营房都没有屋顶。如果卡姆勒带来数千外国劳工，他们要住哪儿？

在进入 B 隧道后，他的疑问就得到了解答：他们住在地下的交叉隧道内，靠墙是一长排四层的木架床，摇摇晃晃，像兔笼一样。厕所就是加了盖子的木桶。有些床上躺着的人已然瘦骨嶙峋、形似骷髅。其中一人双眼圆睁，显然已经死了。空气里满是那股恶臭，还有各种噪音——水泥搅拌机的隆隆声、镐头的敲打声、隧道掘进爆破的闷响、发电机的轰鸣、铁路货车进出时的哐啷声、看门狗的吠叫声，以及党卫队工头的喊叫声。阴森昏黄的灯光下，囚犯们挨挨挤挤地汇成一片毫无差别的黑白色海洋，个个都脸色苍白、瘦骨嶙峋，却总是匆匆忙忙地来回奔走。在拥挤的人潮中，卡姆勒完美的身影突兀可见。他和几名黑帽军官一起走在新建成的 A 隧道中间，不时对着四周指指点点。必须承认，他真的在短短一个半月的时间里创造了一个黑暗的奇迹。这条大规模生产线已初具雏形：起重机、车间、装配区、试验台和修理厂，应有尽有。他带着一众工程师穿过大山，走入秋日午后的阳光。

"好了，先生们，你们认为如何？"

格拉夫点了支烟。

阿图尔·鲁道夫——现场唯一从一开始就加入纳粹党的人，甚至早于希特勒上台——立即说："太棒了。"

克劳斯·里德尔——自由的理想主义者，现在已经学会把政治观点藏在心底——则盯着地面，嘀咕说他感到不知所措。

冯·布劳恩说："难以置信。"

"格拉夫博士呢？"卡姆勒期待地看着他。

"我无话可说。"

"那我就权当恭维好了！现在，咱们出发去诺德豪森，到我办公室吃点点心，深入讨论下生产计划。"

众人走向等候的汽车时，格拉夫落后一步，走到冯·布劳恩身边。"我应该回佩讷明德。我在那儿更有用。"

"不，我们经历了漫长的道路才走到今天这一步，没有人能回头了。"

他大步向前走去。格拉夫停下脚步，回头看了看隧道口，然后抬头望向天空。他感觉自己就像一枚火箭、一架人类的机器，按照固定的轨道发射，冲向预定的终点，无法回头。他抽完烟，随手把烟头一弹，走去赶上其他人。

夜空清朗，路上没有其他车辆。黑压压的树木上方，一轮明亮的新月挂在北海上空，照亮了前方的道路。既然已经离开斯海弗宁恩了，格拉夫便踩下油门。月亮似乎在他身后追赶，这场景仿佛是《月里嫦娥》里的一幕。佩讷明德测试期间，每枚火箭的箭体表面都印上了电影公司那赏心悦目的色情符号。直到导弹进入大规模生产，这种古怪的做法才销声匿迹。

开到瓦瑟纳尔郊区后，他放慢车速，留意着转弯的地方。找到后，他踩下刹车，向左边转去，不远处便是一个道闸。无处不在的党卫队从小屋里走了出来。

他拿出身份证和通行证。"我得去发射场。"

"任何人都不能通过此处。"

"有紧急情况。"

其中一人笑了起来。"我当然知道！如果你要去妓院，别想了。"

另一人语带同情："别管了，博士，这不是你能插手的。"

突然，树林里传来一阵机枪扫射声，响了足有十五秒或二十秒。卫兵转头看去。一时间没有其他声音。接着又是一阵枪响——这次时间比较短——是六声枪响。

格拉夫把头靠在方向盘上。士兵回屋里去了。他就这样待了一会儿，感受着发动机的振动，然后疲惫地倒车上了大路，沿着来路往回开去。

16

　　凯睁开眼睛，关掉闹钟，翻过身，瞥向床的另一半。光线太暗，看不清人还在不在那儿。她把手伸进毯子里摸了摸，只摸到冰冷的床垫。他走了肯定有一会儿了，但她想不起来他去了哪里。

　　她光着身子从被窝里钻了出来，顺着墙摸到电灯开关。房间里一片狼藉，发生了什么不言而喻：她的鞋子、外套和夹克都堆在门边，衬衫和裙子落在床脚，内衣、长筒袜和领带被他努力解开后扔在床罩上。她把散落满地的衣物一一捡起，然后走进浴室，用冰水冲了冲脸和脖子，抬头看向镜中的自己。

　　他在床上很温柔，热情又急切。有次她不小心发出声音，他便用手捂住她的嘴，停下动作，仔细听着楼上的动静。地板吱吱作响，她咯咯笑了起来。"可怜的阿诺，"她低声说，"你不能带姑娘回家吗？"

　　"我的父母很保守，"他低声回答，"很虔诚。这会吓到他们的。"

　　她梳着头发，脸上露出笑容。他越紧张，她就越放肆。多么精彩的拉扯。

　　她穿上衣服，收拾好床上的痕迹，铺平床单，盖上毯子。如果要问她在辅助队学到了什么，那肯定是如何一丝不苟地整理床铺。她关上灯，从房间里退了出来，小心翼翼地穿过黑暗的走廊，在楼梯口停下脚步。所有房间都关着门，不知道阿诺住哪间，是在这层还是上面那层？寒冷而寂静的大厅里只有落地钟的滴答声在回荡。

从陈旧的木楼梯上下来是很难不弄出声音的。走到一楼时，她看到厨房里亮着熟悉的微弱灯光。但等她走进厨房时，那道光却消失了。炉子上的水烧开了，她把水壶从炉子上拿下来，环顾四周。洗碗池里有一堆脏盘子，桌子旁有张拉开的椅子，橱柜门大开，架子上空无一物。她带来的食物全都不见踪影。后门上插着钥匙，但她不需要拧开：门没有锁。

在她踏出门外时，她好像闻到了一股烟味。她停下脚步，轻声喊道："阿诺？"她回头看了一眼，继续沿着小路向前走去。走到花园中间，她又停了下来，语气中带上了几分急切："阿诺？"她知道他在看着她。她小心地穿过草丛，走出大门来到街上。黎明前的天空灰蒙蒙的，脚下的鹅卵石光秃秃的。他也不在这里，这一认知让她瞬间泄气。她意识到他好像在因为昨天发生的事情而故意躲着她。她得自己穿过城镇去总部了。

大教堂的钟声响了七下，她至少有了个目标。她沿着这条街走到弯弯曲曲的小路上。这个城镇正在慢慢苏醒。一些房子里亮起了灯，一条狗在她经过时冲她吠了起来。她不时停下脚步向身后看去，但这次没有人跟踪她。她告诉自己不要小题大做。但后来她想起阿诺前一天跟踪过她们，并且承认了，那现在为什么他不跟了？因为他知道她要去哪里，所以他不需要再跟在她后面了：他可以走到前面等她过去。这就像是一场猫捉老鼠的游戏，而自己就是那只老鼠。这个想法也许不合逻辑，但还是让她心生不安，不由得加快了脚步。

菜市场里空无一人，只有她自己的脚步声在空旷的环境里回荡。她大步穿过，走进一条蜿蜒的小巷，小巷两侧林立着一座座古老的小房子。走到最后她才意识到自己身在何处：眼前是熟悉的商业街和关门停业的咖啡馆，昨天早上两人道别时的小桥，布鲁塞尔门，还有宽阔的阿斯特里德王后大道。向总部走去时，她感觉自己就像从危险任务中全身而退的飞行员。

餐厅里一派热火朝天的景象。两名测量团的中尉——英俊的桑迪和阴郁的约克郡人（他叫什么来着？对了，比尔）已经和之前那样坐在同一张桌子上了。见她进来，桑迪朝她挥了挥手，语气欢快："你听说了吗？我们昨天抓了几个搞破坏的！"

"我现在知道了，干得好。"

"你们也是！天啊，那些东西也太快了！你眨下眼就错过了。"

"还是只有两发？下午有增加吗？"

"没有，就两发，没有再发射。也许他们已经决定收拾包袱回家了。"他又仔细打量了她一番。

"你还好吗？"

"我很好。"

"你都喘不上来气了。"

"住的地方有点远，我怕会迟到。"

"待会儿喝一杯怎么样？就我们四个？"他朝角落里抽着烟的芭芭拉点了点头。

"好啊，我去问她。"她微笑着走开了。

"早上好，芭芭拉。"

"我还在想你去哪儿了。"芭芭拉眯起眼睛，透过烟雾看着她。"怎么样？"

"什么怎么样？"

"怎么样？你知道我在问什么。"

"至少让我先喝口水吧。"

说着，她便走向窗边的餐桌。桌上除了茶壶，还有几盘培根、煎蛋和炸面包。饥饿感瞬间席卷全身。"那是你自己的私生活。"她心想。她瞬间决定对之前的事情闭口不谈。要是阿诺真的在躲她，在她弄清自己的想法前，最好还是把这事儿给忘了。她一边想着，一边往盘子里堆放食物。见她回来，芭芭拉说："说吧，你俩发生了点什么对吧？我可看得出来，都写在你脸上了。"

"我不知道你在说什么，天啊，我快饿死了。"她开始吃早餐。煎蛋煎老了，嚼不动，但她不介意。热乎乎的食物进入胃中，她的精神明显振作起来。"好了，别说我了，你呢？你和延斯怎么样？"

"我非常满意。"

凯盯着她，叉着培根的叉子悬在空中。虽然她自己也半斤八两，但听到这句话还是有点震惊的。"不是吧你？"

"现在是战争时期嘛，亲爱的。"芭芭拉吸了口烟。"你永远不知道明天和死神哪个先来。"

"所以你还会去找他？"

"也许吧。"

"你们去的哪儿？肯定不是你那老太太的家吧。"

"不是，我们回他公寓了。"

"什么！"凯摇摇头，笑了起来。

"怎么说呢？我就是个妓女，亲爱的。"芭芭拉不屑地晃了晃手上的烟。"你呢？他至少勾引你了吧。"

"他是位真正的绅士。"

芭芭拉心照不宣地看了她一眼。"啊，所以他想亲你。"凯没有避开她的目光，还呷了一口茶。"天啊，你也太小心了吧！老西特韦尔会为你感到骄傲。"

"你这话就有点过了。"她急着转移话题，便看了看表。"说到西特韦尔，我们得过去了。"

她把脏碗拿到桌上，刮掉剩菜。等她回来时，芭芭拉已经站了起来，正在和桑迪、比尔说话。"我们正在讨论今晚六点要不要去喝一杯，你觉得呢？"

"不错。"凯勉强露出一个笑脸，心想"然后你和桑迪走，我和比尔走"。

四人再次来到对街的银行，并向卫兵出示了身份证。现在这已经形成了一种惯例。男人上了雷达车，语气欢快地说："姑娘们，祝你们好运！"女人则下了金库。一群人挤在密闭狭小的空间里，烟雾缭绕，气味难闻。中士懒洋洋地坐在桌后，无所事事。琼和乔伊丝脸色苍白，双眼通红——典型的夜班后遗症，凯一眼就看出来了，和在梅德纳姆时一样。

"有什么发现吗？"她脱下外套。

"没有，"琼回道，"一整个晚上都没点动静。"她沉着脸，开朗的表情从脸上消失了。"我想，他们应该都留给你了。"

西特韦尔中尉领着早班的中士从他们身后的楼梯上走下来，身上还散发着浓烈的石炭酸皂味。她大步走到房间前面，把一沓文件重重扔在桌子上，又把黑板擦得闪闪发光。

"那么，姑娘们，新的一天，新的开始。"

凯坐到自己的位置上，削尖铅笔，吹掉铅笔屑，决心把阿诺抛诸脑后。

17

卡姆勒总队长正在赶往斯海弗宁恩。

为了躲避盟军的空中巡逻，他凌晨四点便从海伦多伦出发，在夜色的掩护下开了整整一百八十公里。他从未停下脚步，人们也很少见他吃饭或睡觉。他手下的人都叫他"尘云"。这段时间以来，他有一半的时间都在路上，坐在他那全副武装的奔驰副驾上，脚下藏着机枪，不知疲倦地穿梭在他手下的五个 V2 团——国防军的四个团和党卫军的一个团——之间。他坚持称它们为"复仇之师"（Division zV），因为这个名字有特别的意义：Zur Vergeltung，意为"复仇"。

建筑师卡姆勒——司掌复仇之人！

一阵刺耳的摩擦声响起，格拉夫看着奔驰从转角处飞驰而来，停在施米特酒店门口。车门打开，只见光着头的卡姆勒率先跳下车，两名手下紧随其后，从后座钻了出来。砰、砰、砰，关门的声音打破清晨的宁静。卡姆勒停下脚步，戴上帽子，又细细整理了一番——从这些小动作也可以看出他是个虚荣的人——这才轻快地跃上台阶，走进总部。没有见到冯·布劳恩的踪影。

于是格拉夫竖起衣领，继续往前走。

破晓时分，天光一点点亮起，落在破旧的宾馆上，勾勒出剥落的木质阳台和被盐分腐蚀的玻璃游廊。随着黑暗渐渐隐退，昨晚搜捕行动留下的痕迹也渐渐显露出来。有些屋子的前门被撞开了，强劲的东风从破损的窗户灌进屋内，刮得窗户砰砰作响。人行道上散落着大量碎玻璃。火箭营的人都在低头做事，不怎么说话。格拉夫站在路边，等一辆卡车经过后，便穿过马路，走向机车棚。

机车棚里放着三枚有问题的 V2，准备用火车运回诺德豪森。由于条件限制，故障在现场无法解决，所以要分别记录每一枚导弹的具体情况，以便向德国的工程师进行汇报。格拉夫像机器人一样机械地走过一个又一个隔间，查看诊断报告，和技术人员交流几句，最后在报告上签字。不得不说，在将全部注意力集中在自己熟悉的燃油泵压和电阻上后，他心里其实是松了一口气的。他的大脑已经麻木了。胡贝尔的手下进来的时候，他手上的工作还没做完。

"格拉夫博士，请立刻前往总部。"

"我现在很忙。"

"卡姆勒总队长想和你谈谈。"

"他跟我有什么好谈的？"

那人对他的语气感到不满。"你见到他就知道了。这是命令。请跟我来吧。"

格拉夫跟着中尉走出去，回到街对面的施米特酒店。他预感这次和卡姆勒的谈话不会很愉快，就和以前的几次谈话一样。在过去的一年多时间里，他目睹了卡姆勒是如何逐渐接手了导弹项目，他带着一种无奈和漠然的恐惧观察着卡姆勒，就像一个被毒蜘蛛咬了的人眼睁睁看着自己全身逐渐瘫痪一样。卡姆勒不仅在诺德豪森建造了工厂，还领命在波兰的党卫队试验场上建造一个新的 V2 试验场——这是希姆莱在佩讷明德被轰炸后送出的另一份"贴心礼物"，让人无法拒绝。

"在波兰什么地方？"格拉夫在计划刚提出时曾问过冯·布劳恩。

"华沙以南约二百五十公里。"

"什么？在内地？"自 1934 年发射了"马克斯"和"莫里茨"两枚火箭以来，他们都是把火箭发射到海上，试验结束后火箭就会落入波罗的海，不会造成其他破坏。

"是的，我指出了这可能会造成平民伤亡，但显然无济于事。"他举起手阻止格拉夫亟欲脱口而出的抗议。"它必须在皇家空军的射程以外。"

几个月后，格拉夫开始参与测试，从佩讷明德飞到波兰，每次两到三天。工程师们住在停靠于布列兹纳村附近月台的车厢里。整个海德拉格试验场都被置于党卫队的看守之下，格拉夫感觉自己就像个囚犯。虽然导弹项目名义上还是归多恩贝格尔将军管，但很快卡姆勒便出现在试验场上观看发射，一开始只是"代党卫队首领"观看；随着冬日渐深，他开始在各种技术会议上活跃。只要多恩贝格尔不出席，他便会不请自来。在波兰的这段时间，导弹试射失败的场景屡次上演。随着导弹一枚接着一枚从众人头顶横空飞过或在半空爆炸，卡姆勒语气中的讽刺意味也越来越重。他甚至对冯·布劳恩产生置疑。"你们志在浩瀚星空，教授！但这整个项目的进度必须要落地！"有次格拉夫路过他办公室，无意中听到他在给希姆莱打电话。他讲话声音很大，确保对面能听得见。"对，首领，又失败了！……对……对……极不负责。在和他们近距离接触后，我都想逮捕这些叛国的蠢猪了！"

毒素开始从四肢蔓延到心脏。四个月后，尘埃落定。尽管早有预料，但这样仓促的收尾仍让格拉夫感到猝不及防。因为轰炸，他不得不从试验场地的公寓里撤离，和其他高级工程师一起住在钦诺维茨的一家名为"因塞尔霍夫"的旅馆里，从那里可以看到一片芦苇丛缓缓伸延到海边。凌晨两点，一阵敲门声把他从睡梦中惊醒。他打开门，门外站着两名秘密警察，穿着雨衣，扎着皮带，戴着黑色帽子。"你被逮捕了，穿上衣服，和我们走一趟吧。"

"我要求和冯·布劳恩教授谈话。"

"他也被逮捕了。"

他听见秘密警察从一个房间走到另一个房间。那天晚上，包括冯·布劳恩在内的四名工程师被捕，秘密警察连夜将其从佩讷明德送往斯德丁。他们不能互相交流——每个犯人都被安排单独的车辆运送，被关在单独的牢房里，被单独审讯。

1943 年 10 月 17 日周日晚上，你是否与冯·布劳恩教授、赫尔穆特·格勒特鲁普博士以及克劳斯·里德尔博士一起参加了钦诺维茨的海滩派对，并在派对上声称德国已经战败，导弹救不了德国，你们一直以来的目标就只是建造一艘宇宙飞船？

"先生们，我不记得说过这样的话……"

他当然记得，而且记得很清楚，至少在他醉得不省人事前的都记得。那是在他们第二次去诺德豪森之后，当时他还处于震惊状态。冯·布劳恩把头探进格拉夫房间的门内，说当地的牙医布茨拉夫小姐要在海滩边上举办一场鸡尾酒会，他们都收到了邀请。"来吧，或许这个能让你开心点。"

那是一个温暖、平静的秋日傍晚。沙丘周围挂着折纸灯笼，粉色、柠檬色、黄绿色，等等。留声机缓缓播放着美国爵士乐。酒会上有伏特加鸡尾酒和大量食物，不，是过多的鸡尾酒和过多的食物，他当时就觉得很奇怪，一个海滨小镇的女牙医竟然能在战争时期弄到这么多食物。但那又怎样？也许正是由于这场酒会和苦役工厂形成的极端对比，众人都喝得酩酊大醉，尽情畅谈过去在"火箭空港"的美好时光。

格拉夫：我想造的是宇宙飞船，而不是一个杀人工具。

里德尔：但往好的方面想，它不是一个非常有效的杀人工具。

冯·布劳恩：等战争失败了，我们的任务就是保护我们所取得的成果。

格勒特鲁普：佩讷明德会落到苏联人手里。只是时间问题而已。共产主义制度是我们最大的希望。

他们说的每个字都被记下来了，如果不是女主人自己，就是由给保安处①提供情报的宾客记下的。白纸黑字，赫然在目，格拉夫以为他们死定了。但随着审讯一天天进行，回顾整个导弹项目的推进过程，他的想法发生了改变。毕竟，如果党卫队在10月就收到了消息，为什么要等到3月才来逮捕他们呢？

一周后，众人被送回钦诺维茨，就地释放。据说是多恩贝格尔和施佩尔谈过，施佩尔又和希特勒谈过，希姆莱这才"宽宏大量"地同意释放他们。为什么不呢？他们活着比死了更有用。而且他们说的话都被记录下来了，解决他们就像碾死一只蚂蚁一样容易。此后不久，多恩贝格尔便被调走了，希姆莱正式接管导弹项目，并任命卡姆勒为行动指挥官。

"在德国，你只有三条路可走，"卡姆勒告诉他们，"死在党卫队枪下，关在党卫队手里，或者，在党卫队手下效命。"

他现在坐在胡贝尔的办公室里，靠在胡贝尔的椅子背上，亮

---

① 党卫队保安处（德语：Sicherheitsdienst des Reichsführers-SS），通称保安局（德语：Sicherheitsdienst，缩写 SD），是党卫队属下一个情报机关，也是纳粹党成立的第一个情报机关，与盖世太保关系密切。

锃锃的靴子放在胡贝尔的桌子上，像往常一样大声打着电话。他的两名参谋像侍从一样站在他身后，整洁的制服反而使他们显得僵硬而别扭。"是……是……那您是同意继续了?"这时，他注意到了格拉夫，便朝后者勾了勾手指。胡贝尔、德雷克斯勒、比韦克、克莱因和赛德尔与他保持一定距离。"太好了!"他把听筒递给副官，后者将其放回托架上。"格拉夫博士?"他皱起眉头，侧头等待格拉夫的回答。

格拉夫伸出手臂。"希特勒万岁。"

"不该由我来提醒，胡贝尔。这是法律。确保你的入学会正确的敬礼手势。"

"是，总队长。"胡贝尔狠狠瞪了格拉夫一眼。

卡姆勒把脚从桌上放下来，走到会议桌前，看着桌上摊开的地图。

"好了，各位，昨晚有了新进展，看来敌军并没有从当地居民那里得到情报。"他俯身看着地图。身后的国防军军官短暂地朝对方使了个眼色。赛德尔引起了格拉夫的注意。"我们的情报部门在比利时还有些线人，昨晚有个联系上了他的上级，说英国人在这里装了些先进的新式雷达装置，在梅赫伦。"他用手指点了点地图上的这个小镇。"除了测量部队以外，还有一群女人"——他语气揶揄——"显然是被雇来用雷达数据做算术的"。他转向格拉夫。"博士，有个技术问题想请教一下。敌人可以通过雷达确定我们发射场的位置吗?"

格拉夫双手握成了拳头，指甲深深地刺进掌心。他仿佛回到了斯海弗宁恩树林，机枪扫射的嗒嗒声清晰地在耳边回荡着。他回过神，盯着卡姆勒。"抱歉，总队长。你能再说一遍吗?"

卡姆勒叹了口气。"敌人有没有办法借由雷达和一队女计算员确定我们发射场的位置？"

"能让我看下位置吗？"他指着地图。

"当然。"

卡姆勒退后一步。格拉夫走上前，在地图上找到了梅赫伦，又看了看海牙，然后低下头。小镇差不多在他们的正南方向——这很重要，因为 V2 的飞行路径是由东到西的。而且雷达也更近了：距离还不到英国海岸站点的一半。

他知道卡姆勒和其他人在等他得出结论。"好吧，这是个聪明的做法，"他想，"绝妙的主意。我们怎么就想不到？"

他直起身。"显然我还不够资格来判断敌方雷达是否能精确地探测到导弹的发射坐标。但这个距离足以让他们在导弹发射后不久就发现它的踪迹——两地之间地势平坦，一览无余。"

"距离很重要？"

"是的——距离，更重要的是位置，在我们南边，在轨迹侧面。如果雷达观测距离够远，就有可能在几秒钟内收集到足够的数据来追踪飞行路径，然后他们可以在三百一十秒后得到导弹在英国的撞击点，两相结合，就可以算出抛物线曲线，从而得到大致的发射位置。"

卡姆勒说："然后他们还能在三十分钟内指挥轰炸机攻击我们？"

"理论上可以，只要他们算得够快。"说完他忍不住补了一句："看来我们不是被妓院的女人出卖了，而是被那群算数的女人暴露了。"

卡姆勒皱着眉头，一副心事重重的样子，好像根本没有听到他刚刚的话。"这么严重的纰漏，为什么我们之前没有得到警告？"

"我们从来没有考虑过这个问题。"

"你们从来没有考虑过这个问题！你们是佩讷明德的精英，你们从来没有考虑过这个问题！"

"我们也没想到导弹会从这么容易被发现的位置发射，周围还都是敌人。"

卡姆勒抄着手盯着地图。"那么现在，我们该考虑了。"

胡贝尔问："总队长，我能说几句吗？最简单的解决方法就是把发射时间改到晚上，同时注意调整发射地点。这样一来，即使敌人真的确定了我们的位置，并且在第二天就发动攻击，也为时已晚了。"

卡姆勒摇了摇头。他仍在沉思。"太被动了，我们必须主动出击。"

"还能怎么办？你是说我们要请空军轰炸梅赫伦吗？"

"现在已经没有什么空军了，也找不到能轰炸一个城镇的部队。"他抬起头，突然灵机一动。"谁说我们需要空军的？我们自己手上就有武器，不是吗？"他环顾四周。"先生们，答案不就摆在面前了吗？我们应该用导弹攻击他们！"

赛德尔吃惊地瞪大眼睛，克莱因看着地板，胡贝尔忍不住开口道："恕我直言，总队长，V2 并不是作为战术武器设计的，它精确度不够。"

"我们说的是一个城镇，上校，不是一座桥！看！"他指着地图。"你是在说，你无法击中一个城镇大小的目标？"

胡贝尔犹豫了一下。"我们应该能打中小镇，但打中雷达装置的概率很低。"

"那我们就射两发，让概率翻倍！""尘云"呼啸而来，势不可当。"下次发射是什么时候？"

"我们打算等到葬礼仪式结束后再发射。"

"几点？"

"十一点。"

"那还有两个半小时！我要你们现在就做！立刻！马上！还有什么比痛击敌人更适合纪念我们死去的同袍呢？"

格拉夫悄声说："又不是敌人杀了他们。"

卡姆勒扭头看着他。"你们真让我恶心！为了造你们那该死的导弹，整个国家都被榨干了，现在你们却告诉我连距离两小时车程的小镇都打不到！我要你们现在就去做，明白了吗？"

胡贝尔立正道："是，总队长！"

卡姆勒朝他略一点头。"目标名字必须保密，要保护我们的情报来源。你们可以走了。"

三名国防军军官列队离开办公室，格拉夫紧随其后。走廊上，胡贝尔疲惫地说："好了，都接到命令了，赛德尔，让你的人做好发射准备。格拉夫，导弹重新瞄准时，你最好在旁边盯着。"他耷拉着肩膀，看上去备受打击。到晚上他就会被开除了，格拉夫心想。

众人穿过大厅，步入晨光。

技术部队的帐篷内，格拉夫正俯身在一张地图上，拿着两脚规测量距离。从斯海弗宁恩到梅赫伦需要飞一百二十一公里。根据量角器的测量结果，导弹需要以 183°向南飞行，而不是之前的 260°，因此需要将发动机停机时间从六十五秒缩短到二十六秒。那就意味着要越过弹上加速器，从地面发射信号来关掉发动机。整个计算过程都很粗糙，但他只能做到这样了。他不禁低声咒骂卡姆勒。

他拉开帐门走了出去。树荫下停着一辆牵引车，牵引车拉着一辆轮式拖车，拖车上放着一枚导弹，那就是他的目标。他拉开三号控制室舱门，用螺丝刀和钳子重新连接加速器，朝下士点了点头，便站到一旁等舱门归位。舱门合上后，下士用力拍了下牵引车驾驶室的车门。驾驶员发动引擎，牵引车将导弹缓缓拉往弹头安装区。导弹将在那里装上载有一吨炸药的弹头——弹头现在还装在金属运输罐里，足足用了五个人才通过滑轮把它提升到位。弹头安装完成后，运输罐就被吊走了。五分钟后，保险丝安装完毕，导弹准备就绪。

牵引车拉着导弹穿过树林，格拉夫就像灵车旁的送葬者一样不紧不慢地跟在一旁。不多时，众人就来到一片空地上。空地上停着一辆起重吊车，吊车的龙门起重塔下停着一辆梅勒拖车。牵引车开到它旁边停下，V2 从托架上升起，移到一旁，弹头在风中晃晃悠悠。三个人紧张地抓住后面的绳子，还是把它稳住了。最后，起重机将导弹放到梅勒拖车上，前后固定。格拉夫走到牵引车驾驶室旁，打开车门。

"能搭个便车吗？"

"当然，上来吧。"

车辆向发射场驶去。格拉夫摇下车窗，探出半个脑袋呼吸着外面的新鲜空气。他凝视着窗外掠过的树林，不知道自己和卡姆勒的谈话会不会让他回到秘密警察的牢房中。但他很快便意识到自己并不在乎。他感觉自己像个局外人。他甚至没有将自己刚刚把弹道导弹的目标调整为一个比利时城镇的事情放在心上。英国人和比利时人又有什么区别？他已经杀了多少平民了？他伸手捂住脸。"上帝啊，"他想，"我算什么？"他真的有比党卫队好到哪里去吗？从某种程度上说，他甚至更糟。至少党卫队有胆量当面杀人。

发射台已经准备就绪，十余人正在一旁等待他们的到来。牵引车在十五米远的地方停了下来，格拉夫跳下车，看着梅勒拖车脱离牵引车。士兵们将钢缆连到底盘上，通过手动绞盘抬升底盘，使导弹尾部高于发射台，随后拆除支撑的千斤顶，利用液压夯抬高导弹。就这么简单！几分钟后，V2被垂直吊起，梅勒拖车上的支架将其固定在圆形平台上方几厘米的地方。再次确认后，支架缓缓下降。等导弹就位后，梅勒拖车便后撤几米。接着降下液压臂，在不同高度连上测试平台后，再次升起液压臂，和导弹相连。电缆也被拉出来进行电气测试。

格拉夫走到其中一名勘测员身边，后者正用经纬仪确定V2是否正好垂直。"这次发射的瞄准点和之前不一样。"

士兵有些惊讶地朝他眨了眨眼。在过去的六周里，从海牙发射的每一枚导弹都沿着相同的航道路径飞向了伦敦。"是新命令吗？"

"183°。你可以去问中尉。他会告诉你的。"

他看到赛德尔下了发射指挥车，正向这边走过来。他招了招手。"我算出的方位是183°。"

"很好，"赛德尔接道，"听到格拉夫博士的话了吗？士兵，重新标定火箭目标。"

"是，中尉！"

这时，不远处传来了隆隆的引擎声，四辆燃料罐车朝发射台驶来——两辆载着甲醇，一辆载着液氧，还有一辆载着过氧化氢。格拉夫和赛德尔走到一边。格拉夫说："我禁用了加速器。我算了一下，我们要在发射后第二十三秒通过无线电信号切断发动机动力。"

"如果没切断呢？"

"会击中兰斯。"

赛德尔停下脚步。"你在开玩笑吧？"

"不，我验算过两遍。如果它飞完全程，正好就会落在那里。"

"我的上帝，即便是卡姆勒也会觉得这太疯狂了！他知道这个情况吗？"

"他为什么要在乎？法国人而已。"

赛德尔摇摇头，然后就走开去盯燃料加注了，而格拉夫则来到老位置，靠着树干，随时准备上前解决专业问题。现在轮到燃料和火箭部队的人上场了。他们将保护罩从射流喷嘴上卸下，在尾翼下方装上石墨导流孔制片（因为它太容易损坏了，所以留到最后才安装），拆掉并替换电气测试中被耗尽的电池。燃料罐车在导弹附近停下，士兵们从车上拉出软管。

每一步都是例行公事。这些士兵不会知道他们为这些"例行公事"付出了多少月乃至多少年的努力。"我毕生的心血，"格拉夫心想，"就成了这样——一个攻击无辜小镇的武器。"士兵们首先泵入六千升酒精——这一过程用了十分钟——接着泵入六千七百五十公斤液态氧，又花了八分钟。软管上已经结了一层冰，泛着金属的光芒。蒸汽腾腾升起。接着士兵们将过氧化氢泵入蒸汽装置，从加热罐中取出高锰酸钠，倒入尾部装置上的一个开口。高锰酸钠将与过氧化氢反应产生蒸汽，为涡轮机提供动力。舱门关闭，罐车撤离，梅勒拖车牵引臂下降，点火装置安装完毕。最后，测量人员在发射台上调整导弹角度，使其精确对准183°。

喇叭声响起，格拉夫离开树荫，朝发射指挥车走去。上车后，他重重地关上身后的车门。赛德尔正把身子探出天窗往外看。听见动静，他关上天窗，缩回座位上。他手里拿着一块秒表。"二十三秒，对吧？"

"对。"

他拿起电话，是海牙雷达站，称已做好发射前的各项准备工作，蓄势待发。他朝中士点点头说："开始倒数。"

随着倒计时开始，格拉夫打起精神。加厚的车窗外，熟悉的场景再次上演——火花飞溅，烈焰闪烁，导弹马力全开时突然出现噪音和热量。导弹一离开视野，赛德尔便按下秒表，并对电话那头说道："准备切断发动机，倒数二十秒……十五……"

18

在此时的梅赫伦，电话突然响起，众人都跳了起来。刺耳的铃声像火警警报一样打破了屋子里的沉默。

凯满怀希望地抬起头，对即将发生的事情的期待早已开始蚕食她的神经。当通信兵团的下士拿起听筒时，瞬间就有十几道视线落在他身上。

他听了一会儿，随即举起手说道："发射了！"

铃声短暂地响了一下。凯拿起铅笔。

下士开始重复："目标方位 183，高度 31000，速度每秒 3220英尺……"

"等等。"诺斯利喃喃道。他疑惑地看向下士。"183？不应该啊。"他抓起一个量角器，猛地从座位上站起来，大步走到地图前。

凯仍在低头奋笔疾书。

"目标方位 183，"下士继续道，"高度 47000，速度——"

诺斯利打断他："请求确认方位是否有误。"

"能确认下方位是否有误吗？"下士等了一会，开口道，"方位确认无误。"在听完另一端传来的消息后，他的脸上也露出了困惑的神情。"长官，对面说导弹一直在上升，但没有发现轨道。"

"因为它是冲我们来的，"中校语气平静地说，"拉响空袭警报，寻找掩护。"

发动机被无线电信号切断后，V2 在惯性作用下以两倍于音速的速度划过鹿特丹上空。

所有人都开始低头寻找掩护，除了凯以外。她无法相信这一切居然又发生在她的身上。

芭芭拉大喊："凯——到桌子底下去！"见她没有反应，她不得不又喊了一次："凯！"

凯跪在地上，艰难地钻进狭窄的桌底。这时，从外面的大街上传来刺耳的空袭警报。芭芭拉说："这太惊险了吧。"两人并排趴在地上，凯转过头看着芭芭拉，身下的镶木地板散发着一股蜜蜡抛光后的香味，甜腻得令人恶心想吐。芭芭拉朝她露出了鼓励的笑容，然后握住她的手，轻轻捏了捏。凯用另一只手护住头——多少也有点用，她想。接着她合上双眼。天主圣母玛利亚，求你现在和我们临终时，为我们罪人祈求天主……

空袭警报停止了。

时间在那一瞬间似乎变得无比漫长。

突然，气压发生了变化——那种细微的咔嗒声在她耳边再次响起，宛如恶魔的低语——瞬息之后，头顶上传来巨大的爆炸声。随后，远处传来"砰"的一声巨响，紧接着是导弹从头顶轰鸣而过的声音。

凯静静地趴在原地。"我已经连续经历过这三部曲两次了，"她想，"和我有相同经历的人，没几个还活着的了。"半分钟后，芭芭拉低声说："结束了?"

"我想是的。"她心中突然升起一阵幽闭恐惧症的不适感，屈起肘部撑着地面，努力从桌底挤了出来。其他人也陆陆续续从藏身处冒了出来。她站起身，拂去裙子和外衣上的尘土。街道上传来警报声。有人哭了起来。

"噢，闭嘴。"西特韦尔说。

众人从金库鱼贯而出，聚集在外面的人行道上。在右手边的马路对面，布鲁塞尔门的尖顶后面升起了滚滚黑烟。人们纷纷停下脚步，就和在伦敦时一样——对发生的事情感到震惊，因被压在下面的人而恐惧，为不是自己而松了口气。

芭芭拉问："我想知道他们打中了什么？"

凯望着那股浓烟在风中微微倾斜。"像是我借住的那家人的方向。"

"天啊，希望阿诺没事。"

"走吧，"西特韦尔说，"别磨蹭了。"

众人走向总部大楼，而凯一直盯着那道烟雾。

芭芭拉说："你发现没有，每次你吻了一个男人，德国人就会朝他丢枚导弹？"

回到楼上的食堂后，诺斯利让人把门关上，然后拍拍手，引起大家注意。他身边站着一名陆军少校——方脸，身材矮壮结实，看起来像拳击手——似乎在一一打量着他们。凯能感觉到他的视线落在自己身上。"好了，大家听着，现在最重要的是保持冷静。梅赫伦地区以前被几枚 V2 击中过，但都是从德国发射的，可以说目标就是安特卫普。海牙发射场的目标只会是伦敦。所以除非他们是突然改变了目标，否则我们只能假设这是蓄意为之。"

说完，他停顿了一会儿，等待众人消化。气氛一下子变得紧张，众人小声地议论起来。

"我需要和斯坦莫尔以及安全主管谈谈。"他微微侧身，向少校点了点头。"与此同时，我们最好暂停轮班。你们可以留在总部，也可以回住的地方，我们十四点在这里集合。千万要记住——我刚才说的话不能告诉任何人。不管是对当地居民还是对我们自己的后勤人员，那只是一枚准备射向安特卫普却偏离航线的导弹。明白了吗？好了，解散。"

众人离开并分开讨论起来。芭芭拉看向凯说："你打算去哪儿？"

"我想，我应该回去看看房子还在不在。"

"要我和你一起去吗？"

"不用了，我自己可以。"

那股烟雾就像海市蜃楼，你走得越快，它就离你越远，就像是恶魔的引诱一样。远处偶尔隐约响起警铃声。等到了韦尔默朗一家所在的街道时，她发现导弹肯定是落在了市中心以外的地方，甚至可能都没落到镇上。

她拉开花园门，走到前门按响门铃，等了一会儿，又试着拉了拉门。果然是锁着的。她记得昨晚阿诺是怎么从门楣上取下一把钥匙的，于是她踮起脚尖，摸索着光滑的石头，直到碰到一片金属。

屋内寂静无人，即使在白天也很昏暗。站在挂着宗教装饰的大厅里，她非常紧张，感觉自己就像个小偷。她走进厨房，碗碟都已经清洗干净并摆放整齐。她退回大厅，想着要不要去韦尔默朗博士的书房看看，但最终还是否定了这个想法：那样就像是非法入侵了。她沿着楼梯来到楼上自己的房间。

窗帘已经拉开了。她那铺得整整齐齐的床上有一处轻微的凹陷，就像有人在上面坐过。她打开衣柜看了眼自己的衣服，随后坐到书桌前，拉开了抽屉。她的计算尺还在原处，还有对数表，以及她第一个晚上用来练习的那叠纸，但这几页纸的摆放和她离开前不一样，顺序乱了。绝大多数人都不会注意到这一点，但她是受过这方面训练的。

就像在梅德纳姆用立体镜一样，你单看一张照片，它就是平面的。你在旁边再放一张，一点一点和第一张重合，图像就会以3D 的形式跃然纸上。她盯着抽屉，过去两天发生的一切都有了新的解释。有那么一分钟的时间，她只是平静地坐在那里，记忆中那些被忽视的细节忽然串联起来了——韦尔默朗夫妇收留她时的不情愿、书房桌子上扣着的亡子的照片、酒吧里的纳粹军礼、做爱时阿诺紧张地看着天花板的样子、空空如也的食品柜，还有那天早上后门外挥之不去的烟味。

她起身离开卧室，沿着走廊走到楼梯口，顺着楼梯走上二楼，朝房子尾部走去。她猜想她正上方的房间应该就在这里，走廊的左边。房门半开着，里面有一张单人床，床单乱成一团，看上去就像是有人因为发烧而辗转反侧过。有一股浓烈的男性汗味和陈烟的味道。成堆的书籍，还有一个急救箱，箱盖开着，里面有绷带、纱布、敷料和一瓶消毒剂。梳妆台上放着一罐她送给韦尔默朗夫人的弗赖本托斯咸牛肉罐头，已经空了，里面插着一把勺子，舔得干干净净。她拉开梳妆台抽屉，里面有一张灰色的小身份证，就像护照一样，外面写着"党卫军第三维京装甲师"，里面有一张照片，照片上的年轻人和阿诺非常像，下面有名字"纪尧姆·韦尔默朗"，还有血型、指挥官的签名和一个紫色的纳粹印章。

虽然她的心紧张得怦怦直跳，但她的大脑非常冷静清醒。纪尧姆没有死。他曾为德国人效力，现在躲起来了，看样子是受了伤。他不敢在外面露面。所以，即使大家都出去了，他一定还在屋里。他肯定听到她敲前门的声音，听到她进屋的声音，听到她进入厨房和上楼的声音。

她慢慢转过身，想着可能看到他在自己身后。但门口没有人，楼梯口和楼梯上都没有人。她下到一楼楼梯口，站在栏杆处往大厅里看。黑白相间的瓷砖地板上空无一人。他不可能在其他卧室里，所以他要么在客厅，要么在他父亲的书房里偷听。鉴于客厅看起来很冷而且没有人的痕迹，后者的可能性更大。她算了下到前门的距离，可以跑出去，但也可能被拦住。最好是若无其事地走过去。她环顾四周，想找点趁手的东西以防万一，但什么也没看见。很好。她活动了下肩膀。走。

她走下楼梯，来到前门，打开门，走到屋外。钥匙还插在锁眼里。她锁上门，把钥匙放回门楣上。从书房窗户望出去，就可以看见花园。现在窗帘紧闭。她可以想象他站在窗户旁，微微掀开厚重的窗帘，从缝隙中窥视着她。她极力压制住内心想要逃跑的本能，尽量小心翼翼地穿过草地。快走到门口时，花园门打开了，韦尔默朗一家走了进来，惊讶地停下脚步。她朝三人走去。"谢天谢地，"她说，"你们没事。"

韦尔默朗博士冷冷地说："你在这里干什么？"

"我来看看你们怎么样。"她的声音听上去像是被人掐住了脖子，又高又假，所以她又补了一句："你们知道导弹落在哪儿了吗？"这次听上去正常多了。

阿诺专注地看着她。"我们去了那里，但不能靠近，似乎是击中了一块田地。"

"运气太好了。"她努力朝他露出笑容。"好吧，既然你们都没事，那就晚上见了。"

三人堵住了她的去路。她走了过去。有那么一瞬间，她以为阿诺会阻止她。他似乎在权衡利弊。最后，他说："好，太好了。"接着便站到一边让她过去。片刻之后，她就穿过花园门，来到了街上。

走到大教堂附近的广场时，她挥手朝一辆英国陆军吉普示意——里面坐着一名下士和两名二等兵。吉普驶过鹅卵石，在她面前刹住车。下士开口道："长官，出什么事了吗？"

"我怀疑这附近的一所房子里躲着一名德国士兵。"

19

杜英迪格特赛马场位于军团发射区中心，始建于大战之前，地处斯海弗宁恩和瓦瑟纳尔之间，离海约两公里，四周是平坦的林地和沙丘。它是一个八弗隆长的椭圆形赛场，共有三个看台。施托克中尉小队的集体葬礼将在此地举行。

格拉夫并不想去。在针对佩讷明德发动的突然袭击过去四天之后，人们在铁路旁匆匆挖了块墓地，把上百具棺材草草埋在公墓中。他甚至不知道卡琳在哪具棺材里，但他怎么能用这个当借口？他要对这些人的死负责，所有人都要负责。他必须出席葬礼，以示敬意，这是他的义务。因此，等发射结束，发射组成员收拾好场地后，他便和申克中士及一名下士一起上了赛德尔的吉普。赛德尔开车，他坐在副驾驶，剩下两位则坐在后座，一行四人朝赛马场出发了。

当他们到达的时候，油漆剥落、木材腐烂的破旧看台上几乎坐满了人。有一千多人赶了过来，不管是自愿的还是非自愿的，有管理军团的司令部直属部队、负责从火车上卸下导弹并完成发射前准备的技术部队、燃料和火箭部队、发射部队，以及其他辅助人员——司机、维修人员、通信兵、厨师、高射炮兵、支援投手和无线电报务员——他们被派往这片荒凉的海岸，只为向英国人发射导弹。他们肃穆地坐在座位上，听着乐队演奏圣诗精选。

天空很高，灰蒙蒙的，没有云，也没有英国皇家空军的踪

228

迹。沙地上长满了茅草，草丛中有一个低矮的平台，平台上摆着六把椅子和一个话筒。一名新教牧师和一名天主教神父并排坐在椅子上。平台前摆着十二口棺材，每口棺材上都盖着一面纳粹党旗，党旗上放着死者的帽子。一支仪仗队站在棺材旁，肃立等待。眼前这些孤零零的帽子和耳边悲伤的音乐让格拉夫心生沮丧，就和在佩讷明德时的情况一样。他摘下帽子，用袖子擦了擦眼睛。

赛德尔一脸担心地看着他。"格拉夫，你还好吧？"

"我没事。"

几人走上看台，发现还有几个空位。其他人纷纷起身让他们通过。在他们落座后，卡姆勒的奔驰开进了赛马场。它慢慢驶过看台，在棺材前停了下来。车门打开，卡姆勒从副驾驶位走了下来。胡贝尔上校和另一位高个子的党卫队军官也从后座走了出来。三人在棺材前站成一排，背对看台，伸出手臂行纳粹礼，然后走上平台，依次落座。为了表示对死者的尊重，他们摘下了帽子。东风掀起了纳粹党旗的一角，也吹乱了第二名党卫队军官浓密的金发。他抬起手把它抚平，这个熟悉的动作让格拉夫一眼就认出了这名军官，毕竟他之前见过太多次了——在柏林"火箭空港"风吹日晒的荒地上，在库默斯多夫的试验靶场上，在北海的博尔库姆海滩上，在佩讷明德的前滩上，在波兰中部的布列兹纳平原上……

鼓声响起，全体起立，乐队开始演奏追悼歌《我曾有个战友》。上千人一起合唱：

我曾有个好战友
再也没人比他好

战鼓响彻云霄

他走在我身旁

与我并肩上战场……

冯·布劳恩也在一起唱歌，目光却一直不安分地往看台上瞥——来来回回，上上下下——最后落在了格拉夫身上。

格拉夫移开了视线。

在那之后，他的心思就不在葬礼上了，无论是圣诗、两位神职人员的虔诚布道，还是胡贝尔的悼词（"他们为了祖国而牺牲，为我们的神圣事业献出了生命……"）。此时，一个个逝去的亡灵浮现在他的脑海之中——最后那晚在海滩上的卡琳，妓院里拿着刀站在他面前的女孩，死前拿着那罐煤油的瓦姆克，散落在弹坑周围的人类遗骸，还有在诺德豪森隧道里的奴隶工人的身影。直到卡姆勒的声音——他的声音从话筒中传出，显得有些尖锐又刺耳，还断断续续的——将他从回忆中拉回现实。

这名党卫军将军正站在话筒前，手里拿着一张纸。格拉夫试着集中注意力，然后捕捉到一些奇怪的字眼——"西方文明的十字军……元首的历史使命……最终胜利得到了保证……"

卡姆勒挥了下讲稿。"复仇之师的各位！我在此给各位分享一则帝国国民教育与宣传部的公报。'截止到今天，V2 已经摧毁了伦敦泰晤士河上的三座大桥。国会大厦遭到严重破坏。莱斯特广场方圆五百米内没有一栋建筑幸存。皮卡迪利广场也被摧毁了。伦敦塔在爆炸中受到相当大的破坏。'把这个作为他们的墓志铭吧。"

卡姆勒把这张纸叠好放回内袋。"我们的同袍没有白白牺牲！

你们付出的努力没有白费！你们发射的每一枚导弹都会给敌人带来沉重的打击！我们是复仇之师！我们终将胜利！希特勒万岁！"

众人的沉默似乎让他有些不自在。他放下手臂，从话筒前退开。他看了眼冯·布劳恩，又看了眼胡贝尔，后者朝仪仗队队长点了点头。

"预备！"

士兵们举起步枪，枪口对准天空。

"鸣枪！"

枪声响彻赛马场上空。士兵们重新装弹。

"鸣枪！"

再次装弹。

"鸣枪！"

最后一声枪响消失后，格拉夫站起身。他心里已然有了决断，而且他想在冯·布劳恩找他说话之前离开。

赛德尔抓住他的胳膊问："你急什么？"

"我们还有枚导弹要发射，你还记得吧？"

"是这样没错，但我觉得你需要休息。"

"先准备导弹，再休息，我保证。"

V2 正在树下的拖车上等着他。他让下士打开二号控制室的舱门。

那人一脸疑惑地问："今天早上开的是三号。"

"现在要开二号了。"

士兵照做了。他们都认识格拉夫博士，也都很信任他。那个舱室里面很难操作。格拉夫不得不仰面躺在导弹下方，将手伸进内部摸索着。最后，他摸到了胶合板平台上的程序钟表机构——

那个装置比他的手还小——并扯断了电线。

他从弹体下滑了出来。"可以了。可以关门了。"

在导弹被拖到起重机上时，他再次走到旁边，看着起重机把它放到梅勒拖车上。这次他没有要求搭车去发射场。他有很多时间。他沿着小路慢慢穿过树林，找到一个不错的地方，便将外套铺在地上，坐了下来。他接连抽了好几根烟，一直注意着树林里的声音。几个星期以来，他第一次感到内心如此平静。他现在已经不再为亡灵所困扰了。他在这里逗留了大半个小时，接着继续朝发射场走去。

导弹已经加满燃料，在发射台上就位了。电气测试已完成，电缆已断开。士兵们正准备将测试平台从梅勒拖车的液压臂上拆除。比韦克小队长正拿着笔记本在那里看着他们操作。

格拉夫语气愉快："还在收集信息呢？"

"我认为这是值得关注的，不是吗？历史上第二枚直接射向英国陆军部队的导弹？"

"值得关注——是的，这个词很恰当。"然后他像是自言自语地说了一句："我最后还想检查一下变压器。"

"不用了，博士，所有东西都测试过了，一切正常。"

"虽然你这么说，但我们之前出过太多问题了。还记得施托克中尉的遭遇吗？再给我五分钟。"

还没等士兵提出反对意见，他已经爬上导弹了。

"它真大啊！"他想，"真是强大！"他甚至能透过薄薄的金属膜感受到导弹潜在的能量。毫无疑问，这是他们造出来的强大之物。它应该有个更好的去处。他继续往上爬，一直爬到最顶层的平台。他从口袋里翻出螺丝刀，拧开三号控制室的舱门。在陀螺仪的金属弹片旁边，正是他此次的目标：无线电接收器。他把钳子伸进去，剪断电线，关上舱门，拧紧，开始往下爬。

回到地面后，他说："你说得对，一切正常。享受发射吧，比韦克。"

他朝发射指挥车的方向挥了挥手，竖起大拇指。液压臂脱离导弹，梅勒拖车退到一边。

格拉夫沿路走了几百米，停下脚步转过身。警笛响了起来。他拿出双筒望远镜。导弹孤零零地矗立在那里，只连着金属天线和连接电缆。熟悉的白色蒸汽云从液氧罐上方的通风口喷薄而出。一切都是那么安静，一切都很好。萤火虫开始在导弹底部飞舞。火光化身为一道橙色的气流。钢架掉落，电缆断开，发动机全速运转时发出的噪音和冲击波使他踉跄后退，但当 V2 升空时，他一直用望远镜对准她。

飞行一秒……二秒……三秒……四秒……

就是现在！

导弹没有倾斜。控制室里的钟表机构徒劳地向前走着。在两个陀螺仪的引导下，它完美地以垂直 90° 的角度，肩负着光荣的使命冲向天空。

喇叭里炸了一下，传来一个声音："倾斜程序失败！断开发动机！"

他可以想象，在他们发送了无线电信号后，指挥车里将陷入怎样的一片混乱。

"断开发动机失败！"

几分钟后，包括比韦克在内的发射排成员从灌木丛里钻了出来，沿着公路朝他跑去。他们飞跑过去，惊慌地朝他大喊，让他离开现场。在与他擦肩而过的时候，比韦克皱着眉头瞥了他一眼。格拉夫站着没动。

233

透过望远镜，他可以清楚地看到排气口喷出的火焰。那年夏天，他们以这种方式在佩讷明德发射了一枚测试火箭以观察它重返大气层的情况。他们记录到的最高高度为一百七十六公里。它将继续上升，突破大气层的种种限制，穿过对流层、平流层和中间层，扎入温度极高的热气层；然后它会摇晃、翻转，最后像飞镖一样扎中目标。

导弹渐渐变成小点，最后消失在云底。他收起望远镜，坚定地朝那片空地走去。

20

凯只身坐在军官食堂的角落里。时间刚过四点半，太阳已经落山了，她一整天都没有看见太阳。食堂亮起了灯。几名下值的陆军上尉正站在吧台前，边喝酒边说着荤话。他们之前还邀请过她。

"不了，谢谢。"

这里除了他们以外，没有别人。几个军官你一言我一语，不时爆发出一阵震耳的哄笑声，还将杯子重重地砸在吧台上。她的手提箱放在椅子旁边，大衣搭在上面。她的命运之锤在大楼里的某个地方悄然落下。

她带着巡逻队来到韦尔默朗家。之前在街上的时候，她已经和他们解释过家里的布局。一开始，他们并不相信，怀疑她只是一个歇斯底里的女人。下士说："那么，这个德国人，他有武器吗？"

"他不是德国人，我说过了，他是比利时人，但是为德国人效力。我不知道他有没有武器。"

"听起来不太可能，希望你不介意我这么说。"

"他隶属于党卫军第三维京装甲师，不知道你们有没有印象。"

听到这句话，他们的态度立刻变了。"该死的，"一个二等兵说，"我们要叫人来增援吗？"

"不用。"说着，下士伸手拿起步枪。"我们可以搞定。"

几人从花园门口进去。一名二等兵在花园中待命，枪口瞄准了房子。另一名沿着小路悄悄溜到后门。下士则和凯走上大门前的台阶，并示意她按响门铃。

一开始什么都没有发生。过了约半分钟后，门内传来钥匙转动的声音，接着门闩被拉开，大门打开，穿着深绿色开衫的韦尔默朗博士出现在门口。

凯说："抱歉打扰您，韦尔默朗博士。我们需要搜查这所房子。"

他原本挺直的背垮塌下来。他把头靠在门框上，似乎想说些什么，但最后还是放弃了。"纪尧姆在厨房。跟我来。"

在这之前，凯一直以为这一切都是她凭空想象出来的，是一个令人尴尬的误会，她需要向所有相关人员道歉。但他就在那里，坐在厨房的桌子旁，旁边是阿诺和他母亲。他是个年轻人，看上去似乎刚刚成年而已，脸色苍白，头发蓬乱，穿着一件破旧的蓝色套头衫，左手缠着绷带。他们抬起头，没有动，仿佛等这一刻已经很久了。

下士对凯说："是哪一个？"

"穿蓝色衣服的那个。"

"他？"下士语气中充满了不可置信。他拿起枪，朝纪尧姆比画了一下。纪尧姆摇摇晃晃地站起来，举起双手。"出去。"他朝门口点了点头。

他们走后，凯尴尬地站在厨房里，独自面对这一家子。她看向阿诺，摊开手说："我很抱歉。"

他回望着她，表情十分可怕，仿佛在指责她的背叛——她永远不会忘记这个表情。过了一会儿，后门开了，士兵走了进来，把枪口对准了韦尔默朗家的其他人。他对凯说："告诉他们穿上外套，跟我们走。"

韦尔默朗博士疲惫地回道："没关系，我们明白。"

"然后她说：'别担心，我不是处女！'"上尉被自己的笑话逗笑了。他的同伴把杯子啪地放在了吧台上。

"卡顿-沃尔什中尉？"

她抬起头，看到一名年轻的上尉正站在门口。"我是。"

"请跟我来。"

她拿上外套，提起箱子，跟着他上了二楼。一扇紧闭的门后，有电话在响。一名下士抱着一摞文件穿过走廊。两人一直走到走廊尽头才停下，上尉上前敲了敲门，随后打开门，站到一边让她进去。

那名方脸少校坐在桌子后面，面前摊放着一份文件。诺斯利中校坐在旁边的椅子上。凯敬了个礼。少校开口道："中尉请坐。"她麻木地照做了。他把手放在桌上，肉乎乎的，手背和手指上还有黑色的毛发，看上去就像动物的爪子。"真是一场精彩的表演。"

"是，长官。"

"有什么想说的吗？"

"我只想道歉，长官。"

这两个男人很快对视了一下。

诺斯利说："为什么道歉？"

"我不应该把与工作相关的文件留在房间里，这是不可原谅的失误。"她犹豫了一下。"我也不应该和当地人发生任何关系。"

诺斯利问："我猜你说的是另一个儿子?"

"是，长官。"

"你泄露了任务细节吗?"

"没有，长官，绝对没有。"

"但他试图查明你在做什么?"

"他问了些问题，我什么都没说，但我引起了别人的注意。"一想到自己干的蠢事，她就恨不得钻进地里。"容我辩解一下，我并不知道这家人是支持德国人的。"

少校说："替你辩解一下，我认为他们没有支持德国人——小儿子肯定有，但据我们所知，其他三个人只是想保护他。"他低头看了看文件。"1941 年，德国人侵苏联后不久，他自愿加入了德军。当时欧洲有成千上万的年轻人做出了同样的选择。他们误以为自己加入的是基督教文明的十字军。他那时是十七岁。今年在东线战场上，他所属的部队损失惨重，所以他们被调离了前线。就在我们到达比利时之前，他似乎是开了小差，跑回家找爸爸妈妈去了。"

听到这个消息，她开始思考。这和她想的完全不一样。"长官，我可以问个问题吗?"

"当然。"

"如果他是个逃兵，而且一直藏在家里，他是怎么把我们的消息告诉德国人的?"

"很显然，他没有做这事。"

多年以后，每当她回想起阿诺的时候——虽然这种情况很少发生——她都会记得这最糟糕的时刻。

少校继续道："今天凌晨一点左右，电信情报局截获了一段从梅赫伦发往柏林的短波信号，并追踪到了城里的一幢公寓。我们已经封锁了这幢大楼，所有居民都被留下接受审问。我们搜查了所有房间，最后在当地一名教师的家中发现了一台无线电发报机。据我们在抵抗组织中的线人称，他一直被怀疑通敌，但因为没有证据，所以没有抓人。我想你应该知道我接下来要说什么了。"

她低下头："是，长官。"

"那天晚上，科尔维尔中尉在他的公寓里待了一段时间。她坚称自己从未和他说过工作的事，而他一直拒绝开口，但他肯定会以间谍罪被处以绞刑。但是……"他翻了个白眼，松开爪子似的拳头。"从无线电传输的信息来看，情况并非如此。"

诺斯利补充道："不幸的是她不够谨慎。"

"噢，上帝啊，"凯说，"可怜的芭芭拉。"

"确实很可怜。"

"她之后会怎么样？"

少校说："她正在回英国的路上。别告诉别人，我怀疑她会被起诉——我们没办法向法院提供任何证据。"

诺斯利说："但她肯定会失去这份工作，并被调到其他岗位。"

"那韦尔默朗一家呢？"

少校耸了耸肩。"那是比利时人的事了。他们一家肯定要进监狱了。你可能已经注意到，他们对逃兵的容忍度基本为零。"

"是，长官。"

"至于你，中尉，"诺斯利凑上去盯着她说，"你想回梅德纳姆还是留在这儿？我不能保证德国人会不会再朝我们丢一枚导弹，但他们肯定知道这是毫无意义的。如果他们这样做了，至少伦敦就能少挨一枚。"

她惊讶地看着他。上楼后，她以为自己会被解雇，现在却有了选择的机会。她还记得前一天那种兴奋的心情——感觉自己亲

239

身参与了战争，给敌人以迎头痛击。这都不用选。"我要留下，长官，谢谢您。"

"很好，我会告诉西特韦尔中尉。你今晚可以住在科尔维尔借住的地方，明天早上见。"

她站起来行了个礼，拿上箱子和外套。"长官，我想问一下，敌人今天还发射了 V2 吗？"

"只发射了一枚，"诺斯利说，"应该是失误了。据我们所知，它没有击中任何目标。"他用手做了个上升的动作。"它直接飞进了太空。"

21

格拉夫站在发射台旁，仰头张开双臂，准备迎接死亡。

来吧，你这个混蛋！到爸爸这儿来！

他知道这纯粹就是装装样子的。无论是刮了一整天的东风，还是平流层里可达每小时两百公里的风速，都会影响导弹的降落。而英国人居然通过抛物线曲线来计算发射位置，就显得很荒谬。陀螺仪和方向舵会努力对抗自然规律，让导弹保持飞行方向。但如果没有无线电信号的电子制导，导弹永远不可能飞在预定的航线上。

在盯着云层看了五分钟后，他放下手臂。它肯定是被风吹到海里去了。

他转过身，穿过依然空荡荡的树林往斯海弗宁恩走去。无论接下来会发生什么，他都已经做好准备。

一小时后，他回到旅馆，有六名炮兵团士兵正等在走廊上。见他过来，他们默默地让开一条道。走上楼，他就看见自己的房间门大开着，门框都碎了。他凑近一看，发现房间里有几名秘密警察。他们掀翻了床，还拆开了床垫。比韦克还打开了他的手提箱。他此刻正站在窗前，借着窗外微弱的光线端详着其中一卷微缩胶卷。他皱着眉头问：

"这是什么？"

"我不知道。"

"你觉得我们会信吗？"

"我不在乎你信不信，反正我不知道里面有什么。"

"它为什么在你房间？"

"有人让我收好它。"

"是谁？"

"冯·布劳恩教授，你可以去问他。"

"噢，我们会的，别担心。但现在我们有很多问题要问你。"

他们把他押到街上，塞进一辆早已等候多时的汽车。随后，那辆汽车穿过漆黑的街道，来到离镇中心不远的秘密警察总部。那是一栋现代化的大房子，看着很奇怪、很邪恶，屋顶很高，砖块结构，几乎没有窗户，形状像一顶僧帽。

他被带进一楼的审讯室，他的档案已经摆在桌子上，看上去有十厘米厚。这些东西到他们手里肯定有段时间了，格拉夫心想，可能是从斯德丁的地区办事处来的，或者更可能是从柏林阿尔布莱希特亲王街的全国总部来的。难怪比韦克从一开始就对他了如指掌。

比韦克在他对面的椅子上坐下。

"是你搞的破坏？"

"我没有。"

"三天前你破坏了一枚导弹，造成十二人死亡，今天下午你又破坏了一枚。"

"我没有。"如果来的不是民族社会主义督导官，他可能会忍不住说出真相，只为了结这件事。但他是不会让比韦克满意的。"是导弹出了问题，你知道的，十分之一的概率。还是说你认为每次发射失败都是我的责任？"

"技术部队有个士兵说你让他打开了二号控制室，而不是三号控制室。"

"他记错了。"

"就在发射前不久，你爬上去弄坏了无线电接收器。"

"我没有，我当时说了，我想检查一下变压器。你之前也见过。"

"为什么撒谎呢，格拉夫？别的不说，你在导弹失控后的行为也非常可疑。"

"如果你想说的是，我为什么不和你们其他人一起逃跑，我为什么要跑？它降落在起飞地点的概率只有百万分之一。"

比韦克看起来很恼火。他瞥了一眼两个抱臂靠在墙上的秘密警察。"听听他的谎言！"

其中一人问："你想让我们接手吗？"

"是的，当然。我受不了这头猪了。我要去看看那些微缩胶卷上面有什么。"

他起身离开房间。两名秘密警察在格拉夫对面坐了下来。刚才没有说话的那位翻开了他的档案，还没开口就已经让人感觉到他的疲惫："你第一次被捕是在今年3月22日……"

在那之后，格拉夫被扔进一个地下室的牢房。这里没有窗户，只有一张薄薄的床垫，还有低瓦数的灯泡发出黄色的光亮。牢房里很冷。他的腰带和鞋带都被拿走了，但外套被留下了。他躺在床垫上，把外套当毯子披在身上。这地方有个可怕的名声，床垫上的褐色血迹似乎证实了这一点。他不想看到它们，便盯着天花板发呆。

他会想念什么？事实上并不多。肯定有他的父母，他有一年没见到他们了。还有佩讷明德的一些人。他会想念波罗的海那些阳光明媚的日子，想念炎热的一天后水面上摇曳的光影和松树散发的清香。但卡琳已经死了，他也不会想念火箭。已经结束了。他人生的目标也随之消失了。

大约过了一小时，他听到走廊里传来一阵脚步声。有人打开了门，两个像夜总会保镖一样肌肉发达的圆头男人走进牢房，把他拉了起来。现在，不愉快的部分开始了。他们把他推到走廊里，叫他快点走。但他没有鞋带，所以走不快。他趿拉着鞋，拼命往前赶。其中一个人在后面推了他一把，把他推倒在地，又踢了他一脚。他好不容易爬上楼梯，又摔了一跤。他们把他拽起来，一路拖到一扇门门口，敲了敲门，接着门开了。

不同的房间，同样的秘密警察。比韦克坐在桌前，正把一卷三十五毫米的胶卷绕到一台笨重的缩微胶卷阅读器上。屏幕上短暂地闪过"绝密"两个字，接着是模糊不清的数学计算和各种复杂的图表。他暂停在一个画面，调整焦距，眯起眼睛看了看。

"这是什么？"

格拉夫凑了过去。"那是真空罐……炮口制退器……固定扩散器……拉瓦尔喷管……蜂窝结构……"

"是的，但它是什么？"

"我不能告诉你，这是机密。"

比韦克一拳打在他脸上。格拉夫向后踉跄了一下。脑袋嗡嗡作响。他往鼻子上一摸，果然摸到了热乎乎的液体。

"这是对你无礼行为的惩罚。下一次就是因为你拒绝合作。所以，我再问你一次：它是什么？"

格拉夫盯着手指。他的鼻子比他想象的还要疼。而这也仅仅是个开始。"没有接触绝密材料的许可证，我无权与任何人共享机密材料。"

比韦克缩回拳头。格拉夫闭上眼睛，鼓起勇气。什么都没有发生。他睁开眼睛，发现比韦克仍然举着拳头，但他的注意力转移到了别的地方。格拉夫的耳朵嗡嗡作响，只能隐约听见门外有人争吵。接着，门突然被推开，一名党卫队军官大步走了进来。他的领子上有四个银色的方块，象征着来人突击队大队长的身份。比韦克和两名秘密警察立刻立正敬礼。

"希特勒万岁！"

冯·布劳恩也向几人敬礼。"这是怎么回事？"他扫了眼屏幕说，"马上把它关掉！"比韦克急忙按下开关，屏幕黑了下来。"我需要这里所有人的名字。"

比韦克说："请容我解释一下情况，冯·布劳恩教授。格拉夫博士因蓄意破坏被捕。我们在他的房间里发现了一百零七卷微缩胶卷。我只是在请他解释一下。"

"请？我的天啊！这就是你所谓的请？"冯·布劳恩从口袋里掏出一块干净的白手帕，递给格拉夫。"你还好吗？"

"我想是的。"他轻轻擦了擦鼻子。摸上去感觉有组织松动了，像海绵一样，很痛。

冯·布劳恩回头看着比韦克说："你怎么敢这样虐待我的高级人员？卡姆勒总队长授权这次逮捕了吗？"

比韦克看起来很不自在。"没有，我想联系他，但他已经在回海伦多伦的路上了。"

"所以，"冯·布劳恩说，"没有授权。"说着，他又看向两名秘密警察。他威严地说："接下来是这样，小队长。"他甚至不屑于看比韦克一眼。"你把那卷微缩胶卷从机器上取下来，不要打开屏幕，除非你想被起诉。然后把它和我委托格拉夫博士保管的其他胶卷一起还给我。然后格拉夫要和我一起回佩讷明德，如果你想进一步追究这起荒谬的指控，他可以在那里接受审问。明白了吗？"

"恕我直言，我有权代表民族社会主义督导部——"

冯·布劳恩没有理会，而是对另外两人重复了一遍："明白了吗？"

两人对视了一眼，点了点头。

冯·布劳恩把手提箱递给了司机。格拉夫蹲在砾石路上系鞋带。"上车再系，"冯·布劳恩说，"不要抱有侥幸心理。"

格拉夫爬进后座，坐在他身边。奔驰车驶出大门，上了马路，随后往左转。司机看了眼后视镜。"教授，去哪儿？"

"佩讷明德。我们可以在不莱梅停下加油。"

汽车加快了速度。

格拉夫仰着头，用手帕捂住鼻子。"我不想回佩讷明德。"

"别傻了，你不能留在这儿。"

"即便如此，对我来说，一切都结束了。"

冯·布劳恩叹了口气，倾身向前。"离开这里，"他对司机说，"然后找个地方靠边停车。"

天已经黑了，还在下雨。车窗上的雨刷来回地刮着。格拉夫不知道他们在哪儿。又过了五分钟。刚过一个十字路口，他们就驶离马路，颠簸着开到一片草地上。司机打开了车里的灯。

"来吧。"冯·布劳恩说。

两人下了车，在蒙蒙细雨中走着。格拉夫侧着脸，蘸了蘸鼻子。他可以听到远处海浪拍打海岸的声音。两人走到一棵树下避雨。冯·布劳恩点燃一支烟递给格拉夫，自己也拿了一支。他穿着黑色制服，打火机的火光只照亮了他的脸，而他的身体隐没在黑暗中。

"还没有全部结束，"他说，"对我来说不是，对你来说也不是。对德国来说，是的，结束了，但那是另一回事。"

"我不想听。"

"听我说。我有个计划。我已经和多恩贝格尔他们讨论几个月了。我们想让你加入我们。每项规格，每个设计，每次测试结果都用微缩胶卷保存了至少两次，并分散保存：火箭发动机、涡轮系统、制导机制——所有东西。所以我才给你风洞的设计图。它们的速度可以达到八马赫，世界上没有任何东西能与之相比。在接下来的几个月里，我们要把它们收集到一起，形成一个无价的文件。"

"为什么？"

"为了在战争结束后就把它交给美国人，连同我们自己。"

格拉夫盯着他。树木的阴影下，他看不清冯·布劳恩的脸，只有香烟的红点在黑暗中不时移动。"你疯了。"

"我一点儿也没疯。我们会在战后继续实施整个计划，就像什么都没发生过一样。相信我。"

"那么，我们是要为美国人造导弹？"

"一开始是导弹。"烟头在黑暗中画了一条长长的弧线。"然后就回到我们一直以来的目标：宇宙飞船！"

"宇宙飞船！"格拉夫笑了起来。他的鼻子疼得要命，肯定是断了。尽管如此，他还是忍不住。

"你认为我在开玩笑？"冯·布劳恩听起来很不高兴，"我既然能说服阿道夫·希特勒花五十亿马克来造火箭，难道就不能说服美国人登上月球吗？"

格拉夫回头看了看路，开始考虑步行回斯海弗宁恩的事情。但现在雨下得更大了，自己也筋疲力尽。他选择随波逐流，看看自己会被带到哪里。"随你怎么说，"他扔掉烟头说，"我们回车上去吧。"

22

"这完全是地理上的问题，"供应部的人说，"俄罗斯人分得佩讷明德，美国人分得诺德豪森，恐怕我们最后得不到什么。"

"除了弹坑。"空军准将接道。所有人都笑了起来。凯盯着自己的手。这是她自去年 11 月以来第一次见到迈克。他们又回到了那间批准梅赫伦行动的会议室。他在陆军和皇家空军的高级官员中如鱼得水。

"安静！"供应部的马利·鲁克爵士说，"我们在库克斯港还有四枚未爆炸的导弹，还抓了一些技术部队的人。我们计划在下个月发射导弹。但这些只不过是大佬手指缝里漏下的一点残渣而已。美国人收获了近一百枚 V2。所以我们要充分利用今天的时间。"

"他们什么时候来？"

"他们昨晚从慕尼黑到了诺霍特。陆军部把他们安排在温布尔登过夜。美国人希望他们明天就回德国。"

"知道美国人给他们许了什么好处吗？"

"他们和妻子可以在美国开始新生活，虽然一开始行动会受到限制，但在恰当的时候会被授予正式的公民身份。"

"很难跟他们竞争啊。"

"是的。当然，钱也不是问题。"鲁克一脸郁闷。"另一方面，他们必须住在新墨西哥州白沙国家公园的原子弹试验场。上帝保佑他们。在这里，至少他们会离家更近。无论如何，这值得一试。"

"有谁会来？"

"冯·布劳恩，总负责人；施泰因霍夫，负责制导和控制系统；席林和格拉夫，负责火箭推进系统。冯·布劳恩和格拉夫都会说英语，但我们也准备了一个翻译，免得谈话内容过于专业。"

"好的，"迈克看了眼手表说，"他们马上就到了。不如在这里和他们聊聊？我安排了啤酒和三明治，在休息的时候送进来。卡顿-沃尔什中尉？"不知为何，他虽然视线落在她的脸上，但注意力并不在她身上。

"是，长官？"

"要不你带上东西在走廊那边的办公室里等着，时间充裕的话，我们就让你也参与进来？"

"是，长官，谢谢长官。"她起身敬了个礼。她本来很害怕再见到他，但现在看来，情况还不算太糟。她现在一点感觉都没有。

这四个德国人坐在同一辆车上，奥斯汀12，空军部能提供的最大的汽车。冯·布劳恩坐在副驾，其他三个挤在后排。一辆载满宪兵的小轿车紧随其后。

那天雷声阵阵，车里有一股温暖的皮革和香烟的味道。通往伦敦南部郊区的路似乎没有尽头。格拉夫说："有人介意我开窗吗？"没有人回答，他们都在盯着被炸弹炸毁的街道。他摇开车窗。联排住宅被导弹撕毁，到处都是斑驳的油漆和褪色的墙纸、撕裂的地板、遽然断裂的楼梯及其参差不齐的截面，依稀能看到过去的影子。

冯·布劳恩用英语对司机说："请问这是伦敦的哪个区？"

"旺兹沃思。"

"是被 V2 击中了？"

"是的，"司机冷冷地说，"经常的事。"他们在一个红绿灯前停了下来，旁边突然出现了一片瓦砾和杂草。格拉夫注意到旁边倒着一辆没有轮子的婴儿车。"既然你提到了，那是去年 11 月的事了。一枚 V2，九栋房子，三十四条人命。"

"11 月，"格拉夫心想，"可能是我发射的。"

冯·布劳恩抬头看了一眼。"都清理干净了，"司机语气有些失望，"你们看不到它造成的破坏了。"

汽车从桥上开过，开到了泰晤士河边上。这里河面宽广，颜色灰暗，波涛汹涌，和北海一样。很快，国会大厦便出现在众人眼前，上方一面巨大的英国国旗在灰黄色的天空下随风飘扬。格拉夫说："卡姆勒不是说这里已经被炸毁了吗？"他俯身问司机。在被美国人审讯三个月后，他的英语水平有所提高。"皮卡迪利广场真的没了吗？"

"它今早上还在那儿。"

"莱斯特广场呢？伦敦塔呢？还有河上的三座桥？它们没被击中？"

司机看着后视镜里的格拉夫回答道："你们被骗了。"

看着眼前完好无损的政府区，施泰因霍夫感觉自己的职业生涯受到了侮辱。"他在说什么？"

"他似乎是在暗示我们的目标大部分是住宅。"

"我不相信。我们朝伦敦发射了一千多枚导弹，全都是瞄准中心的。"

"放松点，施泰因霍夫，"冯·布劳恩说，"战争结束了，这是最好的结果。要是我们真的击中了白金汉宫，害国王丢了性命，他们态度还会这么好吗？"

司机在一条宽阔的弯道的拐角处停下车，旁边矗立着一栋高大的建筑。"先生们，到了，"司机说，"空军部。"接着小声加了一句："滚蛋吧！"

他们上楼的时候，凯正在走廊里。四人穿着略显破旧的便服，身边跟着迈克的副官。其中两人拿着帽子，一边紧张地拧着帽檐，一边环顾四周，似乎不敢相信自己身在何处。在过去的几年里，佩讷明德的科学家们一直是她生活的中心，在她心目中几乎是神一般的存在。现在神明落入凡尘，她的心里有些怪怪的。上尉敲了敲会议室的门，随后打开，领着众人走了进去。最后进门的人转身看了她一眼——昏暗的光线下，两人之间似乎建立了某种联系——便消失在她的视野中。她在走廊里转悠了几圈，耳边是男人们低沉的声音，时不时还传来一阵笑声。他们似乎相处得很好。她回到办公室，把照片、地图、平面图和那天早上从梅德纳姆带来的立体镜放在桌上，然后坐下等待。

冯·布劳恩始终掌控着全局。他站在黑板前，左手插在上衣口袋里，右手拿着一支粉笔。他没用稿子，偶尔会转身写下一个化学式，或者画一张示意图，而英国的技术专家们则在专心致志地做笔记。房间里越来越热。无论是穿着厚卡其布和蓝灰色哔叽制成的衣物的专家，还是穿着黑色西装外套和细条纹长裤制服的文职人员，他们现在都有一个共同点，那就是汗流浃背。上午快结束时，窗户终于打开了，外面车辆的声音传了进来。

格拉夫面无表情地盯着冯·布劳恩，没有听他说话。毫无疑问，他欠冯·布劳恩一条命。2月底，冯·布劳恩再次穿上党卫队的制服，带着他们坐汽车和卡车离开佩讷明德，先向南到了诺德豪森，接着继续向前，来到巴伐利亚阿尔卑斯山脉。在此期间，冯·布劳恩始终关注着美国在前线的情况。在奥地利边境的一家滑雪旅馆里，他们得知希特勒自杀的消息，接着是卡姆勒自杀的消息：卡姆勒让司机靠边停车，自己走到路上开枪自杀。一周后，工程师们向美国人投降，冯·布劳恩交代了佩讷明德档案的下落——在一个矿井里。谈判进展顺利，交易达成。包括格拉夫在内的一百多名科学家将在美国开始新的生活。不久后，第一批先遣队将登上从勒阿弗尔开往纽约的船只，前往新墨西哥州。这次来英国纯粹是为了作秀，但现在听冯·布劳恩讲话的人绝对不会猜到这一点。他像唐·乔瓦尼①一样诱惑他人。他一直这样。

　　午饭时间到了，他们放下手头的工作。格拉夫站在角落，一边喝着温热的走了气儿的啤酒，一边回答技术问题。"畅所欲言。"冯·布劳恩说。前天晚上，为了避开英国人的监听，他们聚在花园里。"告诉他们他们想知道的一切，除了我们要去美国这件事。我们不能因为一些对战争罪莫须有的指控而被扣在这里。"

　　诺德豪森的制造工厂里有两万人丧生，是V2受害人数的四倍。同盟国战争罪行委员会正在调查此事，他们得在事情传开前，尽快赶到美国寻求庇护。

----

① 出自莫扎特的同名歌剧《唐·乔瓦尼》，该剧讲述的是西班牙贵族唐·乔瓦尼的故事。他要求仆人莱波雷洛帮助他，四处惹是生非，游戏人间，以金钱、权势或爱情诱惑各国、各地、各阶层的妇女，甚至让仆人莱波雷洛把每位与他交往的女子芳名都记在小册子上，作为其"丰功伟业"的证明。

下午三点左右，冯·布劳恩示意格拉夫过去。当时他正在和一名空军准将谈话。当格拉夫靠近时，他稍微挪动了一下身体，试图阻止格拉夫打断谈话。"作为欧洲同胞，"军官小声地说，"英王陛下的政府非常欢迎你和你的同事们跟我们合作，进一步发展技术。"

"这一点很吸引人。"冯·布劳恩点点头，看向他身后。"啊，格拉夫，准将想找人回答几个关于佩讷明德的问题。你可以吗？"

他进来的时候，凯正站在窗边，怀疑自己待在这里只是在浪费时间。上尉介绍道："这位是格拉夫博士。格拉夫博士，这位是中央判读组的卡顿-沃尔什中尉。你希望我留在这里吗？"

"没事，"凯说，"应该用不了多久。"门关上后，她问："你会说英语吗？"但他只是盯着桌上摊开的佩讷明德的照片，没有回答。"抱歉，我不太会说德语。"他似乎没有听见她的话。她朝房门比画了一下。"我可以找个翻译……"

"我会。"这是他第一次看向她。他有一双非常清澈的蓝眼睛——她早在走廊里就注意到了——乌黑的头发和咬过的指甲。"我会说英语。"

"如你所见，我们对佩讷明德的设施进行了大量照相侦察。遗憾的是，俄罗斯人不允许我们进入该地点，美国人似乎也没能插手。所以我们想知道您能否帮助我们解答一些疑问，从而填补一些知识空白。"

"当然可以。"

"请坐。您以前用过立体镜吗？很简单。"她朝他弯下身。"你在这里放一张图片，然后在它旁边再放一个。"

"我的天啊。"他往后仰了一下。"它活过来了。"

"所有人都是这个反应。"

他又往取景器里看了看。"那是七号试验支架。"

她坐在他对面，一边做着笔记，一边问道："它周围那些巨大的椭圆形环是防爆墙吧，是用土造的？"

"大部分是沙。"

"测试一次需要多久？"

"一开始吗？至少八天。"

"那旁边的大楼呢？它有多高？"

"三十米。必须修高，导弹是竖着放的。"

"试验台中间有个类似通道的东西……"

"废弃管道，七米宽。"

十分钟后，她从桌子对面递给他另一组图片。"也许我们可以聊聊这些。"

他们聊了一个多小时，一张接一张地看。一开始他很好奇，然后有些怀念，最后开始害怕。他最后一次感到幸福的时刻就这样赤裸裸地摆在他的面前。每一张的角度都很完美：这是推进实验室，他和蒂尔在那里工作；这是风洞；这是他住的公寓；这是发射场；这是卡琳住的老旅馆；这是他最后一次游泳的海滩。

他靠在椅背上，揉了揉眼睛。

"您累了吗？"年轻的英国女人问，"想休息一下吗？"

"这些是什么时候拍的？"

她拿起一张照片，将它翻过来。"1943 年 6 月 21 日，下午两点。"

她把照片递给他。他接过来，把它举到灯光下。"我记得在那年 6 月看到一架飞机，或者说尾翼。它飞得很高，可能就是拍这张照片的那架。"

"可能是。那周侦察机飞了三次。"

"所以你们才能炸到我们?"

"是的。您当时在那儿?"

他点点头。"如果能把这张照片放到足够大,你会发现我就在这里。"他指了指。"在出试验场的路上,树林边缘,抬头看着天空。"他把照片递回去,靠在椅子上盯着她。她很漂亮,有一头红褐色的头发,穿着蓝色的制服。侦察天使。"这就是你的工作?看着我们?"

"一部分,是的。先是照片分析,然后是雷达。"

"雷达?"这个词引起了他的注意。"你是当时在梅赫伦的女人?"

她不知道该怎么回答他,甚至不知道该不该回答他。

她干脆利落地说:"今天就到这里了,谢谢您,您帮了大忙。"

说罢,她开始收拾照片。她知道他在看着她。

他若无其事地说:"我有次向梅赫伦发射了一枚导弹。"

"真的?那您可没打中我。"

"你也没打中我,在轰炸佩讷明德的时候。"

"嗯,这对我们两个都是好事,"她笑着摇了摇头说,"这对话也太荒谬了。"

他帮她把照片收起来。"计算曲线,聪明的想法。我们从来没有考虑过这个问题。当然也没什么意义。"

"您会发现并不是这样的。我在梅赫伦一直待到 3 月底,摧毁了很多发射场。"

"那，我不得不很遗憾地告诉你，你们一个都没摧毁。"

他把照片递给她。她盯着他的眼睛，想知道他有没有说谎，但很明显他说的是实话。直到战争结束前六周，德国人一直从荷兰海岸向伦敦发射 V2，最后一次在白教堂造成一百四十人死亡。所以她知道他们没有摧毁所有的发射场。但是一个都没有？

门外响起了敲门声，上尉把头探了进来说："其他人要走了。"

"谢谢提醒。很抱歉我们没时间了，格拉夫博士。"她很惊讶自己居然对他的离开感到遗憾，她还有很多事情想问他，但她还是伸出手说："那么，再见了。"

他握住她的手，微笑着看着她，似乎看穿了她的想法，看透了她的心灵。"再见。"

走到门口时，他转过身说："我们都被误导了。"

他若有所思地穿过走廊，走下楼梯。冯·布劳恩走在前面，他正在和空军准将聊天，还开了个玩笑。他被自己的笑话逗得大笑起来，肩膀抖个不停。施泰因霍夫和席林跟在他身后。

走到大厅后，空军准将和他们握手。

"真是美妙的一天，"他说，"我们一直很想见你们。祝返回德国的旅途一路顺风。别忘了我们的提议。"

冯·布劳恩说："下周再联系，很期待能与你们共事。"

空军准将离开了。一名宪兵打开门。格拉夫踌躇不决。冯·布劳恩站在门口，夏末的阳光为他高大的身影披上一层耀眼的光辉。他伸出手问："你要来吗，格拉夫？"

格拉夫知道，如果自己跟着冯·布劳恩走出门，他就得待在新墨西哥州的白沙国家公园为美国人造导弹，而且不会再回来了。一步梦想，一步现实。

"格拉夫？"

他转过身，凝视着大理石铺就的大堂。他不知道自己还记不记得回那个英国女人办公室的路。他认为他记得。他很肯定自己会再次找到她。

致　谢

　　这部小说的大部分内容是在新冠疫情封控期间完成的。整整十四周，每天早上我都会把自己关在书房里四小时——大封控下的小封控。在此，我希望向我的妻子吉尔·霍恩比与两个最小的孩子，玛蒂尔达和山姆，表达深切的爱意和感激之情，感谢他们在这段离奇的插曲中的陪伴和宽容。

　　我的编辑，哈钦森出版公司的乔卡斯塔·汉密尔顿，每周都会看我的手稿，并提出大量精彩的建议。非常感谢她，跟她合作非常愉快，不仅是这本书，之前五本都是如此。

　　我在同一家英国出版社工作了三十多年，想特别感谢企鹅兰登书屋的盖尔·雷布克，感谢她在那段时间对我的支持和帮助；也想感谢基石出版社的苏珊·桑登总经理，感谢她一直以来对我的鼓励。V2 发射部队的成员——丽贝卡·伊金、马修·沃特森、格伦·奥尼尔、山姆·里斯·威廉姆斯、劳拉·布鲁克、赛琳娜·沃克和乔安娜·泰勒，在此仅列几例——都非常优秀。

　　遗憾的是，在美国委托我创作这部小说的桑尼·梅塔，克诺夫出版社的主编，生前没能看到作品完稿。和其他许多认识桑尼的人一样，我非常怀念他，怀念他中肯的意见和深厚的友谊。经其遗孀吉塔允许，我将以此书来纪念他。我很感谢爱德华·卡斯滕迈尔参与并监督本书在美国的出版工作。

　　尼基·肯尼迪和山姆·伊登伯勒以及他们在 ILA 的同事也从一

开始就加入了这本小说的撰写工作，感谢他们为这部作品和其他作品所做的一切。帕特里克·尼迈耶、蒂洛·埃卡特、多丽丝·舒克和其他在慕尼黑海涅出版社的朋友也给予了我极大支持，还有我的德语翻译沃尔夫冈·穆勒。感谢蒙达多里出版社的多纳泰拉·米努托，也感谢荷兰"忙碌的蜜蜂"出版社的马乔琳·舒林克和克里斯·库伊。在 2019 年 11 月一个下雨的周六早上——和本部小说的开篇别无二致——罗尔·詹森开车带着我和克里斯到斯海弗宁恩的旧发射场参观，并友好地分享了自己对当地的了解。

信号情报专家拉尔夫·厄斯金慷慨地回答了我的问题，并为我和雷达史专家迈克·迪恩牵上了线。当然，如果我在书中犯了错，都和他们无关。1944 年冬天在梅赫伦究竟发生了什么？我们无从得知。我只能凭借我的猜测，再加上一些艺术上的修饰，最终完成了这部作品。

这部小说的灵感来自 2016 年 9 月 5 日《泰晤士报》上一篇悼念九十五岁的扬哈斯本的讣告，其中便描述了她作为空军妇女辅助队军官在梅赫伦的工作经历。我后来还读了她的两本回忆录，分别是 2009 年的《不平凡的生活》（*Not an Ordinary Life*）和 2011 年的《一个女人的战争》（*One Woman's War*）。我虚构的空军妇女辅助队军官无论在性格上还是在职业生涯上都与扬哈斯本女士没有任何相似之处，（完全虚构的）小组的其他成员和她也没有任何相似之处。在她的回忆录中，她为我们呈现了一幅生动的"战时生活"的历史图景，并断言有两个发射场在她第一次值班时被摧毁。我猜这是她和她的同事被告知的情况，但事实并不是这样的。尽管如此，要不是她揭露了梅赫伦行动的存在，我也不会写出《V2 导弹》。我将永远感谢她赐予我的灵感。

下面是我在写作中参考的一些出版作品。首先，我想特别感谢

259

五部作品。来自史密森学会旗下的国家航空航天博物馆的迈克尔·J. 诺伊费尔德是世界上研究 V2 历史最权威的专家，他的《火箭与第三帝国》（*The Rocket and the Reich*，1995）和《冯·布劳恩：太空梦想家还是战争工程师》（*Von Braun：Dreamer of Space，Engineer of War*，2007）是非常宝贵的参考资料。

由默里·R. 巴伯和迈克尔·库尔合作撰写的《希特勒的火箭兵：向英格兰发射 V2 的人》（*Hitler's Rocket Soldiers：The Men Who Fired the V2s Against England*，2011）也非常重要，整合了驻扎在海牙的十多名炮兵团成员的证词。据我所知，没有其他历史学家能搜集到如此宝贵的证明材料，因为现在幸存的老兵都在百岁左右，在这一点上，无人可出其右。

默里·R. 巴伯还撰写了《佩讷明德的 V2：从 A4 火箭到红石导弹》（*V2：The A4 Rocket from Peenemünde to Redstone*，2017），凭借清晰的描述和高质量的插图，阐述了 V2 的实际工作原理。

克里斯汀·霍尔索尔的《情报工作中的女人们：赢得第二次世界大战》（*Women of Intelligence：Winning the Second World War*，2012）将梅德纳姆皇家空军基地的成员和工作真实地展现在读者面前。

为我创作提供帮助的还有以下作品：

Evidence in Camera：The Story of Photographic Intelligence in World War II by Constance Babington Smith（1958）

A4/V2 Rocket Instruction Manual，English translation by John A. Bitzer and Ted A. Woerner（2012）

Operation Big Ben：The Anti-V2 Spitfire Missions 1944 – 5 by Craig Cabell and Gordon A. Thomas（2004）

V2 by Major-General Walter Dornberger（1954）

Spies in the Sky: The Secret Battle for Aerial Intelligence During World War II by Taylor Downing (2011)

V2: A Combat History of the First Ballistic Missile by T. D. Dungan (2005)

From Peenemünde to Canaveral by Dieter Huzel (1962)

The Peenemünde Raid by Martin Middlebrook (1982)

Hitler's Rockets: The Story of the V2s by Norman Longmate (1985)

Dora by Jean Michel (1979)

The Eye of Intelligence by Ursula Powys-Lybbe (1983)

The Hidden Nazi: The Untold Story of America's Deal with the Devil by Dean Reuter, Colm Lowery and Keith Chester (2019)

Spitfire Dive-Bombers Versus the V2 by Bill Simpson (2007)

Britain and Ballistic Missile Defence 1942–2002 by Jeremy Stocker (2004)

The Peenemünde Wind Tunnels by Peter P. Wegener (1996)

Operation Crossbow: The Untold Story of Photographic Intelligence and the Search for Hitler's V Weapons by Allan Williams (2013)

大约两万名奴隶劳工在建造 V2 的过程中失去性命。伦敦有两千七百人因此死亡，六千五百人受伤；安特卫普有一千七百人死亡，四千五百人受伤。大伦敦地区约有两万栋房屋被毁，五十八万栋房屋受损。用社会历史学家诺曼·朗马特的话来说，V2"在很大程度上造成了住房短缺，而住房短缺成为战后的主要社会问题"。

丹尼尔·托德曼在《英国的战争》(*Britain's War*, 2020) 一书中将 V 型武器计划描述成"从长远来看，是任何参战国家对资源的最大浪费"，德国对该计划的投入比美国用于曼哈顿计划的还要多。

译名对照表

人 名

Ada Ramshaw	埃达·拉姆肖
Albert Bull	阿尔伯特·布尔
Albert Kesselring	阿尔贝特·凯塞林
Albert Speer	阿尔贝特·施佩尔
Alfred Jodl	阿尔弗雷德·约德尔
Amandine Vermeulen	阿芒迪娜·韦尔默朗
Angela	安杰拉
Arnaud Vermeulen	阿诺·韦尔默朗
Arthur Rudolph	阿图尔·鲁道夫
Aubrey Hing	奥布里·亨
Babs Babington-Smith	芭布丝·巴宾顿－史密斯
Barbara Colville	芭芭拉·科尔维尔
Bill Duffield	比尔·达菲尔德
Biwack	比韦克
Brian Bull	布赖恩·布尔
Brian John Banfill	布赖恩·约翰·班菲尔
Butzlaff	布茨拉夫
Charles Berman	查尔斯·伯曼
Chris Kooi	克里斯·库伊
Christine Halsall	克里斯汀·霍尔索尔

Cicely Sitwell	西塞莉·西特韦尔
Clarence Knowsley	克拉伦斯·诺斯利
Daniel Todman	丹尼尔·托德曼
Degenkolb	德根科尔布
Don Giovanni	唐·乔瓦尼
Donatella Minuto	多纳泰拉·米努托
Doris Schuck	多丽丝·舒克
Dorothy Garrod	多萝西·加洛德
Edward Kastenmeier	爱德华·卡斯滕迈尔
Ellen Brind	艾伦·布林德
Evelyn	伊夫琳
Femke	费姆克
Flora Dewar	弗洛拉·迪尤尔
Florence Ethel Banfill	弗洛伦丝·埃塞尔·班菲尔
Frank Burroughs	弗兰克·伯勒斯
Franklin Delano Roosevelt (FDR)	富兰克林·德拉诺·罗斯福（小罗斯福）
Frederick Brind	弗雷德里克
Fritz Lang	弗里茨·朗
Fritz von Opel	弗里茨·冯·奥佩尔
Gail Rebuck	盖尔·雷布克
Gill Hornby	吉尔·霍恩比
Gita Mehta	吉塔·梅塔
Gladys Hepple	格拉迪丝·赫普尔
Glenn O'Neill	格伦·奥尼尔
Guillaume Vermeulen	纪尧姆·韦尔默朗
H. G. Wells	赫伯特·乔治·威尔斯
Hans Kammler	汉斯·卡姆勒

Harris	哈里斯
Heini Grünow	海尼·格吕诺
Heinrich Himmler	海因里希·希姆莱
Helmut Gröttrup	赫尔穆特·格勒特鲁普
Irene Berti	艾琳·伯蒂
Iris Branton	艾丽斯
Ivy Brown	艾薇·布朗
Jacobi	雅可比
Jens Thys	延斯·蒂斯
Jim	吉姆
Joan Thomas	琼·托马斯
Joanna Taylor	乔安娜·泰勒
Jocasta Hamilton	乔卡斯塔·汉密尔顿
Joyce Brown	乔伊丝·布朗
Joyce Handy	乔伊丝·汉迪
Julia Elizabeth Glover	朱莉娅·伊丽莎白·格洛弗
Karin Hahn	卡琳·哈恩
Karl Riedel	卡尔·里德尔
Karlheinz Drexler	卡尔海因茨·德雷克斯勒
Kay Caton-Walsh	凯·卡顿-沃尔什
Klaus Riedel	克劳斯·里德尔
Klein	克莱因
Kurt Wahmke	库尔特·瓦姆克
Laura Brooke	劳拉·布鲁克
Lavender	拉文德
Leslie Starr	莱斯利·斯塔尔
Lilian Cornwell	莉莲·康韦尔

Louie Robinson	路易·鲁宾逊
Maarten Vermeulen	马尔滕·韦尔默朗
Madam Ilse	伊尔莎夫人
Magnus	马格努斯
Marjolein Schurink	马乔琳·舒林克
Marley Rook	马利·鲁克
Marta	玛尔塔
Martha Thiel	玛莎·蒂尔
Mathew Watterson	马修·沃特森
Matilda	玛蒂尔达
Maud Branton	莫德·布兰顿
Max Valier	马克斯·瓦列尔
Merle Oberon	曼尔·奥勃朗
Michael J. Neufeld	迈克尔·J. 诺伊费尔德
Michael Keuer	迈克尔·库尔
Michael Thomas Glover	迈克尔·托马斯·格洛弗
Mike Dean	迈克·迪恩
Mike Templeton	迈克·坦普尔顿
Mimi Thoma	米米·托马
Molly Astor	莫莉·阿斯特
Murray R. Barber	默里·R. 巴伯
Nicki Kennedy	尼基·肯尼迪
Norman Longmate	诺曼·朗马特
Patrick Niemeyer	帕特里克·尼迈耶
Ralph Erskine	拉尔夫·厄斯金
Rebecca Ikin	丽贝卡·伊金
Roel Janssen	罗尔·詹森

Rolf Engel	罗尔夫·恩格尔
Rudi Graf	鲁迪·格拉夫
Rudolf Nebel	鲁道夫·内贝尔
Sam	山姆
Sam Edenborough	山姆·伊登伯勒
Sam Rees Williams	山姆·里斯·威廉姆斯
Sandy Lomax	桑迪·洛马克斯
Sarah	萨拉
Schenk	申克
Schilling	席林
Schumacher	舒马赫
Seidel	赛德尔
Selina Walker	赛琳娜·沃克
Sheila Glover	希拉·格洛弗
Shirley Locke	雪莉·洛克
Sidney Branton	西德尼·布兰顿
Siegfried Thiel	西格弗里德·蒂尔
Sigrid Thiel	西格丽德·蒂尔
Sonny Mehta	桑尼·梅塔
Stanley Dearlove	斯坦利·迪尔洛夫
Steinhoff	施泰因霍夫
Stock	施托克
Susan Sandon	苏珊·桑登
Sylvia Rosina Brown	西尔维娅·罗西娜·布朗
Tilo Eckardt	蒂洛·埃卡特
Vermeer	维米尔（又译弗美尔）
Vicki Fraser	薇姬·弗雷泽

Victor Brind	维克托·布林德
von Papen	冯·巴本
von Quistorps	冯·奎施托普
Walter Huber	瓦尔特·胡贝尔
Walter Riedel	瓦尔特·里德尔
Walter Robert Dornberger	瓦尔特·罗伯特·多恩贝格尔
Walter Thiel	瓦尔特·蒂尔
Wernher von Braun	韦恩赫尔·冯·布劳恩
Wilhelm Keitel	威廉·凯特尔
Wolfgang Müller	沃尔夫冈·穆勒
Younghusband	扬哈斯本

地 名

Alexanderplatz	亚历山大广场
All Saints' Church	诸圣堂
Antwerp	安特卫普
Arnhem	阿纳姆
Barking Emergency Hospital	巴尔金急救医院
Barts	圣巴塞洛缪医院
Basildon	巴西尔登
Battersea	巴特西（伦敦西北区）
Bentley Priory	宾利修道院
Bethnal Green	贝思纳尔格林
Billericay	比勒里基
Bletchley	布莱奇利
Blizna	布列兹纳

East India Dock Road	东印度码头路
Egmond	埃赫蒙德
Erith	伊里斯
Essex	埃塞克斯
Flanders	佛兰德（历史地名，又译佛兰德斯）
Fray Bentos	弗赖本托斯
Georgian high street	佐治亚大街
Ghent	根特
Glasgow	格拉斯哥
Gloucester	格洛斯特
Gordon Avenue	戈登大道
Gray's Inn	格雷律师学院
Groningen	格罗宁根
Grote Markt	鲁汶大广场
Guildford	吉尔福德
Haagse Bos	哈格斯博斯
Halensee	瀚蓝斯湖
Hare and Hounds	"野兔与猎犬"（酒吧名）
Harz	哈茨山
Heist-op-den-Berg	海斯特-奥普登贝赫
Hellendoorn	海伦多伦
Henley road	亨利路
Heylandt	海兰特
High Wycombe	海威科姆
Holborn	霍尔本
Hotel Schmitt	施米特酒店
Ilford	伊尔福德

Institute of Technology in Charlottenburg 夏洛腾堡工学院

Katwijk aan Zee	滨海卡特韦克
Kohnstein	孔斯坦山
Koningin Astridlaan	阿斯特里德王后大道
Kreuzberg	克罗伊茨贝格区
Kummersdorf	库默斯多夫（又译库梅尔斯朵夫）
Le Havre	勒阿弗尔
Leicester Square	莱斯特广场
Leiden	莱顿市
Leuven	鲁汶（又译勒芬）
Lincoln's Inn	林肯律师学院
Longbridge Road	朗布里奇路
Loosduinen	洛斯德伊嫩
Low Countries	低地国家
Maidenhead	梅登黑德
Manor Road	马诺路（又译庄园路）
Marienfelde	马林费尔德
Marlow	马洛
Mayfair	梅菲尔
McCullum Road	麦卡勒姆路
Mechelen	梅赫伦
New Cross Road	新十字路
Newnham	纽纳姆
Nordhausen	诺德豪森
Norfolk	诺福克
Norwich	诺里奇
OderLagoon	奥德潟湖

其 他

Advocaat	蛋黄酒
Aggregate-2	"聚合二号"（火箭名）
Air Commodore	空军准将
Air Marshal	空军中将
Alfred A. Knopf	克诺夫出版社
amatol	阿马图炸药（又译阿马托炸药）
Anglepoise lamp	万向灯
Army Research Centre	陆军研究中心
Battle of Britain	不列颠之战
Brigadeführer	旅队长
Catherine wheel	卡萨林车轮
Central Interpretation Unit	中央判读组
control compartment	控制室
Cornerstone	基石出版社
Corporal	下士
Curaçao	库拉索酒
Dakota	达科塔运输机
Das Schwarze Korps	《黑衫队》（又译《黑色军团》）
De Bezige Bij	"忙碌的蜜蜂"出版社（荷兰）
DFC	杰出飞行十字勋章
flight officer/flight lieutenant	空军上尉
Frau in Mond	《月里嫦娥》（又译《月亮中的女人》《月中女》）
Gruppenführer	总队长

Hanomag	汉诺马格（德国汽车生产商）
hearth room	带壁炉的起居室
Heyne Verlag	海涅出版社
Hutchinson	哈钦森出版公司
Jagdbomber, Jabos	战斗轰炸机（简称"战轰"）
Kübelwagen	军用吉普
L'Heure Bleue	蓝调时光（香水名）
Labour Front	劳工阵线
Lancaster	兰开斯特轰炸机
Lieutenant	中尉
London County Council	伦敦郡议会
Luftwaffe	德国空军
Magirus	玛吉鲁斯（德国军用卡车生产商）
Max	"马克斯"（火箭名）
Max Factor	蜜丝佛陀（化妆品名）
Meillerwagens	梅勒拖车
Messerschmitt Me262	梅塞施密特 Me262
Mondadori	蒙达多里出版社
Moritz	"莫里茨"（火箭名）
Morris 8	莫里斯 8（汽车型号）
Mrs Miniver	《忠勇之家》
MRU	移动式雷达
National Air and Space Museum	国家航空航天博物馆
National Socialist Leadership Office	民族社会主义督导部
Oberleutnant	中尉
Obersturmbannführer	一级突击队大队长
Our Lady's Convent	圣母修道院

Penguin Random House	企鹅兰登书屋
Primus	普里默斯（瑞士户外器具生产商）
Reichsführer	（党卫队）帝国领袖
Section Officer	空军中尉
sergeant	中士
Spitfire	喷火式战斗机
Strength Through Joy	"力量来自欢乐"（休假组织）
stereoscope viewer	立体镜
Sturmbannführer	二级突击队大队长
Sturmmann	突击队员
Sturmscharführer	突击队小队长
The Gendarmes' Duet	《宪兵二重奏》
The Merry Widow	《风流寡妇》
Two Planets	《在两个行星上》
Vereinfür Raumschiffahrt	"太空旅行协会"
Vicks VapoRub	维克斯达姆膏
Waffenamt，WaA	德国陆军武器局
wing commander	空军中校
Women's Auxiliary Air Force，WAAF	空军妇女辅助队
Z Section	Z 区

图书在版编目（CIP）数据

V2 导弹 /（英）罗伯特·哈里斯（Robert Harris）
著；汪潇译 . --北京：社会科学文献出版社，2024.5
　书名原文：V2
　ISBN 978-7-5228-3301-9

　Ⅰ.①V…　Ⅱ.①罗…　②汪…　Ⅲ.①长篇历史小说-
英国-现代　Ⅳ.①I561.45

　中国国家版本馆 CIP 数据核字（2024）第 042048 号

V2 导弹

著　　者／〔英〕罗伯特·哈里斯（Robert Harris）
译　　者／汪　潇

出 版 人／冀祥德
责任编辑／沈　艺
责任印制／王京美

出　　版／社会科学文献出版社·甲骨文工作室（分社）（010）59366527
　　　　　　地址：北京市北三环中路甲 29 号院华龙大厦　邮编：100029
　　　　　　网址：www.ssap.com.cn
发　　行／社会科学文献出版社（010）59367028
印　　装／三河市东方印刷有限公司

规　　格／开　本：889mm×1194mm　1/32
　　　　　　印　张：8.875　字　数：206 千字
版　　次／2024 年 5 月第 1 版　2024 年 5 月第 1 次印刷
书　　号／ISBN 978-7-5228-3301-9
著作权合同
登 记 号／图字 01-2022-4741 号
定　　价／59.00 元

读者服务电话：4008918866